KB274901

서문문고
55

삼국지(1)

김 광 주 옮김

해 설

　《삼국지》에 관해서는 우리 연대의 사람이면 누구나 공통되는 아득한 추억이 있다고 생각된다.

　역자 개인의 경우에도 그야말로 까마득한 어린 시절에, 겨울이 되면 초저녁부터 밤이 으슥하도록 할아버지, 할머니, 아버지, 어머니가 화롯가에 모여 앉아, 뿐만 아니라 때로는 이웃집 가족들까지 끼어서, 그 중의 어떤 한 사람이 소리를 높여서 소위 '신소설'이란 것을 낭독하면, 모든 사람이 조용한 가운데 읽는 사람과 같이 호흡을 맞추어 가면서 이야기 줄거리에 열중하고 있던 모습이 지금도 어제의 일인 듯 눈앞에 선하다.

　몇 권이었으며 어떠한 책이었는지 지금 그것을 확실히 말할 수는 없고, 이른바 한문에다가 한글로 토를 단 《삼국지》라고 생각되는데, 그들은 그 여러 권의 책을 매일 밤 계속해서 낭독하고 듣고 하면서, 조조가 나오면 증오감을 참지 못하여 주먹을 쥐고, 유현덕이 승리를 하면 신바람이 나서 쾌재를 부르고, 제갈공명의 신출귀몰한 계책이 성공하면 아슬아슬한 쾌감에 도취하면서 손에 땀을 쥐곤 하던 일들을 나는 지금도 잊을 수 없다.

　이것이 역자에게 50년 전의 일이라고 생각할 때, 우리들의 아버지, 할아버지 연대로만 거슬러 올라간다 해도 《삼국지》

란 것이 얼마나 긴 세월을 두고 우리들 주변에서 읽혀져 왔는가를 쉽사리 알 수 있다.

등장 인물만 해도 6, 7백 명. 그 하나가 두셋의 직함을 가지고 있으며, 배경으로 나오는 지명·강명·산명이 360여 개. 우리들이 흔히 복잡다단한 인물이나 사건을 가리켜 "삼국지와 같다."는 말을 쓰는 경우가 있듯이, 이 거창하고 갈피를 잡을 수 없게 복잡한 이야기 속에는, 오늘날에 와서도 이것을 '고색 창연한 골동품'이라기에는 너무나 엄숙한 '인간의 영원한 상(像)과 형(型)'이 약동하고 있음을 부인할 수 없다.

싸움에서 싸움으로 전개되어 나가는 이 이야기 속에서는 사람의 목숨이 파리 목숨만도 못하여 표정 하나만 달라도 뎅경뎅경 목이 달아나며, 무수한 인간의 개성들—약삭빠른 놈, 둔한 놈, 제딴에는 꾀를 부린다는 놈, 미련한 놈, 이쪽저쪽의 눈치만 보다가 목이 달아나는 놈, 배신·음모·공갈·협박이 얽히고설켜 뒤범벅이 되어서 난무하고 있는데, 이것이 바로 시대를 초월한 인류 전체의 '영원한 모습'이라고 생각할 때, 그것이 비록 어떤 역사란 것에 과대·왜곡·보충·개정의 수법을 가하여 이루어진 이야기라 하더라도 독자는 고소와 미소를 금하지 못할 줄 안다.

그러면 현재 우리 주변에서는 어떠한 《삼국지》가 읽혀지고 있는가. 역자는 그런 것을 여기서 따질 아무런 흥미도 없고 또 그렇게 할 필요도 없다. 다만 이 《삼국지》가 의도한 요점만을 솔직히 독자에게 밝혀 두고자 할 따름이다.

1. 어떻게 하면 보다 더 읽기 쉽고, 알기 쉽고, 재미있는 《삼국지》를 만들어 보느냐 하는 기도(企圖)에서 정리 작업

을 해봤다는 점이다. 이것은 첫째, 복잡다단한 권모술수와 싸움 속에서 자칫하면 혼란을 일으키기 쉬운 독자의 머릿속을 독자와 함께 정리해 나가면서 읽어보자는 목적에서였다.

2. 그러기 위해서 원본 120회를 매회마다 비슷한 분량 속에 집어넣고, 번장(煩長)한 설명의 중복, 지루한 대화 등을 정리했으나, 어디까지나 원본에 충실하면서 군더더기를 붙이지 않되 인명·지명·관명의 하나 하나를 소홀히 하지 않도록 힘썼다.

3. 매회마다 원본이 가진 두 줄의 설명식 한문 소제목을 그대로 넣은 이외에 그 회의 전체적인 줄거리에서, 혹은 특이한 사건에서 집약 또는 강조할 수 있는 소제목 하나씩을 먼저 붙였는데 이 역시 독자가 언제, 어디서, 어떤 한 권을 펼치고 어떤 한 회를 읽어보더라도, 흥미진진한 가운데 손쉽게 음미할 수 있도록 하자는 의도에서였다.

다음으로는 ≪삼국지≫ 본신(本身)에 관한 요점을 간단히 말해 두고자 한다.

우리들이 흔히 ≪삼국지≫라고 하는 것은 중국이 후한에서 위(魏)·오(吳)·촉(蜀)의 삼국 정립 시대(三國鼎立時代)를 거쳐서 진(晉)으로의 통일에 이르기까지의 백 년 가까운 동안의 사실을 진수(陳壽)란 사람이 역사로서 편찬해 놓은 것을 다시 이야기로 풀어놓은 소위 연의체 소설(演義體小說)인 ≪三國演義≫를 가리키는 것이며, 이 신역본의 원본으로 삼은 것도 ≪足本 三國演義≫(世界書局版)이다.

즉, ≪삼국지≫라는 정사(魏志·吳志·蜀志 등 列傳 65卷)가 수많은 사람들의 손을 거쳐서 5백여 년을 내려오는 동안에 수차의 변화와 연진(演進)을 거듭하면서 오늘날 우리가 읽고 있는 ≪삼국지≫의 원본인 ≪삼국연의≫가 된 것이며, 그것이 형성되기 이전까지는 이야기꾼(說話人)들의 입을 통하여 ≪三國故事≫가 민간에 널리 전파되었던 것이다.

입을 통한 ≪삼국지≫는 당조(唐朝)에 시작되어 송조(宋朝)에 이르러 극히 성행했으며, 원조(元朝)에 이르러서는 잡극(雜劇＝唱劇)의 세계에까지 침투해 들어가서 ≪斬呂布≫·≪哭周瑜≫·≪諸葛論功≫·≪臥龍崗≫·≪三戰呂布≫·≪連環計≫·≪博望燒屯≫ 등 무수한 극본을 탄생하게 했으며, 이 중에는 오늘까지 중국 창희(唱戲)에서 성행을 보는 극본들도 많이 남아 있다.

그 뒤에는 ≪說三分≫이라는 이야기책에 변화와 연진(演進)을 가해서 최초의 산문으로 된 ≪삼국연의≫가 나타났으니 이것을 곧 제1종본(第1種本)이라 할 수 있으며, 현재까지 전해지고 있는 나관중(羅貫中)의 작품으로 알려진 것이다. 그는 항주 사람으로 원래 명 초에 태어났다고 하지만, 그의 이름에 관해서는 구구한 설이 많다. 이름이 관이요, 자가 본중이라는 사람도 있고, 또 이름이 본이요, 자가 관중이라고 고증해 놓은 ≪續文獻通≫도 있다고 하는데, 아무튼 그가 당시의 한 사람의 연의가(演義家)였음은 틀림없고, 이 밖의 저서로도 ≪水滸傳≫, ≪隋唐演義≫, ≪平妖傳≫ 등이 있다.

또 몇 해를 지나 명조 말년에 이르러, 제2종본(第2種本)이랄 수 있는 ≪李卓吾 評本 三國演義≫가 나타났는데, 이것은 현재 중국에서도 찾아볼 수 없고, 따라서 그 내용이 나관중의 것과 어떻게 다른지 대조 연구해 볼 길도 없다고, ≪三國演義

考≫의 필자 조초광(趙茗狂)은 지적하고 있다.

다시 청조(淸朝) 초년에 와서 현재 성행하고 있는 이 ≪삼국연의≫가 나타났으니, 이것을 제3종본이랄 수 있고, 이것은 바로 모종강(毛宗崗)의 소저(所著)인데, 이탁오(李卓吾)의 ≪삼국연의≫에 대대적으로 산개(刪改)·비평을 가해서 이루어졌으며, 저자 자신이 그 가치를 높이 평가하기 위해서 명말의 이탁오의 것을 '속본(俗本)'이라 하고, 자기 것을 '고본(古本)'이라 일컫게 됐으며, 이 고본을 다시 '모본(毛本)'이라 칭해서 오늘날 가장 많은 독자를 가진 ≪삼국연의≫의 종본(種本)이 됐다고 할 수 있다.

그러면 우리는 여기서 ≪삼국연의≫의 중국 문학 사상에 있어서의 가치를 어떻게 평가해야 할 것인가. 이 문제에 관해서는 우리들 자신이 그 가치를 판단하느니보다는 중국 문인들 자신의 몇 가지 견해를 다음에 기술함으로써 독자의 참고로 드리고자 한다.

호적지(胡適之)는 그의 ≪胡適文存≫ 가운데서, ≪삼국연의≫는 문학적 작품이라기보다는 절호한 통속 역사로서 몇천 년의 통속 교육사상 어떤 책도 이 책이 지니는 매력을 따라갈 수 없다고 결론을 지었으며, 이진동(李辰冬)이란 사람은 이 역서의 원서의 서문인 ≪삼국연의적 가치≫라는 글 중에서, 원작자를 나관중으로 전제해 놓고, 그가 비록 역사적인 사실을 어떻게 날조·왜곡·개정·보충해서 전혀 다른 새로운 인물을 창조해 냈다 하더라도, 역사를 추번(推翻)하고 시대와 암흑 정치에 반항하고 과감히 자기 감정으로 신세계를 창조해

보려고 한 노력을 높이 평가해야 한다고 주장했으며, 역시 원
서 서두에 수록된 ≪三國演義考≫라는 글 중에서, 필자 조초
광은 같은 성질의 역사 연의체 소설의 그 어떤 작품도 스케일
과 파란만장한 정절에 있어서 도저히 이 ≪삼국연의≫를 따를
수 없다는 점을 지적하고 있다.

옮긴이

차 례

1. 도원의 결의

宴 桃 園 豪 傑 三 結 義
斬 黃 巾 英 雄 首 立 功

　누런 수건으로 머리를 질끈 동여 맨 황건적(黃巾賊)의 두령 장각(張角)은 심각한 표정을 하고, 장보(張寶)·장량(張梁) 두 아우를 앞으로 불러 세웠다. 호통을 치면 천지가 떠나갈 듯 찌렁찌렁 울리는 음성이 이상하리만큼 가라앉아 있었다.

　"드디어 때가 온 것만 같아. 이 이상 더 망설일 수는 없어. 금명간 곧 황기(黃旗)를 휘날리며 거사를 해 버려야겠어! 우리들과 같이 머리에 누런 수건을 동여매고 우리의 거사에 가담할 백성의 수효가 4, 50만에 달할 것이므로 추호도 두려울 것이 없느니……."

　예기하고 있던 일이기는 했으나, 너무나 갑작스레 서두르는 맏형 장각의 태도에 막내 아우 장량이 두 눈이 휘둥그래지며 물었다.

　"형님! 무슨 사고라도 발생한 건가요?"

　"흐음! 우리들의 모의가 탄로났다! 나는 우리들의 심복인 마원의(馬元義)에게 금백(金帛)을 주어서 환관(宦官) 봉서(封諝)에게 파견하여 궁중에서도 우리에게 호응해 줄 것을 부탁하고, 동시에 이런 뜻을 봉서에게 먼저 전달하려고 제자 당주

(唐州)란 놈에게 편지를 주어서 심부름을 시켰더니, 아! 이놈이 우리를 배반할 줄야! 이 죽일 놈이 환관 봉서한테로 가지 않고 궁중으로 직행해서 우리들이 거사를 모의하고 있다는 사실을 낱낱이 고해 바쳤단 말이다. 그래서 어리석은 천자는 장군 하진(何進)에게 명령하여 군사를 풀어 마원의를 포위, 그 목을 베게 하고 봉서를 잡아 투옥해 버렸다.”

“형님! 그게 정말이오? 사실이 그렇다면 우리들은 한시바삐 시일을 택하여 거사하는 길밖에 또 있겠소! 어차피 남아 대장부가 한번 결심한 일이라면……”

둘째 아우 장보가 이렇게 말하면서 미리 준비해 둔 누런 깃발을 넓은 마당 한복판에 높직하게 꽂았다. 휘날리는 누런 깃발을 우러러보며 맏형 장각은 우렁찬 음성으로 호통을 쳤다.

“이제부터 나는 천공장군(天公將軍), 둘째, 너는 지공장군(地公將軍), 막내, 너는 인공장군(人公將軍)이라 일컫기로 한다. 백성의 마음처럼 얻기 어려운 것은 또 없다. 이제야말로 인심은 우리 편으로 쏠렸으니 천하를 수중에 넣기엔 절호의 기회다. 우리는 이런 기회를 섣불리 놓치지는 않을 것이다. 또 나는 모든 백성을 향해서 외치고 싶다! 이제 한 나라의 운이 다하고 새로 위대한 성인이 나타났으니, 그대들은 모름지기 하늘의 뜻을 좇고 올바른 길로 나가야만 태평한 세월을 즐길 수 있으리라.”

오랫동안 천하를 뒤집어엎을 모의를 해온 이들 적도(賊徒) 3형제가 거사를 결심하는 행동 개시 직전의 비장하고도 통쾌한 순간이었다.

세상이 너무나 어지러웠다. 그것은 바로 정사가 올바른 길로 나가지 못하여 인심이 불안에 떨고, 도둑의 떼가 백주에도 횡행하던 광화(光和) 원년(元年—178년) 영제(靈帝) 때.

인류의 역사 속에는 태평 천하라는 것이 있다고는 하지만, 그것은 항시 오랜 것이 못 되며 천하의 대세란 오래 갈라지면 반드시 다시 합치게 되고, 합친 지 오래면 또한 반드시 갈라지기 마련이다.

주(周)나라 말엽에는 일곱 나라로 갈라져서 싸우다가 진(秦)나라가 통합했고, 진나라가 망하자 다시 초(楚)·한(漢)나라로 갈라져서 싸우다가 한나라가 통합했다.

한나라는 고조(高祖)가 백사(白蛇)를 죽이고 의병을 일으켜서 천하를 통일하기 시작한 뒤, 광무제(光武帝)의 중흥(中興)을 거쳐서 헌제(獻帝)에까지 이르렀으나 마침내 3국으로 분열되고 말았다.

천하가 이렇게 어지러워진 근원을 캐자면, 환제(桓帝)·영제 두 임금에서 시작되었다고 해야 할 것이다. 정의의 선비를 탄압하고 환관을 지나치게 믿고 기용하던 환제가 세상을 떠나고, 영제가 제위를 계승한 다음에도 역시 환관인 조절(曹節)의 무리가 권세를 농단하고 있었다. 그렇기 때문에, 태부(太傅)라는 천자의 보좌직으로 있던 진번(陳蕃)과 병마(兵馬)의 최고 책임자인 대장(大將) 두무(竇武)가 조절을 처치해 버리려고 모의를 했으나 사전에 탄로나 도리어 둘이 다같이 살해당해 버렸고, 환관들의 세도는 나날이 횡포의 도를 더해 갈 뿐이었다.

천하가 망하려면 상상도 할 수 없는 해괴망측한 일들이 일어나는 법이다.

건녕(建寧) 2년(169년) 4월에는 천자가 온덕전(溫德殿)에 납시어 옥좌에 오르시려 할 즈음에, 난데없이 궁궐 일각에서부터 광풍이 일더니 시퍼런 구렁이 한 마리가 들보로부터 날듯이 내려앉아 옥좌를 친친 감았다. 수라장 같은 아우성 속에서 구렁이의 그림자는 어디론지 자취를 감추었고 그 순간부터 천지를 진동하는 천둥·번개·비·바람·우박까지 쏟아져서 가옥·인명의 피해가 이루 헤아릴 수 없었다.

건녕 4년에는 낙양(洛陽)에 지진이 일어났고, 광화 원년에는 암탉이 수탉으로 변하는 괴변이 있는가 하면, 10여 장(丈)의 시커먼 요기(妖氣)가 온덕전 안으로 날아들었으며, 옥당전(玉堂殿)에서는 무지개가 뻗치고, 오원(五原)의 산이란 산이 모조리 허물어져 버렸다.

천자가 이 해괴망측한 재변의 원인을 신하에게 묻자, 정사를 올바르게 내다보는 고문관 채옹(蔡邕)이 이는 여자와 환관이 지나치게 정사에 간섭하고 날뛰는 까닭이라고 솔직한 상주문(上奏文)을 올렸다. 그러나 그는 결국 환관 조절의 무리들의 횡포 앞에 어처구니없는 죄명을 뒤집어쓰고 조정에서 추방당하고 말았다.

그러나 그뿐이랴. 환관의 무리들은 조정 안에 십상시(十常侍—侍從)라는 특권의 관직까지 만들어서 일당 열 명이 천자의 측근을 성벽처럼 가로막고 정사를 쥐락펴락하게 되었으니, 도둑이 백주에도 도처에 출몰하게 되고 따라서 백성이 불안과 공포에 떨지 않을 수 없었다.

이렇게 도둑의 무리들이 어지럽게 날뛰는 세월 속에서, 때를 만났다는 듯이 두각을 드러낸 적장(賊將)이 바로 장각 3형제였다. 그리고 장각이란 자는 확실히 괴상한 인물이었다.

이자는 거록군(鉅鹿郡) 태생으로 과거에도 급제를 못한 대단치 않은 수재 정도의 위인으로서, 산 속에 들어가 약초나 캐면서 그날 그날을 살아가고 있었다.

그런데 어느 날 우연히 산 속에서 노인을 한 사람 만났다. 노인은 벽안동안(碧眼童顔)에 손에는 명아주 지팡이를 짚고 있었다.

이 노인이 장각을 불러서 한 군데 동굴 안으로 데리고 들어가더니 천서(天書) 세 권을 내주며 말했다.

"이 책은 이름을 태평 요술(太平要術)이라고 한다. 네가 이 책을 한번 수중에 넣은 이상에는, 마땅히 하늘을 대신하여 널리 세상 사람을 구원해 줘야 한다. 만약에 엉뚱한 마음을 먹고 섣부른 짓을 한다면 반드시 악보(惡報)를 받게 될 것이니 부디 명심해라!"

장각이 선뜻 꿇어 엎드리며 그 노인의 성함을 물어 보았다.

"나는 남화노선(南華老仙)이라 한다."

말을 마치자 노인은 일진(一陣)의 청풍(清風)으로 화하여 어디론지 사라져 버렸다.

장각은 이 《태평 요술》이란 책을 손에 넣게 된 그날부터 밤낮을 헤아리지 않고 그것을 연구하고 터득하는 데 전력을 기울였기 때문에 바람도 불러일으키고 비도 내리게 할 수 있는 기막힌 요술을 몸에 지니게 되었다. 그러므로 장각은 호를 태평 도인(太平道人)이라고 자칭했다.

중평(中平) 원년(元年—184년) 정월에, 악역(惡疫)과 질병이 유행하자, 장각은 병을 고칠 수 있는 부수(符水)를 세상에 널리 나누어 주어 사람들의 질병을 고쳐 주고 스스로 대현양 사(大賢良師)라 일컬었다.

장각의 수하에는 제자들이 5백여 명이나 있어서, 방방곡곡으로 운유하며 저마다 부적을 잘 쓰고 주문을 외는 데 능했다. 이렇게 되니 제자의 수요가 날이 갈수록 늘어났고, 장각은 삼십 육방(三十六方)이란 것을 세워서 대방(大方)은 1만여 명, 소방(小方)은 6, 7천 명으로 제자들을 나누어 가지고 각각 거사(渠師)를 두어서 장군이라고 일컫게 했다.

"푸른 세상은 이미 거꾸러졌고(蒼天巳死), 누런 세상이 마땅히 서게 된다(黃天當立)."

이런 요언을 지어 내어서 세상에 골고루 퍼뜨리고 또 "갑자년에는 천하대길(歲在甲子, 天下大吉)이다."라는 말을 떠들어 대어, 백성들로 하여금 각각 자기 집 대문에다가 백토로 갑자라는 두 자를 써넣게 하니, 부근 팔주(八州—靑·幽·徐·冀·荊·揚·兗·豫)의 백성들은 가가호호 '대현양사 장각'이라는 명찰을 모셔 놓게 되었다.

장각의 군사는 드디어 유주(幽州)의 경계선을 침범했다.

적군(賊軍)이 쳐들어온다는 정보에 접한 유주의 태수 유언(劉焉)은 교위(校尉—守備隊長) 추정(鄒靖)과 대책을 강구한 끝에 의병을 모집한다는 방문을 곳곳에 높직하게 써 붙이게 했다.

이 방문이 탁현(涿縣)에 나붙었을 때, 여기에 또 한 사람의 영웅이 나타났다.

이 사람은 공부하기를 그다지 좋아하지 않고, 성질이 관대하고 온화하여 희로애락을 좀처럼 드러내지 않았다. 평소에 큰 뜻을 품은 바 있어, 영웅 호걸들 하고만 사귀기를 좋아했다.

신장이 8척, 두 귀가 어깨까지 늘어졌고, 두 손은 무릎까지 닿으며, 눈으로 능히 자기의 귀를 둘러볼 수 있고, 얼굴이 관옥 같으며 입술은 연지를 바른 듯.

그는 중산(中山) 정왕(靖王) 유승(劉勝)의 후예로서 한경제(漢景帝) 각하(閣下) 현손(玄孫)이며 성은 유(劉), 이름은 비(備), 자를 현덕(玄德)이라고 하였다.

옛날에 유승의 아들 유정(劉貞)이 한나라 무제(武帝) 때 탁록정후(涿鹿亭侯)라는 벼슬을 지낸 일이 있었는데, 황실에 규정으로 되어 있는 제사 비용을 부지런히 바치지 못했기 때문에 벼슬자리에서 떨어져 그 혈족의 끄트머리가 탁현에 남게 되었던 것이다.

현덕의 조부는 유웅(劉雄), 부친은 유홍(劉弘)이라고 했다. 유홍은 일찍이 효도와 청렴 결백한 소행이 있는 백성 가운데서 관리를 채용하는 효렴과(孝廉科)의 추천을 받아서 벼슬 자리를 지냈는데 젊어서 세상을 떠났다.

현덕은 어렸을 적에 부친을 여의고 어머니에 대한 효도가 극진했는데 집안이 몹시 가난하여 짚신을 팔고 돗자리를 짜는 것으로 가업을 삼았다. 탁현 누상촌(樓桑村)이란 곳에 살고 있었는데, 집 동남쪽에 큼직한 뽕나무가 한 그루 있어서 높이가 5장(丈)이 넘고 멀리서 바라다보자면 깨끗하게 빛나는 품이 마치 거개(車蓋)가 덮여 있는 것 같았다.

어느 날 어떤 점쟁이가 이 누상촌 근처를 지나다가 뽕나무와 현덕의 집을 유심히 바라다보며,

"이 집에서는 귀인이 나오리라!"

하고 말했었다.

현덕은 어렸을 적에 마을 아이들과 그 뽕나무 밑에서 놀면서 곧잘 이런 말을 하곤 했다.

"나는 천자가 되어서 이 거개를 타고야 말테다!"

현덕의 숙부가 이 말을 기특히 여기고 말했다.

"이녀석이 보통 놈은 아닌데!"

그래서 현덕의 집안이 가난한 줄 아는지라 항시 생활비를 보태 주고 도와 주었다. 열다섯 살 때, 현덕은 어머니가 유학을 시켜서 정현(鄭玄)·노식(盧植) 같은 사람을 스승으로 섬겼고, 공손찬(公孫瓚) 등을 친구로 사귀었다.

유주 태수 유언이 의병을 모집한다는 방문을 써붙였을 무렵 현덕의 나이 이미 28세였다.

의병을 모집한다는 방문을 쳐다보며 현덕이 무심코 한숨을 내쉬고 있을 때, 등뒤에서 한쪽 어깨를 툭 치며 걱실걱실한 음성으로 말하는 사람이 있었다.

"남아 대장부로 태어나서 나라를 위하여 일할 생각은 하지 않고 탄식만 하고 있다니 이 무슨 꼴이오?"

현덕이 깜짝 놀라 뒤를 돌아다보니, 마치 표범 같은 얼굴에, 부리부리한 두 눈이 큼직하고, 살이 투실투실 쪘으며, 뺨에서 턱까지 호랑이같이 긴 수염이 뻗쳤고, 키가 8척, 그 음성이 우뢰 같은 무시무시한 사나이가 우뚝 서 있었다. 현덕이 그 성명을 물었더니 그가 대답했다.

"소생의 성은 장(張), 이름은 비(飛), 자는 익덕(翼德)이라 하오. 대대로 이 탁군에 살아 왔고, 집안은 과히 보잘것없지만, 언제나 천하의 호걸들과 사귀어 왔소. 이제 노형이 탄식하는 광경을 보고 참다못해 말을 붙여 본 거요!"

"소생은 황건적이 제멋대로 날뛰는 꼴을 차마 볼 수 없어서 개탄하며 날을 보내지만, 어찌 하리요. 놈들을 쳐부술 만한 힘이 없으니, 그래서 탄식하고 있는 판이었소!"

"노형이 그렇다면 나에게 약간의 돈이 준비되어 있으니 빨리 서둘러서 젊은 친구들을 모아 가지고 거사를 한번해 보는 게 어떻겠소?"

현덕과 장비가 서로 기뻐서 어쩔 줄 모르며 근처 주막으로 들어가서 술잔을 기울이고 있을 때, 말을 급히 몰아서 이 주막으로 달려드는 또 한 사람의 호걸이 있었다.

그는 성이 관(關), 이름이 우(羽), 자를 운장(雲長)이라 했다. 하동군(河東郡) 해량현(解良縣) 태생으로, 역시 호족(豪族)들이 세도를 믿고 횡포를 부리는 꼴에 분개한 나머지 이리저리 방랑생활을 하다가 의병을 모집한다는 소문을 듣고 뛰어나온 사람인데, 신장이 9척, 수염의 길이가 두 자, 얼굴빛이 붉은 대추 같고, 치올라간 무서운 두 눈, 세상에 두려운 사람이 없을 듯한 훌륭한 풍채였다.

세 호걸들은 몇 마디 말이 오가는 동안에 그 자리에서 의기투합, 장비의 제안으로 바로 그 이튿날 복사꽃이 만개한 장비의 집 넓은 후원에 흑우(黑牛)·백마(白馬)·지전(紙錢) 등, 갖출 것을 다 갖추어 놓고 향불을 피우며 하늘을 우러러 절하고 의형제를 맺기로 맹세했다.

"이에 유비·관우·장비 세 사람은 비록 성은 각각 다르다하나 일단 형제의 의를 맺은 이상 마음을 같이하고 힘을 합쳐서 고난에 빠진 자를 구출하여 위로는 보국(報國), 아래로는 민초(民草)를 편안케 하리로다. 동년 동월 동일에 세상에 태어나기를 바랄 수는 없다지만, 원컨대 동년 동월 동일에 죽고자 하니, 천지신명께서는 우리들의 갸륵한 마음을 굽어 살피소서. 우리 중에서 의를 어기고 은혜를 저버리는 자 있다면 천인(天人)이 함께 이를 주멸(誅滅)할지어다!"

이렇게 맹세를 마치고 나서, 현덕을 맏형, 관우를 둘째형, 장비를 맨끝 아우로 작정하고 천지신명께 제사를 올렸으며, 소와 말을 잡아서 주연을 베풀고 마을의 용사들을 모집하니 몰려든 사람이 3백여 명, 다같이 복사꽃이 만발한 후원에서 만취토록 통음하고, 이날부터 의거(義擧)에 몸을 바칠 결심으로 단단히 뭉쳤다.

이튿날 아침에 무기를 수습해 보니, 탈 만한 말이 없는 게 걱정이었다.

이 궁리 저 궁리 하고 있는 판인데 마침 누가 와서 알려 주었다.

"길손 두 사람이 심부름꾼 여럿에게 말을 떼로 몰게 하여 이곳에 투숙하러 오고 있습니다."

현덕이 대뜸 말했다.

"이는 하늘이 우리를 도우심이다!"

세 호걸이 다같이 문밖으로 나가서 영접해 들였다. 알고 보니 두 길손은 바로 중산(中山) 지방의 큰 장사꾼으로서, 한 사람은 장세평(張世平) 또 한 사람은 소쌍(蘇雙)이라고 하는데, 해마다 북쪽으로 말을 팔러 가는데 근래에는 도둑놈들이 설치기 때문에 되돌아오는 길이었다.

현덕이 두 길손을 안으로 청해다 놓고 술대접을 하며 도둑
놈을 토벌하고 백성을 편히 살도록 해야겠다는 뜻을 말했더
니, 크게 기뻐하면서 그 자리에서 좋은 말을 50필, 금은 5백
냥, 빈철(鑌鐵) 1천 근을 무기 만드는 데 보태 쓰라고 내놓았
다. 이것으로 현덕은 자웅 한 쌍의 긴 칼, 관운장은 중량이
82근이나 되는 청룡 언월도(青龍偃月刀), 그리고 장비는 1장
8척의 무쇠 창을 만들었다.

마침내 적군(賊軍)과 의병 사이에는 치열한 싸움의 불이 붙
었다. 그리고 세 호걸들은 대흥산(大興山) 기슭에서 멋들어진
싸움을 전개했다. 황건적의 장수 정원지(程遠志)는 부장(副
將) 등무(鄧茂)를 앞에 내세우니, 이편에서는 장비가 1장 8척
의 사모(蛇矛)를 휘두르며 내달아 훌쩍 팔을 한 번 위로 쳐드
는 순간에, 벌써 등무의 가슴을 정통으로 찔러서 땅 위에 거
꾸로 박혀 나둥그러지게 쳤다. 등무가 나가떨어지는 것을 보
자 칼을 휘두르며 말을 달려 장비에게 덤벼드는 적장 정원지,
그러나 옆에 있던 관운장이 그냥 있을 리 없었다.

"에잇! 천하에 역적 놈이!"
하는 호통 소리와 함께 관운장의 82근 무게의 청룡 언월도가
한 번 번쩍 하자마자 정원지의 몸은 두 동강이 나 버리고 말
았다.

적병은 흩어져 패주하고 항복하는 자 부지기수였으나, 싸움
은 여전히 그 이튿날도 계속되었다. 청주(青州)의 태수 공경
(龔景)이 황건적에게 포위당했다는 공문을 받은 유언이 추정
에게 군사 5천을 거느리게 하고, 현덕·관운장·장비를 딸려
서 급파하니 여기서도 세 호걸들은 혁혁한 공로를 세우고 적

군을 물리쳤다. 그러나 한편 광종(廣宗) 땅에서는 관군 편의 중랑장(中朗將) 노식(盧植)이 병력 5만으로써 장각의 적도 15만과 대진하여 승패를 가리지 못하고 곤경에 빠져 있었다.

현덕이 군사를 거느리고 영천(潁川)까지 급행했을 때, 다행히 관군 편의 황보숭(皇甫嵩)·주전(朱雋) 두 장군이 적군을 풀이 무성한 깊은 벌판으로 몰아 넣고 심야에 불을 질러서 적군을 패주시키는 데 성공하고 있었다.

동이 훤히 터올 무렵까지 싸우고 싸우다가 기진맥진한 황건적의 장량·장보가 패잔병의 무리를 간신히 수습해 가지고 목숨만이라도 건지려고 후퇴하고 있을 때, 난데없이 새빨간 깃발을 무수히 휘날리며 그 퇴로를 가로막는 수많은 군사들이 있었다.

그 진두에 말을 몰아 내닫는 대장은 신장이 7척, 가느다란 눈에 긴 수염, 관직은 기도위(騎都尉), 패국(沛國) 초군(譙郡) 사람으로 성이 조(曹), 이름을 조(操)라 하고 자를 맹덕(孟德)이라 했다.

조조는 어렸을 적부터 사냥·가무·음악을 즐겼고, 권모술수에 능하며 풍부한 기지를 지니고 있었다. 일찍이 남양(南陽)사람 하옹(何顒)은 조조를 한 번 보자, "한 나라의 황실은 멸망 직전에 처해 있는데 천하를 태평하게 다스릴 인물은 반드시 이런 사람이리라." 했고, 여남(汝南) 사람 허소(許劭)도 인물을 잘 알아보기로 유명한 사람이었는데, 그를 찾아가서 내가 어떠한 인물이냐고 묻는 조조의 말에 이렇게 대답한 적이 있었다.

"그대는 치세(治世)에는 능한 신하요, 난세(亂世)에는 간웅

(奸雄)이오."

조조는 이 말에 심히 기뻐했다. 스무 살 때, 한 고을의 사단 장격쯤 되는 북도위(北都尉)라는 벼슬로 낙양(洛陽)에 있었는데, 취임하자마자 귀인이건 호족이건 평민이건 차별 없이 엄격하게 다루어서 굉장히 위명(威名)을 떨쳤다. 그 후 돈구(頓丘)라는 지방의 현령(縣令)이 되었는데 황건적이 날뛰게 되자 기도위로 임명을 받아 보병·기병 5천을 거느리고 영천으로 싸움을 거들러 달려오는 판이었다.

때마침, 싸움에 패하여 도주하고 있던 장량·장보 두 적장의 군사와 맞닥뜨리게 되어 당장에 퇴로를 가로막고 종횡무진으로 들이쳐서 황건적의 머리를 만여 급(級)이나 베고, 기번(旗旛)·금고(金鼓)·마필(馬匹) 따위를 무수하게 빼앗게 되니, 장량·장보는 간신히 목숨만 건져 가지고 도주해 버렸다.

의기양양해진 조조는 황보숭·주전 두 장수를 만나 보고 간단한 인사를 마치자 곧 군사를 거느리고 패주하는 장량·장보의 뒤를 계속해서 쫓았다.

한편에서는 현덕이 관운장·장비를 거느리고 영천 땅에 당도하니 난데없는 승리의 고함소리가 밤하늘을 진동하며 요란스럽게 울려 퍼지고, 치밀어오르는 불빛에 밤이 낮같이 밝을 지경이었다.

군사를 거느리고 말을 급히 몰아 현장에 와 보니 적군은 이미 싸움에 패하여 후퇴해 버린 뒤였다. 현덕이 황보숭과 주전을 만나서 인사를 드리니, 황보숭이 말했다.

"장량·장보의 군사는 이미 패배하여 얼마 남지 못했으니,

이놈들은 광종(廣宗)에 있는 장각을 의지하려고 그곳으로 몰려갈 것이 뻔하오. 그러니 그대는 이제부터 곧 그 방향으로 되돌아가 주는 것이 좋을 것 같소.”

현덕은 이 말을 듣자, 다시 군사를 거느리고 오던 길로 돌아섰다. 한참 동안이나 말을 급히 몰고 있는데, 저편에서 죄수의 수레를 호송하고 있는 일군의 인마들이 이편으로 달려오고 있었다.

수레 속에 태운 죄수가 누군가하고 유심히 들여다봤더니, 그는 천만뜻밖에도 관군 편의 중랑장 노식이 아닌가!

현덕이 그 광경을 보자 대경실색, 당장에 말 위에서 뛰어내려,

“이 어찌된 일이오니까?”

하며 두 눈이 휘둥그래지니, 중랑장 노식이 말했다.

“나는 여러 차례 장각을 포위했었소. 몇 번이나 놈들을 완전히 쳐부술 수 있는 아슬아슬한 판국에 가서는 장각이란 놈이 요술을 써 가며 대항하는지라 끝끝내 승리를 거두지 못하고 있었을 뿐이었소. 그런데 조정에서는 황문시랑(黃門侍郎)으로 있는 환관 좌풍(左豊)을 군정 시찰차 싸움터에 파견했는데, 이자가 내게 뇌물을 내놓으라고 강요하지 않겠소. 그래서 나는 완강히 거절했소. 병량(兵糧)조차 부족해서 쩔쩔매는 이 마당에서 칙사(勅使)에게 바칠 뇌물이 어디 있느냐고 한 마디로 딱 잘라서 말해 주었소. 그랬더니 이 좌풍이란 자가 앙심을 품고 중앙으로 돌아가서, 내가 진지에 틀어박혀서 싸움도 하지 않고 사기를 저하시키고 있다고 아뢰어서 천자께서는 진노하시고 중랑장 동탁(董卓)을 파견하시어 나의 군사를 대신

영솔케 하셨으니, 나는 이렇게 붙잡혀서 서울로 끌려가 벌을 받아야 될 모양이오."

이 말을 듣자 장비가 얼굴이 금방 불덩어리같이 시뻘개지며 당장에 칼을 뽑아 수레를 호송하는 병사들을 찔러 버리고 노식을 구출하려고 서둘렀다.

이때, 현덕이 선뜻 나서서 급히 가로막았다.

"조정에도 공정히 처사하는 인물이 전혀 없지는 않을 걸세. 너무 조급히 굴지 말게!"

현덕이 장비의 팔을 잡고 말리는 동안에 병사들은 벌써 노식을 태운 수레를 그대로 몰고 그 자리에서 사라져 버렸다. 한옆에 있던 관운장이 말했다.

"노중랑(盧中郎)이 붙잡혀서 저 지경이 되고, 다른 인물이 대신하여 군사를 통솔하게 된다면 우리들은 서로 믿고 의지할 만한 사람을 찾기 힘들 것이오. 일이 이미 이리 된 바에야 차라리 탁군으로 일단 돌아가는 게 좋지 않겠소?"

관운장의 이와 같은 의견을 듣자, 현덕도 격분하지 않을 수 없었다. 그는 두 주먹을 불끈 쥐고 온몸을 부들부들 떨었다.

"천하를 망치는 괘씸한 자들은 역시 환관의 무리들일세! 싸움터에까지 나타나서 뇌물을 탐내고, 죄 없는 사람을 모함하다니. 음, 자네 말도 일리가 있는 말이야!"

이리하여 현덕도 관운장의 의견에 동의하고, 세 호걸들은 마침내 그대로 군사를 거느린 채 북쪽으로 방향을 바꾸어서 말을 몰게 되었다.

이틀 동안이나 세 사람은 진두에 서서 행군을 그대로 계속하였다. 한군데 높직한 산기슭으로 접어들었을 때, 산 저편에서부터 난데없는 고함소리가 천지를 진동하며 울려 왔다.

현덕이 깜짝 놀라 말고삐를 단단히 잡으며 걸음을 멈췄다.

"이크! 이게 무슨 고함소릴까? 높직한 곳으로 올라가 보세!"

현덕이 관운장·장비를 거느리고 언덕으로 올라가 아래를 내려다보니, 거기에는 꿈에도 생각지 못한 놀라운 광경이 벌어져 있었다.

"뭣이? 저게, 저게? 바로?"

손을 펼쳐 이마 위에 대고 먼곳을 내려다보던 현덕은 너무나 큰 놀라움에 입을 딱 벌린 채 두 눈이 휘둥그래졌지만, 다음 순간에는 그것이 소리도 없는 통쾌한 미소로 변했다. 장비도 관운장도 영문을 모르고 현덕의 어깨 너머로 멀리 아래를 바라다보고 있었다.

"형님! 형님! 뭘 그렇게 놀라시오? 또 뭘 그렇게 혼자만 웃고 계시오?"

"저것, 저걸 보게. 저편으로 제일 큼직하고 누런 깃발이 보이지 않나. 저게 바로 장각이란 놈이 분명하지! 이놈, 장각아! 실로 좋은 기회다. 네놈을 산채로 돌려보내지는 않겠다! 핫, 핫, 핫!"

아니나다를까! 현덕이 통쾌하게 웃고 서 있는 높은 언덕 아래, 한없이 넓은 벌판에는 천공장군(天公將軍)이라고 크게 쓴 누런 깃발을 진두에 휘날리며, 황건적 장각의 대군이 벌판을 뒤덮고 조수처럼 밀리며 관군을 이리 몰고 저리 쫓고, 갈팡질팡 달아날 길을 찾지 못하게 하고 있는 아슬아슬한 판국이었다.

"자, 망설일 것 없이 당장에 쳐들어가자!"

현덕의 고함소리와 함께 세 호걸들은 군사를 거느리고 비호같이 말을 달려 관군이 패주하고 있는 싸움터로 화살처럼 쳐들어갔다. 때마침 장각은 동탁(董卓)의 군사를 맹렬한 기세로 쳐부수며 그 기세가 의기양양해서 마지막 궁지에 몰아넣으려고 필사적인 힘을 기울여 추격하고 있었고, 동탁은 장각이 워낙 대군을 거느리고 노도같이 날뛰는지라 순간 순간 위기를 모면할 길이 없는 곤경에 빠져 들어가고 있었다.

그러나 세 호걸 앞에서는 장각의 대군도 풀이 꺾이지 않을 수 없었다. 꿈에도 생각지 못한 현덕의 군사의 측면 공세를 견딜 도리가 없어, 장각은 마침내 꼴사납게 패배하여 50여 리나 멀찌막이 도주하고 말았다.

세 호걸들은 전력을 기울이고 온갖 용맹을 다하여 싸운 끝에 동탁을 구출해 가지고 진지로 돌아왔다. 그러나 사지에서 구출을 받은 동탁의 표정에는 추호도 감사하다는 빛은 찾아볼 수 없었다.

수고했다는 인사 한 마디도 없이, 동탁은 떡 버티고 서서 대뜸 이런 말부터 묻는 것이었다

"그대들의 관직은 무엇인고?"

"아직 아무런 관직도 받은 바 없소이다."

현덕이 이렇게 대답했더니, 동탁은 세 호걸을 대단치 않게 여기고, 은상(恩賞)을 베풀어 주거나 그들의 공로에 위로의 말 한 마디도 해줄 생각이 없는 모양이었다.

동탁은 자를 중영(仲穎)이라고 하며, 농서군(隴西郡) 임조현(臨洮縣) 태생으로 하동군(河東郡) 태수의 벼슬자리에 있었는데, 본래 위인이 오만하기 이를 데 없었다.

현덕이 무뚝뚝한 표정을 하고 이편으로 돌아와서 그런 뜻을

말했더니, 장비가 불을 뿜듯이 노발대발하였다.

"뭐라고? 아니꼽게 우리들의 벼슬이 뭐냐고, 그런 것부터 따지다니! 우리가 목숨을 내걸고 전심전력을 다해서 제놈의 목숨을 사지에서 건져 놓았는데, 수고했다는 인사 한 마디 없이, 그렇게 건방지게 구는 놈이 어디 있단 말이오? 내 이놈을 당장 죽여 버리지 않고는 아무래도 성미가 가라앉지 못하겠소!"

말을 마치자, 장비는 선뜻 칼을 집어들고 당장에 동탁의 진지로 달려갈 기세다. 이야말로 권세에 눈이 어두운 자에게는 영웅도 보이지 않는다는 격이니, 과연 쾌한(快漢) 장비는 이 망은지도(忘恩之徒)를 죽이고 말 것인가. 동탁의 목숨은 어찌될 것인지.

2. 어지러운 조정

張 翼 德 怒 鞭 督 郵

何 國 舅 謀 誅 宦 竪

"그는 윗사람을 받들고 있는 관직을 가진 사람이니 함부로 손을 대지 않는 것이 좋을 걸세!"

사람을 무시하는 오만한 동탁을 한칼에 죽여 버리겠다고 날뛰는 장비의 팔을 꾸욱 잡으면서 현덕이 관운장과 함께 이렇게 말렸다.

"저따위 놈을 그대로 살려 두고, 우리가 그 밑에서 일을 해야 되다니……. 나는 이런 꼴을 못 보겠소! 그래도 형님들이 여기 계시고 싶다면 나 혼자만이라도 이곳을 떠나겠소!"

"우리 세 사람은 의를 위해서 맺어진 형제들이 아닌가! 뿔뿔이 헤어질 수는 없네. 차라리 셋이서 함께 이곳을 떠날지언정……."

"그렇다면 나도 내 성미를 억지로라도 참으리다만……."

이리하여 세 호걸들이 당장에 부하 군사를 거느리고 주전(朱雋)을 찾아갔더니, 그는 세 사람을 여간 후대하는 것이 아니었고, 그 즉시 서로 의기투합하여 병력을 합하여 황건적 장보를 토벌하러 나섰다.

이때, 한편에서는 조조가 황보숭을 따라 장량을 공격하며 곡양(曲陽) 땅에서 큰 싸움을 벌이고 있는 판이었다. 장보는 적군 8, 9만을 거느리고 산 저편에 진을 치고 있었는지라 주전은 현덕을 선봉으로 내보냈다. 장보가 꽁무니를 빼고 부장 고승(高昇)을 내세워서 도전해 오니 현덕은 거기 응해서 장비를 내세웠다. 장비가 한 번 창을 휘두르며 말을 달려 고승과 맞닥뜨리니, 채 몇 합(合)을 싸우기도 전에 고승은 말 위에서 나둥그러 떨어지고 말았다. 이때라고 생각한 현덕이 진두에 서서 지휘하며 총진격을 개시하자, 적장 장보가 말 위에서 머리를 풀어 흐트러뜨리고 한쪽 손에 든 칼끝을 하늘로 향하여 괴상한 주문을 외며 술법을 썼다. 그때 난데없이 사나운 비바람이 일고 천둥 번개가 천지를 진동하여 일진의 시커먼 기운이 하늘로부터 내리덮이더니 그 속에서 무수한 인마(人馬)가 쇄도하는 것 같아 보였다. 현덕의 병사들은 당황하여 허둥지둥, 결국 참패를 당하고 진지로 후퇴하는 도리밖에 없었다.

이런 사정을 주전에게 보고했더니, 그가 말했다.

"놈이 요술을 쓴다면 우린 돼지·양·개를 많이 잡아서 그 피를 준비해 가지고 산꼭대기에 매복해 있다가 놈들에게 뒤집어씌워 주기로 합시다. 이 방법을 쓰면 그까짓 요술도 맥을 못 쓸 거요."

현덕은 주전의 지시대로, 관운장과 장비에게 각각 군사 2천씩을 주어서 산꼭대기에 매복하게 하고 돼지·양·개의 피와 그 밖의 오물을 충분히 준비시켰다. 이튿날 아침에 장보는 멋도 모르고 깃발을 휘날리며 북을 두들기고 의기양양하게 도전해 왔다. 현덕이 이를 맞이하여 싸움이 한창 어울어지는 판에, 장보가 또다시 요술을 쓰니 천둥·번개·비바람이 사납게 일고,

모래와 돌이 하늘로 춤추며 휘날리고 시커먼 요기가 천지를 뒤덮더니 인마가 하늘로부터 화살을 퍼붓듯이 밀려내려왔다.

이때, 현덕이 말머리를 돌려 도주하는 체했더니, 장보는 부하 군졸을 몰고 추격해 왔다. 현덕이 쫓기면서 산기슭으로 접어들었을 때 매복해 있던 관운장·장비의 군사들이 일제히 짐승의 피와 오물을 퍼부으니 이상하게도 요술의 비바람도 천둥·번개도 씻은 듯이 자취를 감추고 말았다. 요술의 힘으로도 당할 수 없음을 깨달은 장보가 급히 군사를 후퇴시키려는 것을 왼쪽에서 관운장, 오른쪽에서 장비가 비호같이 나타나며 협공을 가하니 장보는 마침내 왼쪽 팔에 화살 한 개가 꽂힌 채 양성(陽城)으로 뺑소니를 쳐버리고 다시 나오려 들지 않았다.

싸움이 일단락 지어지자, 주전이 사람을 시켜서 황보숭의 소식을 탐지해 보니 그는 싸움에 큰 승리를 거두어, 패전만 계속하고 있는 동탁을 대신하여 대군을 거느리고 출전했는데, 이 때 장각은 이미 죽어 있었고, 장량은 이 싸움에서 목숨을 잃었다고 했다. 또 그는 중랑장 노식의 공로를 밝히고 무죄함을 아뢰어 원직에 복귀시켰으며, 조조도 공로에 의해 제남군(濟南郡) 태수로 임명됐다는 것이다.

이런 소식을 들은 주전이 밤낮을 가리지 않고 양성을 치자, 형세가 위급함을 깨달은 적장 엄정(嚴政)이 장보를 죽이고 항복했다.

그런데도 황건적의 무리가 깨끗이 전멸된 것은 아니었다. 잔당 조홍(趙弘)·한충(韓忠)·손중(孫仲), 세 적장들은 패잔병 수만을 다시 집결시켜 가지고 닥치는 대로 살인·강도·방화를 일삼으며 장각의 원수를 갚겠다고 기세를 올렸다.

조정에서 역시 주전에게 명령을 내려 승리한 군사를 풀어서 이 무리들을 토벌하도록 지시했다. 이 싸움에서도 현덕은 적진의 배후에서 공격을 가하는 책임을 맡고 혁혁한 공로를 세웠으며, 적장 한충은 마침내 사방으로 포위를 당하고 군량이 끊어지게 되었는지라 항복하겠다는 사신을 주전에게 보내 왔다. 그러나 주전은 이에 응하지 않았고 현명한 현덕도 역시 좋은 의견을 제시해서 싸움을 승리로 이끌었다.

"항복하겠다는 걸 승낙해 주시어 동·남의 포위 진을 풀어 놓으시고 서·북 양편에서 공세를 가하도록 하십시오. 성 안에 있는 수만 명의 적병들이 결사적으로 덤빌 때엔 도리어 수습하기 곤란할 겁니다."

주전은 현덕의 의견대로 했기 때문에 한충을 쏘아 죽일 수 있었고, 그 군사를 사면팔방으로 패주시킬 수도 있었다. 그러나 또 한편에서는 조홍의 대군이 기세를 올리고 있는 바람에 주전이 일단 군사를 후퇴시켰더니, 조홍은 그 틈을 타서 완성(宛城)을 탈환해 버렸다. 주전이 10리쯤 떨어진 곳에 진을 치고 다시 공격을 개시하려는 데, 동쪽에서부터 일군의 인마가 나타났다. 선두에 서 있는 대장은 이마가 널찍하고 얼굴이 큼직하며, 몸집이 범과 같고, 허리가 곰과 같았다. 오군(吳郡) 부춘현(富春縣) 태생으로 성이 손(孫), 이름이 견(堅), 자를 문대(文臺)라고 하는 손무자(孫武子)의 후손이었다. 황건적이 세상을 어지럽게 한다는 소문을 듣자 시골의 젊은이와 장사꾼들을 모아 가지고 회수(淮水)·사수(泗水) 일대의 정병들을 거느리고 싸움을 거들어 볼 결심으로 달려오는 길이었다.

치열한 싸움은 그대로 계속되었지만, 주전·현덕의 철통같은 병력에 손견까지 가담하게 되니 얼마 싸우지 않아서 남양 방면 10군(郡)을 평정한 셈이 됐다. 주전이 군사를 거느리고 서울로 돌아오니 하명이 내려 그는 거기장군(車騎將軍) 하남윤(河南尹)의 관직에 봉하게 되었고, 손견은 별군사마(別郡司馬)의 요직을 맡게 되었으나, 현덕에게만은 아무리 기다려도 상을 줄 눈치가 없었다.

이렇게 되고 보니, 세 호걸들은 우울한 나날을 보내는 수밖에. 하루는 거리를 휘적휘적 돌아다니고 있는 데 낭중(郎中) 장균(張鈞)이 타고 가는 수레와 맞닥뜨리게 됐다. 현덕은 참다못해서 앞으로 나서서 자기의 공적을 호소했다. 장균은 즉시 궁중으로 돌아가 환관들의 횡포와 공로자를 표창해야 한다는 간곡한 계주문(啓奏文)을 올렸건만, 환관들의 도당인 십상시(十常侍)가 이것을 받아들일 리 없었다. 그들 열 명은 대책을 강구한 끝에, 장균은 천자를 해치는 자라 인정하고 두들겨 내쫓아 버렸으며, 이는 황건적을 토벌하는 데 공로를 세운 자들 가운데 불평분자가 있어서 생기는 사태니 우선 대단치 않은 벼슬 자리를 주어 놓고 서서히 처치해 버리자는 결론을 내렸다.

그리하여 현덕을 정주(定州) 중산부(中山府) 안희현(安喜縣)의 현위(縣尉)에 임명했다. 현덕은 부하 20명과 관운장·장비를 거느리고 부임하던 날부터 현정을 다스리는 한 달 동안, 추호도 백성을 괴롭히는 일이 없었고, 언제나 세 호걸이 한자리에서 식사를 하고 잠을 자곤 했으며, 현덕이 관청에 나가 사람을 접할 때면 관운장과 장비 둘은 으레 그 옆에 시립하고 진종일 옆을 떠나려 하지 않았다.

부임한 지 넉 달 만에, 하루는 조정에서 군공(軍功)으로 관리가 된 자 가운데 부적당한 인물은 파면한다는 조서가 내리더니, 독우(督郵—監察使) 한 사람이 지방으로 내려와서 현덕을 괴롭히며 뇌물이라도 먹자는 눈치였다.

이 독우는 까닭 없이 현 안의 아래 관리들을 잡아가지고 가서 현위 현덕이 백성을 해치고 있다는 탄핵문을 쓰라고 강요했다. 현덕이 그들을 석방해 줄 것을 요청하러 찾아갔건만 만나 주지도 않고 문 밖에서 쫓아 버리는 형편이었다.

하고 많은 날 울적한 심사로 술만 마시고 있던 장비가 말을 타고 독우가 머물러 있는 객사(客舍) 앞을 지나노라니, 무슨 일인지 노인 5, 6명이 문앞에서 대성통곡을 하고 있는 것이었다. 그 까닭을 알아보니, 자기네들은 독우가 현덕에게 터무니없는 죄명을 뒤집어씌우려 든다는 소문을 듣고, 그 부당함을 진정해 보려고 왔는데, 문 안에 들여놓아 주지도 않을 뿐더러, 문지기를 시켜서 실컷 때려서 내쫓았다는 것이었다.

성미가 괄괄한 장비, 그대로 참을 수 없었다. 얼굴이 불덩어리같이 대로하여 말리는 문지기도 밀쳐 버리고 안으로 서슴지 않고 뛰어들어갔다. 안에서는 독우가 점잖게 자리잡고 앉아 있는데, 그 주변에는 꽁꽁 묶인 말단 관리들이 즐비하게 땅에 나둥그러져 있었다.

"야, 이 못된 놈아! 백성을 잡아먹으려는 강도 같은 놈아! 네놈은 내가 누군지 몰라 보느냐!"

이렇게 호통을 치며 독우가 입을 벌릴 틈도 주지 않고 그대로 현청 앞뜰까지 질질 끌고 나와서 말 매는 기둥에다 단단히 묶어 놓고 버드나무 가지를 수십 개나 꺾어서 그것이 다 부러지도록 독우의 넓적다리를 내리쳤다. 떠들썩한 소리에 깜짝 놀란 현덕이 급히 달려가 보니, 장비가 흥분한 말투로 그 까닭을 말하는 것이었다.

"이렇게 괘씸한 놈은 때려 죽여야 마땅하오!"

"현덕공(公)! 제발 목숨만은 살려 주시오!"

비명을 지르며 애원하는 독우를 불쌍히 여기는 인자한 마음 씨로, 현덕이 장비를 꾸짖어서 매질하던 손을 멈추게 했다. 그 때 마침 관운장도 뛰어나와서 말했다.

"형님이 세우신 큰 공적은 한두 가지가 아닌데, 얻은 것이란 겨우 일개 현위 자리요. 거기다가 또 이런 독우 따위한테 모욕을 당하다니! 가시덤불 속은 봉황이 깃들일 곳이 못 되오. 차라리 이놈을 죽여 버리고 관직도 벗어 놓은 다음 고향으로 돌아가서 달리 원대한 계획을 세우는 게 낫겠소!"

이 말을 들은 현덕은 당장에 관인(官印)을 풀어서 독우의 목에다 걸어 주며 추상같이 서늘한 음성으로 호령했다.

"너와 같이 괘씸한 놈은 마땅히 살려 두지 않을 것이로되, 오늘은 정상이 측은하여 목숨만은 건져준다. 관인은 너에게 선선히 돌려보내는 바이며, 본인은 이걸로 관에서 물러난다는 것을 명백히 말해 둔다."

독우가 정주(定州)로 돌아가서 이런 사실을 태수에게 보고 하니, 태수는 다시 중앙으로 보고서를 올려, 세 호걸들을 체포 하라는 포병(捕兵)을 파견하여 뒤를 쫓게 했다. 그러나 현덕 ·관운장·장비 셋은 대주(代州)로 직행하여 유회(劉恢)에게 의지하게 되니, 유회는 현덕이 한실(漢室) 황족의 후예임을 알고 그의 집안에 세 사람을 숨겨 주게 되었다.

한편, 조정은 날이 갈수록 어지러워만 갔다. 장사(長沙)에서는 적장 구성(區星)이, 어양(漁陽)에서는 적장 장거(張擧)·장순(張純)이 반란을 일으키어 천자니, 장군이니 자칭하고 날뛰는 판인데도, 조정 안 십상시의 도당들은 천자와 신하 사이에 철의 장막을 쳐놓고 이런 사태를 사실대로 알리지도 않을 뿐더러, 그들에게 복종하지 않는 사람은 누구를 막론하고 죽여 없애자는 결정을 했다.

나라 꼴이 되어 가는 것을 차마 보기 어려워 눈물을 흘려 가며 임금에게 간언을 한 간의 대부(諫議大夫) 유도(劉陶), 사도(司徒—民政, 교육관) 진탐(陳耽) 같은 충신이 나타나기도 했으나, 그들의 옳은 말이 통할 리 없었다. 십상시들은 이 두 충신을 옥중에서 살해해 버린 다음, 거짓 조서를 꾸며내어 손견을 장사의 태수로 삼고, 즉시 적장 구성을 토벌하도록 했다.

50일 만에 강하(江夏)가 평정되었다는 승리의 보도가 들어오자, 조정에서는 명령을 내려 손견을 오정후(烏程候)로 봉하고 유우(劉虞)를 유주(幽州)목(牧—군권까지 장악하는 장관)으로 봉했다. 이러는 바람에 대주의 유회는 편지를 유우에게 보내어 현덕을 추천하니, 유우는 기꺼이 현덕을 도위(都尉)로 내세우고 어양 땅을 평정하는 공로를 세웠으며, 이로써 현덕도 유우의 진력으로 일찍이 독우를 매 때린 죄도 씻어졌고, 별부사마(別部司馬)라는 자리로 승관되어 평원(平原) 현령 자리를 맡게 되었다. 현덕은 평원에 부임하자 그 즉시 군량·군자금·병마를 풍부하게 정비하고 옛날의 위풍당당하던 모습을 다시 찾을 수 있게 됐다.

중평(中平) 6년(189년) 4월에 영제는 병이 중하여 대장군 하진(何進)을 궁중으로 불렀다. 이 하진이란 사람은 본래 돼지를 잡는 백정 출신으로 그의 누이가 궁중으로 들어가 귀인이 되어 황자 변(辨)을 낳고 황후로 봉해지는 바람에 조정의 중신이 된 몸이었다.

영제는 따로 왕(王)씨라는 미인(美人—貴人의 다음가는 왕비)을 총애하게 되어서 그 몸에서도 황자 협(協)을 낳았는데, 하씨 귀인 하황후는 이를 질투하여 왕미인을 독살해 버려서 황자 협은 동태후(董太后)가 키우게 됐다. 동태후는 바로 영제의 모후로서 해독정후(解瀆亭侯) 유장(劉萇)의 아내였다. 본래 환제(桓帝)에게 소생이 없어서 유장의 아들을 궁중으로 맞아들였다. 그래서 영제가 즉위하게 되자 모후를 궁중으로 모셔서 태후로 높인 것이다.

동태후는 일찍이 황자 협을 태자로 봉하도록 영제에게 권한 바 있었으며, 영제도 황자 협을 지극히 사랑했는지라 그렇게 할 생각을 하고 있었다. 영제의 병이 위독해졌을 때, 중상시(中常侍) 건석(蹇碩)이란 자가 아뢰었다.

"협황자를 태자로 세우시려면 먼저 대장군 하진을 없애셔서 후환이 없도록 하옵소서."

영제도 이 말을 옳게 여기고 하진을 궁중으로 불러들였다. 하진이 궁전 문앞까지 왔을 때, 사마(司馬) 반은(潘隱)이 나오더니 앞을 막으며 말했다.

"궁에 들어가시면 안 되오. 건석이 장군을 모살하려 노리고 있소이다."

하진은 대경실색, 시급히 집으로 돌아와서 여러 대신을 모아 놓고, 환관을 모조리 주살해 버릴 궁리를 했다. 이때 자리에서 일어서며 이런 무모한 짓을 하다가 기밀이 누설되면 일족멸망의 화근을 만들게 될 것이니 심사숙고함이 좋으리라고 충고하는 사람이 있었다. 그것이 바로 그 당시 전군교위(典軍校尉)로 있는 조조였다. 하진은 당장에 호통을 쳤다.

"네 따위 소인배가 조정의 대사를 어찌 판단할 줄 안다는 거냐!"

이리하여 아무런 방책도 채 세우지 못하고 망설이고 있는데 벌써 칙사가 도착하여 영제가 이미 붕어하셨으니 후사(後嗣)를 결정하기 위해서 시급히 하진더러 궁중으로 들어오라는 분부가 내렸다.

"나라를 위하여 왕위를 바로잡고 적도들을 토벌할 만한 인물은 없는가?"

하진이 이렇게 좌중을 향하여 물었을 때, 서슴지 않고 나서서 말하는 사나이가 있었다.

"정병 5천만 맡겨 주신다면 궁중으로 들어가 신군(新君)을 책립(冊立)하고, 환관의 무리들을 멸살시켜 천하를 태평하게 하오리다."

그는 성이 원(袁), 이름은 소(紹), 자를 본초(本初)라 하며, 그 당시에 사례교위(司隷校尉)로 있는 사람이었다. 하진은 원소의 뜻에 심히 기뻐하며 근위병 5천 명을 동원했다. 원소가 무장을 든든히 갖추자, 하진은 중신 30여 명을 거느리고 뒤를 따라 궁중으로 들어가 영제의 관 앞에서 태자 변을 세워서 황제의 위에 오르게 했다.

문무백관이 만세를 부르며 식을 끝마치자 원소는 건석을 잡으려고 궁중 깊이 달려들어갔다. 건석은 당황해서 어원(御園)으로 피신한 것을 숲속에 숨어 있던 중상시 곽승(郭勝)이 찔러 죽여 버렸다. 그러자 건석의 지휘하에 있던 근위군은 모조리 항복하고 말았다.

궁중에 이런 분란이 일어나자 하태후는 하진을 불러들였다.

"나나 그대나 본래가 미천한 집안의 태생으로, 장양(張讓) 같은 환관들의 힘이 아니었더면 어찌 오늘날의 영화를 누릴 수 있었겠소! 이제 건석이 그대를 모함한 죄로 주살을 당한 이상 환관을 모조리 살해한다는 것은 마땅치 못하다고 생각하오!"

하진은 이 말을 듣고 물러나와서 모든 사람에게 이렇게 말했다.

"건석은 나를 모해하려고 했으니 일족을 멸함이 마땅하거니와, 그밖의 무리들에게는 형벌을 더 가할 것이 없을까 하오."

"차제에 뿌리를 뽑지 않으면 반드시 후환이 두려우리라."

원소가 이렇게 말했으나, 하진은 자기는 자기대로 결심한 바 있다 하며 그 뜻을 받아들이지 않자, 모든 사람들은 그대로 자리를 물러났다.

그 이튿날, 하태후는 하진에게 명령하여 녹상서사(錄尙書事—宮中要職)에 임명했고, 그밖의 여러 신하들에게도 적당히 관직을 봉해 주었다.

또 동태후는 장양의 무리들을 궁중으로 불러들여서 말했다.

"하진의 누이는 본래 내가 용납해 들였다. 이제 그 아들이 황위를 계승하고 내외 신하를 모조리 심복에 든든히 넣게 된다면, 세력이 너무 과대해지지 않을까?"

이 말에 장양이 대답하기를, 동태후 스스로 뒤에 앉아서 정사를 조종하고, 황자 협을 황위에 올려놓고, 국구(國舅) 동중(董重)에게 대관의 요직을 주어서 군권을 장악시키면 만사 뜻대로 될 것이라고 했다.

동태후는 크게 기뻐하며, 그 이튿날 조정에 나가 황자 협을 진류왕(陳留王)에 봉하고 동중을 표기장군(驃騎將軍)에, 장양 등을 각각 요직에 앉혔다. 한 달 남짓한 동안에 모든 권력이 동태후의 손아귀에 들어가는 것은 알게 되자, 한편 하태후는 어느 날 궁중에 연석을 베풀고 동태후를 청해다 앉힌 다음 술을 따라 올리면서 이렇게 말했다.

"우리들은 부녀자라 정사에 참여하는 것은 마땅치 않을까 봅니다. 우리는 다만 구중(九重)에 깊이 앉아 있고 조정의 대사는 모두 대신들과 원로들에게 맡기시는 것이 나라를 위하여 다행한 일인가 생각됩니다."

동태후가 대로하여 소리쳤다.

"그대는 왕미인을 질투하여 독살해 버리더니 근래에는 아들마저 임금의 지위에 나가게 했고, 오라비 하진의 세력이 제아무리 대단하다 하기로서니, 어째 그런 말을 함부로 하는고? 내, 표기장군에게 한 마디만 한다면 그대의 오라비의 목 하나쯤 베기는 여반장이로다!"

하태후도 똑같이 대로했다.

"내 몸을 낮추어 좋은 말씀으로 권고해 드리는데, 그것은 너무나 지나치신 말씀이시오!"

이렇게 조정이 어수선해지는 꼴을 보자, 하진은 마침내 비장한 결심을 하고, 그해 6월, 사람을 비밀리에 시켜서 동태후를 하간(河間) 역에서 독살시켜 버렸고, 그 관을 서울로 옮겨

다가 문릉(文陵)에 장사지내고 나서는 몸이 아프다는 핑계를 대고 통 조정에 나오지 않았다.

하루는 사예교위 원소가 찾아와서 이런 말을 했다.

"환관 장양의 무리들은 하공께서 동태후를 독살하고 권세를 장악하려 한 것이라고 소문을 퍼뜨리고 있습니다. 이것을 내버려두었다가는 반드시 후환이 두렵습니다. 하공의 형제분이나 그 아래 장사들이 모두 영준한 인재들 뿐이니 이제 이런 분들의 힘을 합쳐서 환관의 무리들을 뿌리뽑으면, 이는 하늘이 주신 절호의 기회인가 합니다."

이런 기밀이 누설되어 좌우 신하들이 장양에게 고해 바치게 되니 장양은 하묘(何苗)에게 흐뭇하게 뇌물을 보내고 이런 뜻을 전했다. 하묘가 하루는 하태후에게 나와서 말했다.

"하진 대장군은 신군(新君)을 보좌하여 어진 정사를 베풀 생각은 없이, 살벌한 일만 저지르려 하오. 까닭 없이 십상시를 주살할 음모를 세우고 있으니 이는 국가에 난을 초래하는 일이 아니고 무엇이겠소?"

태후가 그 뜻을 받아들이고 난 지 얼마 안 되어서 하진이 들어와 환관의 무리를 주살해야겠다는 건의를 했다.

이에 하태후가 대답했다.

"환관이 궁중의 모든 일을 다스리는 것은 한 나라 황실의 관습처럼 되어 내려온 일인데, 선제께서 붕어하신 지 얼마 되지도 않아서 오래된 신하들을 주살할 계획을 세운다는 것은 국가의 일을 소중히 여기는 처사가 되지 못할 줄 아오."

하진은 본래가 결단력이 약한 사나이라서 하태후의 이와 같은 말에 그저 고개만 끄덕거리며 자리를 물러났다.

"대사를 어찌 처리하시기로 작정했습니까?"

기다리고 있던 원소가 이렇게 물었다.

"태후께서 우리들의 뜻을 받아들이려 하지 않으시니 어찌하면 좋을까?"

"전국의 영웅 호걸들에게 군사를 거느리고 서울로 올라오도록 지시하여서 환관의 무리들을 뿌리뽑도록 하십시다. 그때에는 태후께서도 우리들의 의사를 좇지 않으실 도리가 없을 겁니다."

"흐음! 그거 묘한 계책이로군!"

하진은 당장에 각지로 격문을 발송시켜서 천하의 영웅 호걸들을 서울로 집결시키려고 했다.

이때, 주부(主簿―문서 기록의 책임관) 진림(陳琳)이 나서면서 말했다.

"그건 안 될 말이오! 속담에도, 눈을 가려 가지고 새를 잡는다는 것은 결국 자기 자신을 속이는 짓이라고 했으니, 이처럼 미물도 속여서 잡을 수 없거늘 하물며 국가의 대사에 있어서리요! 이제 장군께서는 황실의 위력을 빌려 군권을 장악하시고 용호(龍虎)와 같은 기세를 지니고 계시니 천하 만사 생각하시는 대로, 뜻대로 처리하실 수 있으실 게 아니겠소. 만약에 환관의 무리들을 주살하실 계획이시라면, 이야말로 머리털을 화롯불에 태우시는 일이나 마찬가지요. 장군께서 한 말씀만 지시하시면 하늘이나 백성이나 모두 장군의 뜻을 좇을 것이어늘, 이렇게 쉬운 노릇에 도리어 밖에서부터 장수들을 초청하여 서울 장안을 침범케 하신다면, 여러 고장의 영웅 호걸들이 모여들어 제각기 음흉한 마음을 품지 않는다고 누가 단정하리요? 이는 마치 창을 거꾸로 들어서 자루를 남에게 쥐어 주는 일과 같으니, 도리어 사태가 어지러워만 질 것이오!"

"비겁한 놈! 무슨 소리냐? 핫, 핫, 핫!"

하진이 냉소하며 상대도 하지 않고 있을 때, 옆에서 손뼉을 치면서 한바탕 호탕하게 웃어젖히는 자가 있었다.

모든 사람들이 얼굴을 쳐들고 바라다보니, 그는 다른 사람이 아니라 바로 조조였다.

"이까짓 대단치도 않은 일을 가지고 그다지 야단법석을 할 것까지야! 하하하!"

궁중의 지자(知者)로 유명한 조조, 과연 이 어지러운 판국에서 무슨 말을 꺼내려는 것일까.

3. 적토마를 미끼로

議溫明董卓叱丁原
餽金珠李肅說呂布

조조가 하진에게 이렇게 대답했다.

"환관의 무리들이 국가 대사를 그르친 것은 이제 새삼스럽게 시작된 일은 아닙니다. 이는 물론 세주(世主)께서 그들을 지나치게 총애하셔서 대권을 손에 쥐어 주신 까닭입니다. 이제 그들을 처치하실 의사시라면, 원흉만 없애 버리면 될 노릇이니, 이는 옥리(獄吏) 한 사람에게 맡겨 버려도 족히 해결할 수 있는 일인데, 이것 때문에 천하의 병사를 집결시킨다는 것은 부당한가 합니다. 환관의 무리를 하나도 남기지 않고 모조리 주살해 버리시려면, 반드시 일이 탄로나서 실패에 돌아가기 쉽다고 생각합니다."

"흐음! 그대도 다른 배짱을 가지고 있군!"

하진이 대로하자, 조조가 그 자리에서 물러나와 말했다.

"하진이야말로 천하를 어지럽게 하는 자다!"

그러나 하진은 결국 비밀리에 지령을 내려 밀사들을 각지로 파견했다. 이런 지령을 받고 제일 기뻐한 사람은 역시 전장군(前將軍) 서량자사(西凉刺史)로 있는 동탁이었다. 동탁은 황건적 토벌에도 이렇다 할 만한 공을 세우지 못해서, 십상시에게 뇌물을 바치고 간신히 그 죄를 규탄당하지 않았으며, 그 후에는 중신들과의 능란한 교제로 여러 차례 벼슬자리가 올라갔으며, 마침내 서주(西州) 20만 대군을 통솔하면서 평소부터 굉장한 야심을 품고 있었다. 이런 지령을 받자 그 즉시 병마를 정비하여 속속 떠나 보내고, 자신도 군사를 거느리고 낙양(洛陽)을 향해서 출발했다.

한편, 동탁은 자기 사위이며 막료(幕僚)인 이유(李儒)의 권고를 듣고, 자신이 낙양으로 올라가기만 하면 전심전력을 다해서 장양 일당의 환관의 무리를 제거해 버리고 천하를 태평하게 하겠다는 상주문(上奏文)을 중앙으로 보냈다.

하진이 그 상주문을 받아 가지고 여러 대신들에게 그 뜻을 알렸더니 시어사(侍御史) 정태(鄭泰)가 간했다.

"동탁은 시랑(豺狼) 같은 자요. 서울로 올라오게 되면 반드시 사람을 잡아먹으리다."

하물며 노식(盧植)까지 동탁의 입경을 반대하는 권고를 했지만, 하진은 끝끝내 대장부가 큰일을 하는데 그렇게 사람을 못 믿어서는 안 된다는 이유로 권고를 받아들이지 않았다. 마침내 정태와 노식은 벼슬자리를 버리고 물러났으며, 조정의 다른 대신들도 태반 자리를 뜨고 말았다.

환관의 무리 장양의 일당은 이런 기밀을 알자, 일족 멸망의 날이 닥쳐온다는 공포심에서 이런 사정을 태후에게 계주했으며, 태후는 당장에 하진을 불러들이라는 명령을 내렸다.

태후를 뵈러 궁중으로 들어가겠다는 하진을 주부(主簿) 진림을 비롯하여, 원소·조조까지 적극 말렸으나 하진은 끝내 그런 권고를 듣지 않았다.

원소와 조조는 할 수 없이, 정병 5백 명을 뽑아서 원소의 아우 원술(袁術)에게 지휘하게 하여 궁궐문 앞을 지키게 하고, 둘은 칼을 차고 하진을 보호하여 장락궁(長樂宮) 앞까지 이르렀다.

환관이 앞을 가로막으며 일행을 통과시키지 않자, 하진은 뿌리치고 혼자 궁궐 안으로 달려들어갔다. 가덕전(嘉德殿) 문 앞에서 환관 장양과 단규(段珪)가 마주 나오는가 하는 순간, 그들은 어느 틈엔가 재빨리 하진 옆에 찰싹 달라붙어 서서 큰 소리로 호통을 쳤다.

"동태후를 독살한 놈! 네놈이 우리들만 옳지 못하다고 하다니!"

하진이 당황하여 뺑소니를 치려고 했지만 이미 궁궐의 문이란 문은 모조리 단단히 잠겨져 있었다. 매복해 있던 환관의 무리들이 일시에 덤벼들어 하진의 몸뚱이는 두 동강이 나고야 말았다. 밖에서 기다리고 있는 원소에게는, 안에서 장양이 집어던진 하진의 머리만이 궁궐 벽을 타고 굴러 떨어졌을 뿐이었다.

대경실색한 원소, 환관이 대신을 모살하였다고 호통을 치며 나서니, 궁중은 삽시간에 수라장이 되어 버렸고, 하진의 부장 오광(吳匡)은 청쇄문 밖에 불을 지르고 원술은 궁중으로 뛰어들어 환관이란 환관은 모조리 찔러 버렸다. 이 처참한 분란 속에서 결국 십상시 중의 4, 5명이 당장 거꾸러졌으며, 하묘(何苗)까지 오광의 부하들에게 포위당해서 죽어 버렸고, 장양·단규 두 사람만이 간신히 어린 임금과 진류왕을 모시고 북망산(北邙山)으로 몸을 피했으나, 밤이 3경쯤 되어서 하남윤(河南尹) 밑에 있는 독우(督郵) 민공(閔貢)이 난데없이 덤벼드는 바람에, 장양은 드디어 강물에 몸을 던져 자살하고 말았다.

영문도 모르고 끌려나온 어린 임금과 진류왕은 강변 숲속에 몸을 숨겼다가 5경이나 되어서 동이 훤히 터올 무렵에 한군데 높직한 언덕 위 풀더미 옆에 쓰러지고 말았다.

그러다가 다행히 그들은 부근 초가집에 살고 있는 선조(先朝)의 사도(司徒) 최열(崔烈)의 아우 최의(崔毅)에게 구출되었다.

사방으로 군사를 풀어서 진류왕의 행방을 찾던 민공이 최의의 초가집을 찾아 들어가니, 군신이 다같이 눈물이 비오듯했다. 민공은 곧 최의의 집에 단 한 필밖에 없는 비쩍 마른 말 위에 어린 임금을 태우고, 자기는 또다른 말에 진류왕과 함께 타고 길을 떠났다.

일행이 몇 리 길도 못 갔는데, 난데없이 일군의 인마가 하늘을 무찌를 듯 깃발을 휘날리고 황진을 걷어차며 앞으로 다가들었다. 원소가 대경실색하여 앞으로 나서며,

"뭣하는 사람들이냐?"

하고 물으니, 깃발 뒤로부터 대장 한 사람이 훌쩍 뛰어 내달으며 물었다.

"천자께서는 어디 계시오?"

어린 임금은 부들부들 떨고 있을 뿐, 진류왕이 선뜻 대답했다.

"그대는 누구인고?"

"서량자사 동탁이오."

"그대는 천자를 수호하러 왔는가? 혹은 탈취하러 왔는가?"

"모셔 받들고자 왔습니다."

"그렇다면 천자께서 여기 계신데 어찌 말을 내리지 않는고?"

진류왕의 태도는 위풍이 당당했다. 동탁은 당장에 말을 내려 길 한옆에 꿇어 엎드렸으니 이 순간부터 그는 어린 임금을 폐해 버리고 진류왕을 세우겠다는 뜻을 남몰래 품은 것이었다.

일행이 궁중으로 돌아오니 하태후도 눈물에 젖어 있었다. 그러나 이런 일보다 가장 놀라운 사실은 전국(傳國)의 옥새(玉璽)가 아무리 찾아봐도 없다는 것이었다. 동탁은 이날부터 몸에 무장을 든든히 갖추고 군사를 거느리고 성 안을 자기 세상처럼 돌아다니는 것이 일과였다. 백성들은 영문을 모르고 그의 위엄 앞에 부들부들 떨기만 했다. 동탁은 또 아무 거리낌없이 궁중에 무상 출입했다.

후군교위(後軍校尉) 포신(鮑信)은 동탁의 횡포를 걱정하여 그를 없애 버릴 것을 원소와 상의했으나 그 뜻을 받아들여 주지 않자, 부하 군사를 거느리고 태산(泰山)으로 돌아가고 말았다.

동탁은 드디어 어린 임금을 폐하고 진류왕을 세워야겠다는 결심을 하고 이유와 상의한 끝에 어느 날 굉장한 연석을 마련해 놓고 문무백관을 초대한 자리에서 이런 의사를 표명했다.

동탁의 세도를 무서워하는 백관들은 어느 누구 한 사람도 아뭇소리를 못하고 잠잠히 듣고만 있었다. 그때, 잔치 상을 밀쳐 버리고 앞으로 썩 나서서 고함을 지르는 사람이 있었다.

"안 되오! 그건 안 되오! 그대는 무슨 권한이 있기에 그런 주책 없는 말을 함부로 하는가? 천자께서는 선제의 버젓한 적자(嫡子)시며 또한 아무런 과실이 없으신 터인데 어째서 경솔하게 폐립(廢立)을 의논하려 드는고?"

그는 바로 형주자사(荊州刺史) 정원(丁原)이었다. 동탁은 화를 불끈 냈다.

"나에게 복종하지 않는 자는 살려 두지 않는 것뿐이다!"

동탁은 칼자루를 선뜻 잡으며 정원을 한칼에 찔러 죽이려고 서둘렀다. 긴장된 순간에 그것을 가로막은 것은 이유였다. 이유는 정원의 등덜미에서 위풍당당하고 의기충천할 것만 같은 호걸 한 사람이 방천화극(方天畫戟)을 잔뜩 움켜잡고 두 눈을 부릅뜨고 동탁을 노려보고 있는 것을 재빨리 알아차렸기 때문이었다.

동탁은 여전히 의기양양해서 문무백관을 향해서 이렇게 물었다.

"그래, 나의 말이 조금이라도 공도(公道)에서 어긋났단 말인가?"

노식이 참다못해서 몇 마디 했다.

"그런 의미는 아니지만, 천자께서는 아직 연소하시고, 인자하신 마음씨와 총명한 힘을 지니신 분으로, 추호도 과실을 저지르신 일이 없고, 또 귀공은 일개 외주(外州)의 자사에 불과하며, 본래부터 국정에 참여할 권한도 없으시니 폐립을 운운함은 마땅한 처사가 아닌가 하오!"

동탁은 또 칼을 뽑아 들고 노식에게로 덤벼들려고 미친 사람같이 날뛰었다. 시중 채옹(蔡邕)과 의랑(議郎) 팽백(彭伯)이 간신히 이를 무마시켰다.

"노상서(盧尙書)는 천하에 인망이 두터우신 분이시오. 이런 분을 제일 먼저 해친다면 아마 천하의 공론이 무사하지 않을 것이오."

거기 덧붙여서 사도(司徒) 왕윤(王允)도,

"천자 폐립의 문제는 주석에서 논의할 성질의 일이 아니니 후일 기회를 달리하여 의논하심이 좋을까 하오."
라고 하니 문무백관들도 어물어물 자리를 물러나고 말았다.

동탁이 흥분을 간신히 참고 칼자루를 도로 집어넣고 온명원 문 밖으로 나와 보니, 알지 못할 사나이 하나가 말 위에 앉아 창을 뻗치고 문 밖을 이리저리 오락가락하고 있는 것이었다.

"저건 뭣하는 자지?"

이유에게 물었다.

"바로 정원의 양자로서, 성은 여(呂), 이름은 포(布), 자를 봉선(奉先)이라 하는 사람입니다. 공께서는 잠시 몸을 피하심이 좋을까 합니다."

동탁은 재빨리 온명원 안으로 몸을 숨겼다. 그 이튿날, 정원은 군사를 거느리고 성 밖에 와서 도전했다. 이 보고를 받은 동탁은 대로하여 군사를 거느리고 이유와 함께 출진했다.

양군이 진을 치고 대치하고 있을 때, 여포가 황금 투구를 머리 위에 위엄 있게 쓰고 광채가 찬란한 전포를 입고 당예(唐猊) 갑옷에 보석을 박은 옥대를 질끈 동이고, 자못 무시무시한 자세로 창을 뻗쳐 들고 정원의 진두에 떡 버티고 나서는 것이었다.

정원은 동탁에게 손가락질을 하면서 호통을 쳤다.

"우리나라가 불행하게도 환관의 무리들이 세도를 잡고 온갖 권리를 농락한 탓으로 만백성이 도탄에 빠져서 허덕이게 된 것이다. 그런데 이제 와서 또 너와 같은 자가 나타나서 국가에 대해서 하등의 공을 세운 바도 없이, 천자의 폐립을 입에 담고 섣불리 날뛰고 있으니, 이는 조종을 어지럽게 함이 아니고 무엇이겠느냐!"

동탁이 입을 열어 대답할 틈도 주지 않고 여포는 한 손에 창을 높이 휘두르며 날쌘 동작으로 비호같이 말을 달려 쳐들어갔다.

그렇게 의기양양하던 동탁도 당황하지 않을 수 없었다. 대결해 볼 용기도 없이 허둥지둥 쥐구멍을 찾게 되니 여포는 더욱 기세가 뻗쳐서 전군을 총동원하여 맹렬한 공격을 가했다.

동탁의 군사는 대패하여 30리 밖에까지 멀찌막이 후퇴한 다음에야 다시 진을 치는 수밖에 없었다.

동탁은 곰곰 생각해 봤다.

아무리 생각해 봐도 그는 일찍이 여포만큼 멋들어지고 대담 무쌍하며 용맹한 장수를 본 일이 없는 것 같았다.

그는 드디어 모든 장수들을 모아 놓고 작전을 상의하는 자리에서 말을 꺼냈다.

"여포라는 사나이는 대단한 호걸인걸! 만약에 여포같이 멋들어지고 용맹하고 잘 싸울 줄 아는 장수를 나의 수중에 넣을 수만 있다면, 천하에 두려울 것이 없겠는걸!"

이런 말을 듣고 있던 여러 장수들 가운데서 불쑥 앞으로 나서며 말을 하는 사람이 있었다.

"동공(董公)! 그런 일을 걱정하실 것까지는 없소이다. 여포란 사람은 본래 저와 같은 고향 사람으로서 위인이 용기는 대단하지만 책략을 쓸 줄 아는 머리가 없고, 이해관계 앞에서는 의리마저 저버리기를 곧잘 하는 위인임을 잘 알고 있습니다."

"그런 위인이라면 어떻게 내 밑으로 맞아들일 방법은 없겠는가?"

"제가 솜씨 좋은 입심을 부려서 여포를 설복시켜 우리 편에 가담해 오도록 주선해 보면 어떻겠습니까?"

동탁은 기쁨에 넘쳐서 두 눈이 휘둥그래지고 입이 딱 벌어졌다. 이런 놀라운 수단을 가진 사람이 과연 누구인가 하고 그 얼굴을 유심히 바라보니, 그것은 바로 다른 사람 아닌 호분중랑장(虎賁中郞將) 이숙(李肅)이었다.

"그대는 어떻게, 무슨 방법으로 여포를 설복시켜서 우리 편에 가담시키겠다는 건가?"

동탁이 조급한 마음으로 대뜸 이렇게 물으니, 이숙이 대답했다.

"듣자니, 동공께서는 하루에도 천리 길을 거뜬히 달릴 수 있는 적토(赤兎)라는 명마(名馬)를 가지고 계시다는데, 그것을 저에게 내주십시오. 그리고 또 금은 진주 패물을 흐뭇하게 마련해 주시면 저는 그것을 가지고 그자의 마음을 움직이게 하고, 한편 솜씨 있는 말로써 그럴듯하게 권고해 보면, 여포는 반드시 정원을 배반하고 동공의 수하로 서슴지 않고 달려올 것입니다."

동탁은 한참 동안이나 묵묵히 망설였다. 아무리 여포 같은 용맹한 장수를 자기 수하에 넣는 일이라지만, 적토마를 내준다는 것은 적이 아깝게 생각됐기 때문이었다. 결국, 이유에게 의견을 물어 봤다.

"이걸 어떻게 생각하노? 어찌 했으면 좋을고?"

이유가 선뜻 대답했다.

"공께서 천하를 다스리기 위해서 훌륭한 명장 하나를 수하에 넣으실 생각이시라면 말 한 필쯤이야 그다지 아까워하실

게 있겠습니까?"

동탁은 그 말을 듣더니 흔쾌히 적토마 한 필을 이숙에게 내주었다. 그리고 황금 1천 냥, 주옥 수십 알, 옥대 하나까지 더 얹어 주었다.

이숙은 적토마를 끌고 선사할 물건들을 가지고 내 재간을 한번 보라는 듯이 신바람이 나서 여포의 진지로 찾아갔다. 이리저리 기웃거리고 머뭇머뭇 하고 있노라니 난데없이 어디선지 병사들이 여러 명 나타나며 이숙을 포위했다.

"뭣하러 온 사람이오?"

"나는 여장군의 옛 친구요. 빨리 만날 수 있도록 연락해 주시오."

병사들이 이 뜻을 안으로 전달했더니 여포는 서슴지 않고 인도해 들이라고 부하에게 명령했다.

이숙은 여포의 얼굴을 한번 보자마자, 만면에 미소를 띠고 그럴듯하게 인사말을 했다.

"야아! 아우님, 참 오래간만에 찾아왔지! 그래 그동안 별고 없었나?"

여포는 공손히 머리를 수그려 절하며 대답했다.

"참, 한동안 뵙지 못했습니다. 지금은 어디 계십니까?"

이숙은 이때라고 생각하고 그가 남다른 재간이라고 뽐내는 솜씨 좋은 입심을 부렸다.

"나 말인가? 나 지금 호분중랑장이란 직책을 맡아보고 있지. 일찍부터 그대가 국가를 위해서 애쓰고 있다는 소문을 듣고 충심으로 기뻐하고 있던 참이었어. 이번에 내가 말 한 필을 얻게 됐는데, 이 말은 하루에도 능히 천 리 길을 달릴 수 있는 명마로서, 산을 넘고 물을 건너기를 평지나 다름없이 잘 하는 적토라는 말일세. 이런 훌륭한 말을 그대에게 선사해서, 나라를 위해서 더욱 힘을 발휘하고 분발해 주었으면 하는 생각으로 이렇게 찾아온 길일세."

이숙은 이렇게 말하면서 적토마를 여포의 앞으로 끌어냈다. 여포가 자세히 살펴보니 그 말은 과연 이숙의 말과 틀림없이 전신이 타오를 것만 같이 새빨간 빛깔이며, 잡털이라고는 한 가닥도 섞이지 않았고, 머리에서 꼬리까지의 길이가 1장(丈), 발굽부터 머리까지의 높이가 8척이나 되며, 한번 힘을 써서 우렁차게 울부짖으면 그야말로 하늘로도 뛰어오르고 바다라도 단숨에 뛰어넘을 것만 같은 훌륭한 말이었다. 이 적토마를 가리켜 도수등산(渡水登山)하면 자무(紫霧)가 활짝 트이고, 마치 화룡(火龍)이 구천(九天)에서 날아 내려오는 것 같다고 시를 읊은 사람이 있을 만큼, 이 말은 세상에 드문 준마였다.

여포는 그 적토마를 살펴보고 나더니 기뻐하는 품이 이만저만이 아니었다.

"이렇게 훌륭한 명마를 선사해 주셨는데 뭣으로 답례를 해 드려야 좋을지 모르겠습니다."

이숙은 말솜씨를 부릴 때가 바로 이때라고 또 한번 생각했다. 아주 점잖게 체통을 차리며 이죽이죽 말하는 것이었다.

"이사람아, 나는 의(義)를 위해서 그대를 찾아온 것인데 그게 무슨 말인가? 답례니 뭐니 하는 것은 천부당 만부당한 말일세."

여포는 너무나 감격해서 술상을 정성껏 차려 내놓고 이숙을 대접했다. 술기운이 거나하게 돌기 시작하자, 이숙이 먼저 말을 꺼냈다.

"그대와는 자주 만나지 못했지만, 춘부장 어른과는 가끔 만나 뵙는 사이였지."

"형장께서는 좀 약주가 취하신 것 같습니다. 저의 가친께서는 이미 이 세상을 떠나신 지 오래 되셨는데요. 만나 뵈었을 까닭이 없지 않습니까?"

이숙은 껄껄대고 웃어젖히며 약삭빠르게 말을 둘러댔다.

"아, 참, 그랬지! 내 이렇게 정신이 사나워서……, 내가 지금 말하고 있는 것은 정자사(丁刺史)를 두고 하는 말일세."

이 말을 듣자, 여포는 갑자기 어떤 압박감을 느끼는 듯이, 몸이 졸아드는 것처럼 풀이 죽어서 힘없는 음성으로 가만가만 말했다.

"저는 정건양(丁建陽) 정공의 밑에 있는 몸이라, 마음대로 밖으로 나돌아다닐 수도 없습니다."

"그대가 하늘이라도 버틸 만하고 바다라도 누를 만한 놀라운 재간을 지닌 인재라 함은 천하가 다 아는 터라 부러워하지 않는 사람이 없을 지경인데……. 또 공명도 부귀도 주머니 속에 든 물건을 꺼내듯이 쉬운 노릇일 것인데, 그게 무슨 변변치 못한 소리인가? 뭣 때문에 남의 밑에서 기를 펴지 못하고 세월을 보낸단 말인가?"

여포는 한참 동안 무엇인지 곰곰 생각하더니 심각한 표정을 하며 다시 대답했다.

"심히 유감되고 안타까운 일이지만 천하에서 명군(名君)을 만나지 못한 탓인가 합니다."

"날짐승도 생각이 있는 놈은 나무를 택해서 깃들이고, 어진 신하는 주인을 잘 택해서 섬긴다는 속담도 있지 않은가! 사람이란 항시 기회를 놓쳐 버리고 나서 아무리 후회해도 소용이 없는 걸세!"

"형장께서는 조정 안에서 어떤 인물을 과연 당대의 영웅이라고 보십니까?"

"내가 보건대, 동탁 동공과 어깨를 나란히 할 만한 인물은 별로 없는 것 같단 말일세. 동공은 평소에 어진 사람을 존경할 줄 알고, 선비를 후대해서 기용할 줄 알고, 상과 벌을 분명히 할 줄 아는 인물이니, 장래에 반드시 대업을 완성할 수 있는 위인일세."

"저도 한번 그런 분을 받들어 보고 싶은데 무슨 방법이 없을까요?"

이숙은 이때라고 생각했다. 선뜻 황금과 주옥·패물들을 꺼내서 여포 앞에 죽 벌여 놓았다. 여포는 깜짝 놀랄 수밖에. 이숙은 좌우의 사람들을 밖으로 물리치고 그제야 사연을 밝혔다.

"이것은 동공께서 그대의 놀라운 명성을 흠모하셔서 나에게 전해 달라고 특별히 명령하신 걸세. 적토마도 사실인즉 동공께서 선사하신 거고……."

"동공께서 이다지도 저를 생각해 주신다면 저는 무엇으로 답례를 올려야만 될까요?"

"나 같은 부재(不才)의 몸도 호분중랑장이라는 분에 넘치는 관직을 맡고 있으니 그대가 한번 오기만 한다면 얼마나 높은 벼슬자리를 맡게 될지 알 수 없는 일일세."

"하지만 아무런 공로도 세운 일이 없이 어찌 그분 밑으로……."

"그 공로를 세운다는 것은 그대가 결심만 하면 여반장이지!"

여포는 한참 동안 묵묵히 생각만 하더니 이윽고 비장한 결심을 얼굴에 드러내며 말했다.

"제가 정원을 죽여 버린 후, 군사를 거느리고 동공께로 달려갈 결심이온데 어떨까요?"

"그보다 더 큰 공로야 또 없지! 할 테면 일각도 지체하지 말고 빨리 하는 것이……."

그 이튿날, 마침내 여포는 정원의 목을 베어 가지고 이숙에게로 갔으며, 이숙이 동탁을 만나보게 해주었으니, 동탁의 기뻐하는 품이란 이루 형언할 수도 없었다.

동탁이 여포에게 말했다.

"내 이번에 장군을 얻게 된 것은 마치 가문 날에 자우(慈雨)를 얻은 것이나 진배 없는 일이오!"

이리하여 동탁은 날이 갈수록 점점 더 세도를 부리며 그 위세를 마음껏 휘두르게 되었다.

이유가 또다시 성급하게 천자 폐립 문제를 권고하게 되니, 동탁은 전과 같이 궁중에 주연을 베풀고 문무백관을 소집해 놓고, 여포에게 명령하여 무장을 갖춘 병사 천여 명을 좌우 양쪽으로 대령시켰다.

술이 한창 어울려 들어갈 때, 동탁은 또 전과 같은 말을 꺼냈다.

"천자께서는 몸이 약하시고 정사에 밝지 못하시니 국가의 주인 노릇을 하시기 어렵다고 생각하오. 대신 진류왕을 천자로 받들어 모실 작정이니 이에 복종하지 않는 자는 당장 이 자리에서 목을 베겠소!"

여러 신하들은 겁을 먹고 부들부들 떨고만 있을 뿐, 감히 입을 여는 사람이 없었다.

이때, 중군교위(中軍校尉) 원소가 대담하게 앞으로 썩 나서며 입을 여는 것이었다.

"천자께서는 즉위하신 지 얼마 되지도 않았고, 또 실덕(失德)하옵신 일도 없으시다. 그대가 적계(嫡系)를 폐하고 서자(庶子)를 세우려 하는 것은 모반의 의도인 줄로 안다!"

동탁은 불끈 화를 내고 두 눈을 부릅떴다.

"천하 만사가 모두 나의 수중에 있다! 네놈은 내가 하자는 일에 감히 거역하겠다는 거냐? 이 칼날의 시퍼런 서슬이 눈에 보이지 않느냐?"

원소도 칼을 뽑아 들었다.

"네놈의 칼날이 서슬이 시퍼렇다면 나의 칼날도 과히 무디지는 않을 것이다!"

둘은 주연의 한복판에서 서로 노려보며 대적하고 섰다.

4. 칼로 찌르려다가

廢 漢 帝 陳 留 爲 皇
謀 董 賊 孟 德 獻 刀

동탁이 원소를 찔러 죽이려고 펄펄 뛰는 순간, 이유가 그것을 가로막고 간신히 말렸다. 분함을 참지 못한 원소는 칼자루를 움켜잡은 채, 문무백관에게 작별 인사를 하고 조정에서 뛰쳐나와 관패(官牌)를 풀어서 동문(東門)에 걸어 놓고 기주(冀州)를 향하여 낙향했다.

동탁이 태부(太傅) 원외(袁隗)를 불러 세우고 하는 말이, 원소가 원외의 조카라는 체면을 생각하여 이번만은 목숨을 살려 두는 것이니, 누구나 자기가 하고자 하는 일에 반대하는 자는 군법에 의해서 처단하겠다고 노발대발했다.

여러 신하들이 부들부들 떨며 감히 아무 소리도 못하는 삼엄한 공기 속에서 연석이 끝나게 되자, 동탁은 시중 주비와 교위(校尉) 오경(伍瓊)과 더불어 앞으로 원소에게 대처할 문제를 상의했다.

두 사람이 동탁에게 권고하는 말은 똑같았다. 앙심을 품고 달아난 사람을 그 이상 뒤쫓아서 박해를 가한다면, 원소의 지반인 산동(山東) 지방이 동탁에게서 이탈해 버릴 우려가 있고, 또 이런 기회를 노려서 영웅 호걸들이 도처에서 불길을 일으킨다면 사태가 수습하기 어려운 곤경에 빠질 것이니, 우선 군수(郡守) 정도의 벼슬자리를 주어서 무마해 두면 원소도 자기 죄과가 용서받은 것을 기뻐하게 되어 후환이 없으리라는 것이었다. 동탁은 이들 두 사람의 권고를 받아들여 그 즉시 사신을 파견해서 원소에게 발해군(渤海郡) 군수 자리를 주었다.

그러나 한편으로 동탁은 마침내 역적의 잔인 무도한 소행을 감행하고야 말았다. 그해 9월 1일, 가덕전(嘉德殿)에 황제를 오르게 하고 문무백관을 소집시킨 다음, 서슬이 시퍼런 칼을 한 손에 뽑아 들고 황제 폐립을 선포하는 한편, 준비했던 책문(策文)을 이유를 시켜서 읽도록 했다.

"진류왕 협께서는 성덕(聖德)이 높으시고 규거(規矩)가 숙연(肅然)하셔서서 대명이 이미 천하에 떨치셨으니 마땅히 만세의 황통(皇統)을 이으실 분이로다……"

책문을 다 읽기가 무섭게, 동탁은 좌우의 신하에게 명령하여 천자를 옥좌로부터 끌어내려 새수(璽綬)를 풀어서 북쪽을 향하여 꿇어앉힌 다음 신하의 대열 속으로 몰아 버리고, 태후를 끌어내어 옷을 벗겼다.

이 잔인하고 처참한 장면에서, 별안간 섬돌 아래로부터 손에 잡은 상간(象簡)을 휘두르며 고함을 지르는 신하가 한 사람 있었다.

"역적 동탁아! 하늘을 속이는 무도한 짓이란 바로 너의 소행을 가리키는 말이다! 네 이놈! 내 목을 베어 그 피라도 마셔라!"

그것은 상서(尙書) 정관(丁管)이었다. 동탁은 당장에 정관을 끌어내어 목을 베게 했다. 목숨이 끊어지는 순간까지 태연자약하게 동탁의 죄과를 저주하며 눈을 감은 정관의 중신(重臣)답고 대장부다운 태도는 후세 사람들이 두고두고 감탄하여 마지않을 만했다.

그 당시 나이 겨우 아홉 살밖에 안 되는 진류왕 협은 영제의 둘째 아드님으로서 헌제(獻帝)라 일컫게 되었고, 연호도 초평(初平)이라 고쳤다. 동탁은 상국(相國)이라는 최고의 재상 자리에 앉아서 천자 앞에 나가는데도 칼을 차고 신발을 신은 채, 조정 안에 어느 누구 한 사람 거리끼는 이 없었고, 누구에게나 권력과 억지 명령으로 임했다.

이유가 인망 높은 명사를 발탁해서 쓰도록 하라고 채옹(蔡邕)을 추천했을 때도, 채옹이 이에 응하지 않으려 하자, 동탁은 그의 일족을 멸살시키겠다고 협박했다.

이렇게 해서 억지로 조정에 나온 채옹을 한 달에도 세 번씩이나 승관을 시켜서 시중 자리를 주는 둥, 동탁의 제멋대로 하는 일들은 모두가 주책없는 짓뿐이었다.

폐위를 당한 어린 임금과 하태후·당비(唐妃)는 영안궁(永安宮)에 감금되어 의식(衣食)이 결핍할 지경으로 눈물에 젖어서 세월을 보내고 있었다. 어느 날 두 마리의 제비가 뜰에 날아든 것을 보고 어린 임금은 자기도 모르게 몇 구의 시를 읊었다.

푸릇푸릇 돋아나는 새 풀들이 연기처럼 아물아물,
날씬한 제비들이 쌍쌍이 날고.
낙수 강물이 한 줄기 푸른 띠처럼 흐르니,
언덕 위 사람들 그 경치를 감탄하여 마지않고.

멀리 바라다보노라면, 벽운이 깊은 곳,
그곳이 바로 내 옛 궁전이었거니.
뉘라서 충의를 지켜,
내 마음속의 원한을 풀어 주리.

嫩草錄凝煙　裊裊雙飛燕　洛水一條靑　陌上人稱羨
遠望碧雲深　是吾舊宮殿　伺人仗忠義　洩我心中怨

　매일 같이 사람을 시켜서 그들의 동정을 감시하고 있던 동
탁은 이 시구를 손에 넣게 되자, 이따위 원망이 가득찬 시를
읊고 있다는 것조차 괘씸하다고 호통을 치고, 이유에게 부하
열 명을 인솔시켜 어린 임금을 죽여 버리고 오라고 명령했다.
　이유는 독약을 탄 술잔을 마시라고 강요했으나, 하태후가
이를 거절하자 한 자루의 단도와 흰 비단 한 필을 내놓고 목
숨을 스스로 끊으라고 협박했다.
　"국적(國賊) 동탁아! 우리 모자를 이다지 못 살게 굴고 천
벌이 두렵지 않을소냐! 이런 일에 가담한 무리들도 일족 멸살
을 면치 못하리라!"
　호통을 치며 어린 임금을 부둥켜 안고 눈물이 비오듯하는
하태후. 결국, 이유는 하태후를 두 손으로 떠다밀어 2층에서
떨어뜨린 다음 강제로 목을 졸라 죽이고, 어린 임금을 독살시
켜 가지고 동탁의 명령대로 그 시체를 성 밖에 매장했다.
　동탁의 횡포는 날이 갈수록 이루 말할 수 없었다. 밤이면
궁중에 머물러 있으면서 궁녀들을 간음하기 일쑤요, 천자의
용상에서 제 방처럼 잠을 자곤 했다. 까닭 없이 고을의 선량

한 백성들을 한꺼번에 천여 명씩 목을 베어 가지고는 도둑의 무리를 토벌했노라고 수레에 질질 끌고 서울로 돌아오는가 하면, 재물과 여자들을 함부로 약탈하고 돌아다녔다.

월기교위(越騎校尉)로 있는 오부(伍孚)가 이런 잔인 무도한 꼴을 보다못해서 항시 단도를 품 속에 감추고 동탁의 목숨을 노리고 있던 중, 어느 날 동탁이 궁문 밖으로 나오는 찰나, 칼을 뽑아 들고 그에게 덤벼들었다.

"역적 동탁아! 네놈의 죄악은 하늘을 뒤덮을 지경이오, 백성치고 어느 누구 한 사람 네놈을 죽이고 싶어하지 않는 자 없다! 수레바퀴에 매달아 사지를 찢어 죽여도 시원치 않을 놈아!"

그러나 무서운 권력 앞에는 충신도 소용이 없었다. 결국 동탁은 명령을 내려 오부의 몸뚱이를 토막토막 쳐서 끔찍하게 죽여 버리고 말았다.

이때, 발해(渤海)에 있던 원소도 동탁이 권력을 농하여 제멋대로 횡포를 부리고 있다는 소문을 듣고, 아무도 모르게 밀서를 왕윤(王允)에게로 보내 왔다. 자기는 진충보국이라는 일념에서 왕실을 깨끗이 숙청하여 바로 잡을 생각으로 군사를 모아서 훈련시키고 있으나, 아직도 은인 자중하고 기회만 엿보고 있으니, 뜻이 자기와 같다면 시기를 보아서 같이 행동하자는 것이었다.

이런 밀서를 받고, 왕윤은 머리를 짜 가며 이 궁리 저 궁리 해봤으나 아무런 묘계가 떠오르지 않았다.

어느 날, 궁중 별실에 여러 구신(舊臣)들이 모여 있는 것을 발견하고 왕윤은 이렇게 말했다.

"오늘은 본인의 생일인데 밤에 여러분께서 누추한 집이나마

왕림해 주시면 맛없는 음식이라도 함께 모시고 즐거 볼까 합니다."

그날밤, 구신들을 자기 집 깊숙이 청해다 놓고 술이 몇 순배 돌자, 왕윤이 갑자기 목이 메어 말을 못하고 흐느껴 울기만 하는 것이었다.

"사도(司徒)께서는 기쁜 생신이라 하시더니 어인 연고로 우시오?"

여러 대신이 깜짝 놀라 물으니, 왕윤이 그제야 눈물 섞인 음성으로 대답했다.

"사실 오늘은 나의 생일도 아무것도 아니오. 여러분과 이야기해 보고 싶었지만, 동탁에게 의심을 받을 것이 두려워서 거짓말을 했던 것이오. 동탁은 천도를 거역하고 권력을 농하여 나라의 앞길이 위태롭기 아침 저녁을 헤아릴 수 없게 했소! 고조 황제께서 진나라를 쳐부수시고 초나라를 굴복시키시어 천하를 통일하신 대업을 생각하자면, 그것이 오늘날에 와서 동탁의 손에 이다지 망쳐 버릴 줄이야 뉘 알았으리오! 이런 슬픔을 참을 길 없어 부지중 울음이 북받쳐 오른 것이오!"

이 말을 듣고 눈물을 흘리지 않는 사람이 없었다. 이때, 좌중에서 손뼉을 치고 깔깔거리고 웃으며 이런 말을 하는 사람이 있었다.

"조정의 대신들이 밤이 되면 날이 새도록 울기만 하고, 날이 밝아도 또 눈물만 흘리고, 그렇게 숱한 눈물로 동탁 하나를 죽이지 못한단 말이오?"

왕윤이 깜짝 놀라 유심히 쳐다보니 다른 사람이 아니라, 바로 효기교위(驍騎校尉) 조조였다. 왕윤이 화를 내며,

"그대도 대대로 한나라 조정의 녹을 타 먹는 사람이 아닌가! 이러한 위급한 시국에 처하여 나라에 보답할 생각은 하지 않고, 그게 무슨 말이오?"

하니, 조조는 여전히 생쥐 같은 웃음을 생글생글 웃으며 말했다.

"내가 웃는 데는 까닭이 있소! 이렇게 많은 대신들 중에 한 사람도 동탁을 처치할 만한 계교를 가진 이가 없다는 점이 우스운 것이오. 내, 비록 부재(不才)의 몸이긴 하나, 당장에 동탁의 목을 베어 장안 높은 문에 매달아 천하의 역적의 표본을 보일 수 있도록 하리다!"

왕윤은 그 말을 듣자 좌석에서 미끄러져 내려앉으며 반색을 하고 물었다.

"맹덕공(孟德公)께서는 어떠한 계략을 가지고 계시오?"

"일찍부터 내가 아니꼬운 꼴을 무릅쓰고 동탁을 섬겨 온 것도 사실인즉 좋은 기회를 엿보자는 계획이었소. 요즘 와서는 그도 나를 매우 믿음직하게 여기고 있는 판인지라, 나도 다행히 힘 안 들이고 그에게 접근할 수 있게 되었소. 듣자니 왕사도께서는 칠보도(七寶刀) 한 자루를 간직하고 계시다는데, 그것을 나에게 잠시 빌려 주시기만 하신다면 동상국(董相國)의 관저로 가서 그를 찔러 죽이고 말겠소. 이번 일에 나의 목숨을 희생당하는 한이 있더라도 후회하지는 않으리다!"

"귀공에게 이다지 비장한 결의가 있다면 이는 천하에 둘도 없는 다행이라 아니할 수 없소!"

왕윤은 경건한 태도로 친히 조조에게 술잔을 높이 들고 술을 따랐다. 조조, 철철 넘치는 술을 땅에 뚝뚝 흘리며 비장한 표정으로 거사를 맹세하니, 왕윤도 그 즉시 칠보도를 꺼내서 조조에게 주었고, 조조는 또다시 술 한 잔을 쭈욱 들이키더니 서슴지 않고 칠보도를 받아들고 여러 대신에게 정중하게 인사를 한 다음 자리를 물러났다.

이튿날, 조조는 칠보도를 허리에 위엄 있게 차고 동탁의 저택으로 달려가서 동승상의 소재를 물었다.

"대청에 계시오!"

하는 하인배의 대답을 듣고, 다짜고짜로 불쑥 안으로 뛰어들어갔다. 동탁은 옆방에 있는 침상 위에 앉아 있었고, 여포가 그 옆에 버티고 서 있었다.

"맹덕, 오늘은 몹시 늦었군!"

"말이 삐쩍 마른 놈이라서 빨리 달리지 못해서 늦었소이다!"

"허허, 그래? 그렇다면 서량(西凉)서 보내온 준마 한 필이 있는데……."

하더니, 동탁은 여포에게 분부했다.

"이것 봐, 봉선(奉先)이, 맹덕에게 그 서량서 온 말 한 필을 내주게 하지."

여포는 분부대로 자리를 떠서 밖으로 나갔다.

'이놈이, 운수가 다했구나!'

이때라고 생각한 조조는 칼을 빼서 찔러 버릴까 말까 망설이고 있었는데, 동탁이 워낙 힘이 센 것을 아는 바람에 차마 용단을 내리지 못하고 있었다. 동탁은 몸이 비대하여 오랫동안 가만히 있지를 못하고 저쪽 벽을 바라다보며 비스듬히 누웠다.

'옳지! 이 역적 놈이 이제야 마침내 정말 죽을 때가 왔구나!'

조조는 또 한번 이렇게 생각하고 보도를 썩 뽑아 들었다. 선뜻! 찌르려고 하는 찰나에 동탁은 아무 생각 없이 벽에 걸려 있는 커다란 거울 속을 들여다보았다. 자기 등덜미에서 칼을 뽑아 든 조조의 모습이 거울 속에 비쳐 있지 않은가!

"이게!"

깜짝 놀라 몸을 훌쩍 돌이킨 동탁이 외쳤다.

"맹덕이, 무슨 짓을 하고 있는 거야?"

이때, 마침 여포가 말을 끌고 나타났다. 조조가 당황하여 칠보도를 두 손으로 고쳐 잡더니 재빨리 무릎을 꿇고 앉으며 대답했다.

"제가 보도 한 자루를 지니고 있었는데 진귀한 물건이기에 특히 동상궁께 바치는 바이오!"

동탁이 받아 보니 조조의 말대로 그 보도는 길이가 한 자나 되는데 칠보를 아로새긴 진귀한 칼인지라 여포에게 주어서 간직해 두라고 분부했다. 조조는 칼집까지 풀어서 여포에게 주었다. 동탁이 조조를 데리고 뜰로 내려서서 거기 매여 있는 말 한 필을 보여 주니 조조는 감사하다고 절하며 말했다.

"당장에 시험 삼아 한 번 타보고 싶습니다."

동탁은 서슴지 않고 안장과 고삐를 갖추어 주었다. 말을 끌고 밖으로 나온 조조는 한 번 채찍질을 신바람 나게 하더니 동남쪽으로 뺑소니를 쳤다.

"방금, 조조는 동공을 칼로 찌르려 들다가 공께 들켰는지라 칠보도를 바친 것이 아닐까요?"

여포가 이렇게 말하니, 동탁이 대답했다.

"흐음! 나도 태도가 수상쩍다고 생각했어!"

이러는 중에 마침 이유가 나타나서 동탁이 방금 있었던 사실을 그대로 이야기해 줬더니, 이유가 말했다.

"조조는 처자를 서울에 둔 것도 아니고, 혼자서 떠돌아다니며 살고 있습니다. 언제 무슨 일이 있을지 모르는 위인이니 시급히 사람을 보내어 불러 보십시오. 두말 없이 당장에 달려오면 진심으로 칠보도를 공께 바칠 의사가 있었던 것이오, 만일에 이 핑계 저 핑계를 하고 오지 않는다면 반드시 공의 생명을 노린 것이 틀림없을 겁니다. 붙잡아서 심문에 붙이셔야 합니다!"

동탁은 과연 그럴듯한 의견이라 생각하고 옥졸 네 명을 그 길로 조조에게 파견했다. 얼마 안 되어서 옥졸들이 돌아와서 보고해다.

"조조는 자기 거처하는 곳으로 돌아가지도 않았으며, 말을 타고 그대로 동문을 지나 도주해 버렸습니다. 성문지기가 가로막고 통과시키지 않으려니까, 승상께서 분부하신 긴급한 일로 나가는 길이라 하며 말을 달려 빠져나갔다고 합니다."

"흐음! 괘씸한 놈이로군!"

동탁의 우락부락한 얼굴에는 당장에 노기가 치밀어올랐다.

이유가 옆에서 또 말했다.

"그것 보십시오! 조조란 자가 그런 꾀를 부려서 성문 밖으로 뺑소니를 쳤다면, 반드시 공의 생명을 노린 것이 틀림없소이다!"

동탁은 화를 참지 못하고 투덜투덜 조조를 욕하고 저주했다.

"내가 그토록 저를 잘 대접하고 소중히 여겨 왔는데, 천하에 이렇게 배은망덕하는 괘씸한 놈이 있다니, 이놈을 당장에 잡아들이지 않고는……."

"이건 결코 조조 하나만의 뜻이 아닐 겁니다! 조조 하나만 붙잡는다면 그 배후와 주변의 자세한 내막을 알 수 있을 겁니다."

이유가 맞장구를 치면서 옆에서 하는 말이었다.

분노를 참지 못하는 동탁은 방방곡곡으로 지령의 문서를 발송시키고 세밀히 조조의 얼굴 모습을 그린 인상서(人相書)까지 작성해서 그 체포를 명령하고, 생포한 자에게는 상금 1천 금, 만호(萬戶)의 후(侯)로 봉할 것이며, 반대로 조조를 은닉한 자는 조조와 동일한 죄로 다스린다는 포고령을 내렸다.

한편, 조조는 동탁이 내린 서량의 준마를 한번 잡아타자, 자못 통쾌한 기분으로 초군(譙郡)을 향하여 화살처럼 날아갔다.

도중에서 중모현(中牟縣)을 거치게 됐을 때, 관문지기에게 가로막혀서 결국 현령 앞으로 붙잡혀 나가는 몸이 됐다.

"그대는 뭣하는 사람인고?"

이렇게 묻는 현령의 질문에 조조는 서슴지 않고 대답했다.

"저는 장돌뱅이 장사아치로 성을 황보(皇甫)라고 합니다."

현령은 그 말을 듣더니 왜 그런지 조조를 유심히 아래 위로 훑어보며 뭔가를 한참 동안이나 묵묵히 생각하고 나서야 입을 열었다.

"나는 예전에 벼슬자리를 얻어 볼까 하고 낙양에 가서 얼마 동안 머물러 있었을 때, 그대를 여러번 본 일이 있어. 조조! 나를 속이려 들어도 안 될 말이야! 좋아! 우선 영창에 집어넣어 놓았다가 내일 서울로 호송해 가지고 가서 상이나 타도록 해야겠군!"

이렇게 말하고, 관(關)지기 병사들에게는 술상을 잘 차려 내서 배불리 먹여 돌려보냈다. 그날밤이 깊은 다음 이 현령은 측근자에 명령하여 조조를 살그머니 영창에서 끌어냈다. 깊숙한 곳에 있는 밀실로 데려다 놓고 말했다.

"그대는 동승상에게 귀여움을 받고 요직에 있다는 소문을 들었는데, 어찌하여 자진해서 화근을 만드는 짓을 하고 돌아다니는고?"

조조가 발끈 화를 내면서 앙칼진 음성으로 대답했다.

"연작(燕雀)이 어찌 홍곡(鴻鵠)의 뜻을 알리요! 그대는 이미 이렇게 내 몸을 마음대로 체포한 이상, 한시바삐 서울로 연행하여 상금이나 타먹을 노릇이지, 무엇을 횡설수설 떠들 필요가 있단 말인가?"

이 말을 듣자, 현령은 자못 엄숙한 표정을 하고 좌우에 있는 측근자들을 모조리 밖으로 내보내더니 조조에게 넌지시 이렇게 말했다.

"그대는 뭣 때문에 나를 이다지 대수롭지 않게 여기는가? 내, 이래봬도 하잘것없는 보통 속리(俗吏)가 아니오. 단지 진심으로 섬길 만한 주인을 만나지 못했을 뿐이거늘……."

"솔직히 말하면, 나는 대대로 한나라 황실의 녹을 받아먹고 살아온 자이니, 만약에 진충 보국하려는 정신이 없다면 금수나 뭣이 다르겠는가? 머리를 굽히고 지조를 굽히고 아니꼬운 꼴을 참아 가며 동탁을 섬겨 온 것도 오로지 기회를 노려서 나라에 해를 끼치는 역적 놈을 뿌리 뽑아 없애자는 일념에서였거늘……. 그것이 여의치 않게 되었으니 이 또한 하늘의 뜻이라고 할 수밖에……."

"그럼, 조공께선 어디로 몸을 숨기실 작정이셨소?"

"고향으로 돌아가서 가짜 조서를 꾸며 가지고 방방곡곡에 뿌려 천하의 후(侯)란 후를 모두 모아 가지고 군사를 총동원하여 동탁을 거꾸러뜨려 보자는 것이 나의 평소의 소원이오!"

이 말을 듣고 난 현령은 자리에서 내려와서 손수 조조를 묶은 줄을 풀어 주며 상좌에 앉혀 놓고 정중하게 몇 번이나 절을 했다.

"그대는 진실로 천하에 드문 충의지사요!"

조조도 그제서야 답례하며 현령의 성명을 물었다.

"나는 성이 진(陳), 이름은 궁(宮), 자는 공대(公臺)라 하오. 노모님과 처자는 모두 동군(東郡)에 계시오. 이제 그대의 충의지심에 감격하여 나도 관직을 벗어 던지고 그대를 따라서 일하고 싶소!"

조조는 여간 기뻐하지 않았다.

그날밤으로 진궁은 노자 돈을 시급히 마련했고, 조조에게 의복을 갈아입힌 다음 각각 칼을 한 자루씩 등에 메고 말을 달려 곧장 고향으로 향했다.

사흘 동안이나 길을 계속했다. 성고(成皐)라는 고장에 가까이 다다랐을 때 날이 어둑어둑 땅거미가 다가들었다. 조조는 채찍을 높이 쳐들어서 저쪽 수목이 깊숙하게 무성해 있는 곳을 가리키며 진궁에게 말했다.

"저기 성은 여(呂), 이름을 백사(伯奢)라고 하는 분이 살고 계시오. 이분은 우리 가친과 형제의 의를 맺고 지내시던 이요. 찾아가서 고향 소식도 알아보고 하룻밤 잠자리를 청해 봄이 어떻겠소?"

"그것 마침 잘 됐소!"

이리하여 두 사람은 그 집을 찾아가서 문전에서 말을 내리고 곧장 주인 여백사를 찾아 들어갔다. 여백사란 사람이 깜짝 놀랐다.

"조정에서는 각지로 지령을 내려서 그대를 체포하려고 애쓰는데, 용케 여기까지 왔군!"

조조가 여태까지의 경과를 말하고 현령 진궁에게 신세진 이야기를 했더니, 여백사도 진궁에게 공손히 절하고 하룻밤을 자기 집에서 묵어 가라고 쾌히 승낙했다. 한참만에 여백사는 집안에 좋은 술이 없으니 서쪽 마을에 가서 술을 사 오겠다 하며 밖으로 나갔다. 조조와 진궁이 주인이 돌아오기만 기다리고 있을 때, 뒤꼍에서 칼을 가는 소리가 요란하게 들려 왔다. 둘이서 살며시 뒤로 돌아가 엿들으니,

"그럼! 단단히 묶어 놓고 잡아야지!"

하는 음성이 들렸다. 주인이 밖으로 나간 것부터 수상쩍게 생각하고 있던 조조는 말했다.

"내 생각이 틀림없었구나! 선수를 써야지 큰일날 뻔했다!"

하고, 남자, 여자 가릴 것 없이 거기 있는 여덟 사람을 모조리 죽여 놓고 보니 부엌에는 돼지 한 마리가 묶여서 당장 죽는 시늉을 하고 있었다. 결국, 조조는 지나친 신경과민으로 죄도 없는 사람을 마구 죽여 버린 것이었다.

두 사람은 얼른 말을 잡아타고 뺑소니를 치다가 도중에서 술과 안주를 잔뜩 사들고 오는 여백사와 마주쳤다.

"이거 두분께서 왜 이다지 빨리 떠나는 거요?"

"쫓기는 몸인지라 오래 머무를 수도 없어서……."

조조는 이렇게 말하고 그대로 말을 달려 그 자리를 지나쳐 가더니, 몇 걸음 안 가서 휙 몸을 돌이키고 소리를 질렀다.

"거기 가는 게 누군고?"

여백사가 몸을 훌쩍 돌이켰을 때, 조조는 재빨리 움켜잡은 칼로 여백사의 목을 뎅겅 쳐버렸다.

대경실색한 것은 진궁.

"아까는 잘못 생각하고 사람을 죽였는데, 이건 또 무슨 짓이오?"

"백사가 집으로 돌아가서 집안 사람이 죽은 것을 보면, 그대로 있지는 않을 것이오. 만일에 사람을 몰아 가지고 뒤를 쫓아오면 큰일이지. 나는 남을 못 살게 꼴 수 있지만, 남에게 그런 꼴을 당하긴 싫으니까……."

진궁은 묵묵히 말이 없었다.

밤이 되어 어떤 여인숙 문을 두들기고 묵어서 가게 됐다. 조조는 말을 배불리 먹여 놓고 먼저 잠이 들었다. 진궁은 곰곰 생각했다.

'나는 조조가 훌륭한 인물인 줄 알고 벼슬까지 버리면서 따라왔더니, 이렇게 잔인한 사나이일 줄은……. 이대로 살려 뒀다가는 나중에 반드시 화근이…….'

그는 서슬이 시퍼런 칼을 집어들고 조조의 가슴팍에 칼 끝을 들이댔다.

5. 술이 식기 전에

發矯詔諸鎭應曹公
破關兵三英戰呂布

　진궁은 조조에게 손을 대려는 아슬아슬한 찰나에 문득 이런 생각을 했다.

　'나는 나라를 위해서 이자를 따라온 것이다. 지금 이자를 죽여 버린다면 의리를 배반하는 게 된다. 이대로 내버려두고 달아나자!'

　이렇게 마음을 고쳐먹은 진궁은 그길로 말을 잡아타고 동군(東軍)으로 가 버렸으며, 잠이 깬 조조도 진궁이 자기의 말이 비위에 거슬려서 달아나 버렸거니 하는 재빠른 판단을 내리고, 당장에 자기 아버지를 찾아 진류(陳留)로 가서 의병을 모집하고 싶다는 간절한 소원을 고백하고 자금을 마련해 달라고 애원했다.

　아들의 뜻을 갸륵하게 생각한 아버지는 그 고을에서 명망 있는 거인(擧人) 위홍(衛弘)을 소개해 주었으며, 위홍도 자기의 가재를 기울여서라도 뒷받침을 해주겠노라고 쾌히 승낙했다. 조조는 크게 기뻐하며 우선 가짜 조서를 꾸며 각지로 사람을 파견해서 퍼뜨려 놓고, 의병을 모집한다는 흰 깃발에다 충의(忠義)란 두 글자를 대서특필했다. 2, 3일 동안에 조조에

게 호응하는 무사가 빗발치듯 했으니, 도착순으로 보면 다음
과 같다.

　① 악진(樂進)—양평군(楊平郡) 위국(衛國) 사람.

　② 이전(李典)—산양군(山陽郡) 거록현(鉅鹿縣) 사람. 조조
　　는 이 둘을 본진의 서기로 삼았다.

　③ 하후돈(夏侯惇)—패국(沛國) 초현(譙縣) 사람. 어렸을
　　적부터 창술(槍術)·봉술(棒術)을 배웠고, 열네 살 때
　　에 스승을 섬기고 무술 공부를 했는데, 어떤 자가 스승
　　을 모욕했다 해서 그를 죽여 버리고 방랑 생활을 하고
　　있다가, 아우 하후연(夏侯淵)과 함께 각각 장정 1천 명
　　씩을 거느리고 가담해 왔다.

　④ 조인(曹仁)·조홍(曹洪)—조씨 집안의 종형제. 둘이 다
　　활쏘기와 말타기에 능숙하며 모든 무술에 통하지 않는
　　바가 없었다.

　이렇게 되니 조조는 신바람이 나서 어쩔 줄 모르며 군마의
훈련에 전력을 기울이게 됐으며, 위홍도 가재를 털어서 무장
을 준비해 주었고 사방에서 군량을 보내 오는 사람도 부지기
수였다.

　발해에 있던 원소도 조조의 가짜 조서를 보고 휘하의 문관
·무사를 총집합하여 병력 3만을 이끌고 가담하러 왔다. 조조
가 이때라 생각하고 의병을 모집하여 중화의 땅을 숙청하고
공분(公憤)을 풀어 버리고 황실을 건져 백성을 구출하겠다는
격문을 여러 고을로 발송하니, 각진(各鎭)에서 몰려드는 제후
(諸侯)만 해도 17명이나 되었다.

　제1진—남양(南陽) 태수　원술(袁術)

제2진—기주(冀州) 자사　한복(韓馥)
제3진—예주(豫州) 자사　공주(孔伷)
제4진—연주(兗州) 자사　유대(劉岱)
제5진—하내(河內) 태수　왕광(王匡)
제6진—진류(陳留) 태수　장막(張邈)
제7진—동군(東郡) 태수　교모(喬瑁)
제8진—산양(山陽) 태수　원유(袁遺)
제9진—제북상(濟北相)　포신(鮑信)
제10진—북해(北海) 태수　공융(孔融)
제11진—광릉(廣陵) 태수　장초(張超)
제12진—서주(徐州) 자사　도겸(陶謙)
제13진—서량(西涼) 태수　마등(馬騰)
제14진—북평(北平) 태수　공손찬(公孫瓚)
제15진—상당(上黨) 태수　장양(張楊)
제16진—장사(長沙) 태수　손견(孫堅)
제17진—발해(渤海) 태수　원소(袁紹)

북평 태수 공손찬이 정예 병력 1만 5천을 거느리고 덕주(德州)로부터 평원현(平原縣)에 다다랐을 때, 저쪽 뽕나무 숲 속에서 누런 깃발을 휘날리며 그를 영접하는 5, 6기(騎)의 사람들이 있었다.

그것은 바로 유현덕의 일행이었다. 일찍이 공손찬의 신세를 지고 평원현 현령이 된 현덕은 대군이 이 고을을 지나간다는 소문을 듣고 대기하고 있었던 것이다.

현덕은 그 자리에서 마궁수(馬弓手)로 있는 관운장과 보궁

수(步弓手)로 있는 장비를 공손찬에게 인사를 시켰고, 공손찬은 한나라 황실을 위해서 동탁을 토벌하러 가게 된 사연을 설명해 주었다.

"그때, 내가 죽여 버리자고 했을 때 내버려뒀으면 오늘날 이런 꼴은 보지 않았을 것을."

장비가 이런 말을 하면서 분해서 못 견뎠지만, 한편 공손찬의 권고도 있고 해서 그들 네 사람은 당장에 의기투합, 현덕도 두 아우를 거느리고 공손찬과 더불어 조조를 찾아가니 조조는 기뻐서 어쩔 줄 모르며 소와 말을 잡아서 잔치를 베풀고 그 즉시 작전 계획을 상의했다.

하내 태수 왕광이 맹주(盟主)를 추대하자는 제의에 조조가 원소를 추천하니, 원소 자신은 굳이 사퇴했으나 이구동성으로 그를 추대하자는 중의를 물리칠 길 없어, 결국 원소가 맹주로 결정되었다.

이튿날 단을 3층으로 마련하고, 청황적백흑(靑黃赤白黑) 다섯 색깔의 깃발을 동서남북, 그리고 정중앙 오방(五方)에 꽂아 놓고, 맹주 원소가 단에 올라 정중하고 비장한 음성으로 맹문(盟文)을 낭독했고, 일동은 국가의 운명을 위하여 생사를 같이할 것을 굳게 맹세했다.

특히, 원소는 아우 원술에게 군량을 감독하는 책임을 맡기고 여러 군사들에게 골고루 공급하는데 유감이 없도록 하라는 분부를 내렸으며, 제1진으로 선봉에 나설 장수를 선정하자는 의사를 상의하니 선뜻 자진해서 나서는 사람이 바로 장사의 태수 손견이었다.

손견이 군사를 거느리고 사수관(汜水關)으로 쳐들어가니,

관을 지키고 있던 부장이 당황하여 급히 낙양에 있는 승상부 (丞相府)로 이 놀라운 소식을 전했음은 두말 할 것도 없는 일이었다.

하고 많은 날 술과 여자에게만 도취해서 정신을 못 차리던 동탁은 이유를 통해서 이 급보를 받고 대경실색, 그러나 그에게는 천하맹장 여포가 있었다. 몇천만 명의 목이라도 문제없이 베어 치우겠다고 호언장담하는 여포의 등덜미에서 우렁찬 음성으로 소리를 지르는 장수가 또 하나 있었다.

"닭 한 마리를 잡는 데 어찌 소 잡는 큰 칼을 쓰리요. 내가 제후의 목을 베기는 낭중의 물건을 꺼내기보다 쉬운 노릇이오!"

그는 신장이 9척, 범과 같은 체구를 가진 관서(關西) 사람 화웅(華雄)이었다. 동탁은 크게 기뻐하며 그 즉시 효기교위로 승진시킨 다음, 보기(步騎) 5만을 주어서 이숙(李肅)·호진(胡軫)·조잠(趙岑)을 딸려 관으로 떠나 보냈다.

한편 조조의 진에서는, 제북(濟北)에서 가담해 온 포신(鮑信)이란 장수가 있었는데, 그는 손견이 선봉이 되어서 제일 먼저 공로를 세울 것을 질투하고 남몰래 아우 포충(鮑忠)과 더불어 길을 가로질러 관으로 나가 화웅의 철기(鐵騎) 5백과 대결했으나, 화웅의 칼이 한 번 번쩍하기가 무섭게 말 위에 앉은 채 목이 떨어지고 말았다.

손견은 네 장수를 거느리고 관에 도착했으니, 그 네 장수란 다음과 같다.

① 정보(程普)―우북평군(右北平郡) 토은현(土垠縣) 사람. 철척사모(鐵脊蛇矛)를 잘 쓰는 명수.

② 황개(黃蓋)―영릉(靈陵) 사람. 쇠 채찍의 명수.

③ 한당(韓當)─요서군(遼西郡) 영지현(令支縣) 사람. 큰 칼을 잘 쓰는 명수.

④ 조무(祖茂)─오군(吳郡) 부춘현(富春縣) 사람. 큰 칼 두 자루를 한꺼번에 잘 쓰는 명수.

저편에서는 화웅의 부장 호진이 병력 5천을 거느리고 관문 밖으로 뛰쳐나와 도전을 했지만, 이편의 정보, 말을 달려 창을 휘두르며 달려들어 호진의 목을 찔러 떨어뜨려 말굽에 밟혀 죽게 했다.

손견이 부하를 거느리고 관문으로 쇄도하니, 관 위로부터 화살과 돌이 비오듯 퍼부어대니 일단 양동(梁東)으로 후퇴하여 진을 치고, 전령을 원술에게 보내서 군량을 빨리 공급해 줄 것을 요청했다.

그런데 이때에 예기치 못한 사태가 벌어졌다. 어떤 자가 손견은 강동(江東)의 맹호(猛虎)인지라 동탁을 죽인 다음의 후환이 두려우니 군량을 공급해 주지 말라고 꾀었다. 원술은 이 말에 넘어가서 손견에게 군량 공급을 해주지 않으니, 이런 정보가 저편으로 새어들어가지 않을 수 없었다.

저편에서는 이 기회를 놓치지 말자는 이숙의 계책을 받아들여, 화웅이 전군을 배불리 먹여 가지고 밤중에 손견의 진지를 습격했다. 달빛이 교교하고 바람이 서늘한 벌판에서 벌어진 일대 격전. 북을 치며 함성을 지르고 덤벼드는 화웅, 깊은 밤에 쉬고 있다가 당황하여 갑옷을 몸에 걸치고 말 위로 뛰어오르는 손견. 두 장수가 몇 합을 싸우고 있을 때 손견의 등덜미로 일군의 병력이 닥쳐 들며 사면팔방으로 불을 질렀다. 손견의 군세가 우수수 무너지니 여러 장수들이 뿔뿔이 흩어져서 일대 난투가 벌어졌다.

손견이 뒤를 따른 조무와 함께 살그머니 포위망을 벗어나 뛰쳐나오는 것을, 그 뒤에서 화웅이 또 추격하니, 손견은 날쌔게 활을 잡고 연거푸 두 번을 쏘았으나 모두 화웅을 맞히지 못하고 세번째 화살을 겨눌 때, 힘을 너무나 활에다 쏟았는지라 작화궁(鵲畵弓)이 그대로 두 동강으로 부러지고 말았다.

'아차! 안 되겠구나!'

활을 동댕이쳐 버리고 말을 달려 달아나는 손견.

"손공, 그 붉은 두건은 유난히 놈들의 눈에 띄기 쉬우니 벗어서 저에게로 던지십시오!"

뒤를 따라오며 조무가 소리를 지르는 바람에 손견은 두건을 벗어서 조무의 투구와 바꿔 썼다. 둘이 갈라져서 도망을 치노라니 화웅의 군사들은 붉은 두건만 추격하는 바람에 손견은 샛길을 찾아서 몸을 피할 수 있었고, 조무는 화웅의 군사에게 쫓기다 못해서 붉은 두건을 부근의 타다 남은 기둥에다 씌워 놓고 숲속으로 몸을 감췄다.

밝은 달빛 아래, 멀리 붉은 두건만 포위하고 접근해 들어가지 못하던 화웅의 군사들은 활을 쏴 보고 나서야 비로소 계교에 빠진 줄 알고 몰려들어가 붉은 두건을 떼어 내렸다.

바로 이때였다.

숲속에 숨어 있던 조무가 다시 불쑥 뛰어 내달아 칼 두 자루를 한꺼번에 휘두르며 화웅의 목을 치려고 덤벼들었다. 그러나 어찌 뜻했으랴! 호통을 치며 큰 칼을 번쩍 쳐든 화웅이 단번에 조무의 목을 쳐서 말 아래로 굴려 버릴 줄이야.

손견은 조무를 잃은 것을 크게 슬퍼하며 원소에게로 일단 돌아가는 수밖에 없었다. 원소도 깜짝 놀라 그 즉시 여러 장수들을 소집해 놓고 대책을 강구했다. 슬픔에 싸여서 아무도 입을 여는 사람이 없는데 원소가 흘끗 바라다보니, 이 자리에 늦게 나타난 공손찬의 등덜미에 유난히 눈에 띄는 모습을 한 세 사나이가 딱 버티고 서 있는데 다같이 입가에 미소를 머금고 있었다.

"공손태수! 공의 뒤에 버티고 서 있는 분은 누구요?"

원소가 이렇게 물으니, 공손찬은 서슴지 않고 현덕을 앞으로 불러냈다.

"나의 어렸을 적부터 친구인 평원(平原) 현령 유비요!"

눈치 빠른 조조가 한 마디 했다.

"그러면 황건적을 쳐부순 유현덕 바로 그분이 아니오?"

"맞았소!"

이때, 놀라운 보고가 날아들어왔다.

화웅이 철기를 거느리고 관을 내려와서, 긴 대나무 가지 끝에 손태수의 붉은 두건을 씌워서 휘두르며 이편 진지에 와 도전하고 있다는 것이었다.

"누구 나갈 만한 장수는 없소?"

원소의 말이 떨어지기가 무섭게 자진해서 진두로 달려나간 것은 효장(驍將) 유섭(兪涉)이었으나 얼마 안 되어서 3합도 싸우지 못하고 쓰러졌다는 보고가 날아들었다. 일동이 대경실색할 때, 이번에는 태수 한복이 썩 나서며 자기의 상장(上將) 반봉(潘鳳)을 내보내면 화웅의 목을 베어 올 수 있을 것이라고 호언장담했다. 그러나 큰 도끼를 휘두르며 말을 달려 출진한 반봉도 얼마 싸우지 못하고 쓰러졌다는 보고가 연거푸 날

아들었다. 일동이 어찌할 바를 모르고 풀이 죽어 있을 때,
　"내 적진에 나아가 화웅의 목을 베어 올리리다!"
하며 쩌렁쩌렁 울리는 음성으로 소리를 지르며 나서는 장수가
한 사람 있었다. 신장이 9척, 수염 길이가 두 자, 치올라 간
눈매와 짙은 눈썹, 얼굴빛은 대추 빛깔, 음성은 깨진 종이 울
리는 듯.
　"유현덕의 아우 관운장이오!"
　공손찬이 이렇게 소개하자, 원소가 물었다.
　"지금 무슨 직에 있소?"
　"유현덕 밑에서 마궁수를 맡아보고 있소."
　그 말을 듣더니 원술이 윗자리에서 호통을 쳤다.
　"저리 들어가 있거라! 그대는 우리 진에 제후도 대장도 없
다고 모욕할 셈인가? 일개 궁수 따위가 무슨 소리를 지껄이느
냐! 말을 듣지 않으면 때려 내쫓겠다!"
　조조가 급히 말리며 나섰다.
　"원공, 가만히 계시오! 저 자가 큰 소리를 탕탕 칠 때엔 그
만큼 믿는 재간이 있을 것이니, 우선 싸움을 시켜 보고 감당
하지 못하고 돌아오거든 꾸짖으셔도 늦지 않으리다!"
　원소가 그래도 마땅치 않아 했다.
　"궁수 따위를 내보냈다가는 화웅에게 조롱이나 받을 것이오!"
　"천만에, 이자의 풍채가 보통이 아니니, 화웅도 궁수인 줄은
모르리다!"
　조조가 또 이렇게 말하니, 관운장이 자신만만하게 서슴지
않고 말했다.
　"만약 이기지 못하고 오거든 내 목을 베시오."

조조는 뜨거운 술 한잔을 따라서 말에 오르기 전에 마시라고 관운장에게 권했다. 그랬더니 운장이 말했다.

"술은 천천히 마시기로 합시다! 내, 곧 돌아오게 될 것이니……."

관운장은 장(帳) 밖으로 뛰쳐나와 청룡도를 손에 잡자마자 훌쩍 말 위에 올랐다. 여러 장수들이 귀를 기울이고 있노라니 당장에 관(關) 밖에서 북소리와 고함소리가 천지를 진동하며 요란스럽게 일어났다. 여러 사람들이 정세를 살펴보려고 머뭇머뭇하고 있을 때, 방울 소리가 쩔렁쩔렁 들려오더니 한 필의 말이 본진으로 달려들며, 관운장이 손에 들고 온 화웅의 머리를 땅 위에 내동댕이치는 것이었다. 그때까지도 따라 놓았던 술은 아직 식지 않았었다.

조조는 크게 기뻐했다.

이번에는 현덕의 뒤에서 장비가 뛰어 내달으며 큰 소리를 질렀다.

"우리 형님이 화웅의 목을 베었으니 지금 당장에 관으로 쳐들어가서 동탁을 산채로 잡아야겠소! 시기를 놓치지 않아야 하니까."

원술이 대로하여 호통을 쳤다.

"우리 대신들도 서로 양보하고 망설이고 있는 판인데, 그대 같은 일개 현령 따위가 이 자리에서 무슨 경솔한 소리를 하고 날뛰는가? 여봐라! 당장 때려 내쫓아라!"

조조가 선뜻 말했다.

"공로 있는 사람에게 상을 베푸는 데는 귀천의 차별이 있을 리 없지 않소?"

원술이 말했다.

"공들께서 일개 현령 따위를 이다지도 중히 여기신다면 나는 같은 자리에 앉기를 사양하겠소!"

"큰일을 치러야 할 마당에 그것은 너무 지나친 말 같소!"

조조는 이렇게 말하고, 공손찬에게 현덕·관운장·장비를 거느리고 일단 영채로 돌아가도록 했다. 여러 장수들이 자리를 뜬 다음, 조조는 남몰래 술과 고기를 보내어 세 호걸을 위로해 주었다.

한편, 화웅이 거느리고 있던 패잔병들이 싸움의 결과를 시급히 관에 보고하자, 이숙이 당황해서 어쩔 줄 모르며 급히 말을 달려 동탁에게 이 소식을 전달했다.

동탁도 너무나 의외인 사태에 얼이 빠진 사람같이 어리둥절해서, 즉각 이유와 여포, 그밖의 여러 장수들을 소집해 가지고 대처할 작전 계획을 협의했다.

이때, 이유가 말했다.

"적군은 이제 우리 편의 화웅 대장을 쓰러뜨렸으니 사기가 점점 왕성해지고 있소. 맹주인 원소의 숙부되는 원외(袁隗)가 현재 조정에서 태부(太傅)의 직책을 맡아보고 있는데, 만약에 이자가 원소의 무리와 내응(內應)이라도 하는 날에는 사태가 점점 더 수습하기 어려운 곤경에 빠지기 쉬우니, 먼저 이자를 처치해 버린 다음, 승상께서 몸소 대군을 거느리고 적도들을 토벌하시는 것이 옳을까 하오."

동탁은 그의 의견대로, 이각과 곽사(郭汜)를 불러서 5백 명의 병졸을 거느리고 태부 원외의 집을 포위하여 남녀 노소 구별 없이 깡그리 몰살시켜 버렸다. 그리고는 원외의 머리를 사수관으로 보내어 사람의 눈에 잘 띄도록 높이 매달아 놓았다.

이렇게 해놓고 나서 동탁은 그길로 대군 20만 명을 소집하여 두 갈래로 나누어 쳐들어가도록 했다. 한 갈래는 우선 이각과 곽사에게 병력 5만을 주어서 사수관을 지키도록 하고 여하한 일이 있더라도 밖으로 진출하지 못하도록 엄명을 내렸다. 동탁 자신은 15만 대군을 거느리고 이유·여포·번주(樊綢)·장제(張濟) 등과 함께 위풍당당히 호로관으로 나아가 그곳을 견고히 지키고 있었다.

이 호로관은 낙양에서 50리쯤 떨어진 지점에 있었는데, 병마가 관에 도착하자, 동탁은 여포에게 따로 3만 대군을 거느리게 하여 관 앞에 진지를 구축해서 앞장을 서도록 하고 자기 자신은 관에다가 본진을 펼치고 있었다.

이런 정보를 유성마(流星馬—탐정병)가 탐지하여 원소의 진지로 즉시 알렸다.

원소가 곧 여러 장수들을 소집해 가지고 작전 계획을 토의했더니 조조가 말했다.

"동탁이 호로관에 군사를 농성(籠城)시키고 있는 것은, 우리 군의 배후를 끊어 버리려는 심사인 모양이니, 우리는 병력을 나누어서 이에 대처하는 것이 좋을 것 같소!"

결국, 조조의 의견대로 원소는 왕광(王匡)·교모(喬瑁)·포신(鮑信)·원유(袁遺)·공융(孔融)·장양(張楊)·도겸(陶謙)·공손찬(公孫瓚) 등 장수의 8군을 호로관으로 쳐들어가게 하고, 조조는 유격군이 되어서 쌍방이 위급할 때면 언제든지 내달을 수 있도록 했다.

8군의 여러 장수들은 작전 계획대로 군사를 정비했고, 하내 (河內) 태수 왕광이 제일 먼저 호로관에 도착했다.

저편에서는 여포가 철기 3천을 인솔하고 이에 대결하려고 출진했다. 왕광 장군이 말의 열을 바로잡아 가지고 진세를 정돈하고 문기(門旗―대장의 소재를 밝히는 깃발) 아래로 가서 바라다보니 벌써 여포가 위풍당당한 모습을 진두에 나타내고 있었다. 그 몸차림을 보면, 머리를 세 갈래로 땋아 올린 데다가 자금관(紫金冠)을 쓰고, 몸엔 서천 땅에서 나는 붉은 비단으로 만든 백화포(百花袍)를 입고 또 그 밑으로는 수면탄두연환개 (獸面呑頭連環鎧)를 꺼입었으며, 허리에는 사자 모양을 영롱하게 아로새긴 옥대를 질끈 동였다. 등엔 활을 메고 손에는 방천화극, 바람처럼 울부짖는 적토마 위에 앉은 모습이 과연 사람 중에서는 여포요, 말 가운데서는 적토마라고 할 만했다.

왕광은 뒤를 돌아다보며 소리를 질렀다.

"저자를 거꾸러뜨릴 만한 장수는 없는가?"

그 소리가 끝나자마자, 대장 한 사람이 창을 휘두르며 말을 몰아 앞으로 달려나갔다. 하내(河內)의 명장 방열(方悅)이었다. 두 장수를 태운 말이 이리 뛰고 저리 몰리며 5합도 채 못 싸웠을 때, 여포는 일격에 방열을 찔러 말에서 떨어뜨렸다. 그리고는 그 여세로 곧장 왕광의 진지로 폭풍우같이 휘몰아쳐 들어가니, 왕광의 군세 대패하여 사면팔방으로 뿔뿔이 흩어졌다.

그것을 맹렬히 추격해 가는 여포, 마치 무인지경을 혼자서 쳐들어가는 듯 동에 번쩍, 서에 번쩍 닥치는 대로 찌르고 베고. 다행히 쫓기는 편엔 교모와 원유의 양군이 도착하여 덤벼들었기 때문에, 여포는 그제서야 물러섰고, 3군의 장수들이

각각 30리나 후퇴해 가지고 다시 진을 정비하게 되었다.

얼마 안 되어서 나머지 5군의 병마도 도착하였지만, 함께 모여서 이 궁리 저 궁리 머리를 짜 봤으나 여포의 용맹 앞에는 감히 당해 낼 사람이 없으리라는 공론뿐, 묘책이 없어서 어찌할 바를 모르고 있는데, 소교(小校)가 달려 들어와서 말했다.

"여포가 쳐들어왔습니다!"

8로 제후(八路諸侯)들은 일제히 말을 타고 8대(八隊)로 나누어서 높은 언덕 위에 진을 치고 멀리 바라다보니 여포의 군사들이 수기(繡旗)를 드높이 휘두르며 돌진해 들어왔다.

상당(上黨)의 태수 장양의 부장 목순(穆順)이 말을 달려서 창을 휘두르며 덤벼들었지만, 여포의 한쪽 팔이 훌쩍 올라가는 순간에 벌써 땅 위에 나둥그러져 버리고 말았다. 모든 사람이 침만 삼키고 있는 아슬아슬한 찰나에, 북해의 태수 공융의 부장 무안국(武安國)이 쇠몽치를 휘두르며 말을 달려 덤벼드니 여포는 창을 휘두르며 말채찍질을 해가면서 그와 접전, 싸운 지 불과 10여 합, 여포가 무안국의 한 팔을 내리쳐 버렸다. 무안국이 쇠몽치를 동댕이치고 달아나게 되니 8군의 군사들이 일제히 달려들어 무안국을 구출하려 애쓰는 판에 여포는 이 틈을 타서 일단 퇴각했다.

진지로 돌아온 제후들이 또다시 대책을 강구하고 있을 때, 조조는 우선 여포를 생포해야만 동탁을 처치해 버리기도 쉬우리라는 결론을 내렸다.

이런 궁리들을 하고 있는 중에 여포가 또 쳐들어왔다. 이번에는 공손찬이 창을 휘두르며 여포에게 덤벼들었다. 불과 몇 합을 싸우지 못했을 때, 공손찬이 힘이 부쳐서 달아나니 여포가 적토마로 단숨에 추격하여 비호같이 덤벼들어 화극(畵戟)으로 공손찬의 등덜미에서 심장을 정통으로 찌르려는 위기일발의 순간.

옆쪽에서 대장 한 사람이 둥글둥글한 눈을 크게 부릅뜨고, 호랑이 같은 수염을 삐죽 뻗치고 1장 8척의 창을 휘두르며 뛰쳐나와서 호통을 쳤다.

"이 천하에 성을 세 번씩이나 바꾼 개망나니 녀석아! 연인(燕人) 장비가 예 왔다!"

그렇게 용감한 여포도 가슴이 섬뜩했다. 눈깜짝할 사이에 공손찬을 버리고 장비에게로 덤벼들었다. 불똥이 튈 것만 같이 치열한 백열전을 계속하기 50여 합. 그래도 승부가 나지 않자 관운장이 82근의 청룡도를 휘두르며 협격(夾擊)하러 나섰고, 유현덕마저 쌍고검(雙股劍) 긴 칼을 한꺼번에 쓰면서 황종마(黃騌馬)를 달려 옆에서 싸움을 거들게 되니 여포는 감당해 낼 도리가 없이 현덕을 겨누고 창을 찌르는 체하다가, 현덕이 그것을 피하려고 몸을 돌이키는 순간에 번갯불같이 말을 몰아 도망치기 시작했다.

현덕·관운장·장비가 관을 향하여 뿔뿔이 흩어져서 뺑소니치는 여포의 군세를 필사적으로 추격하니 8군의 여러 군사들도 일제히 함성을 지르며 뒤따라 쳐들어갔다.

세 호걸이 관 가까이 추격해 왔을 때, 관 위에서는 푸른빛 얇은 비단 우산이 서풍에 흔들거리고 있었다. 장비가 말했다.

"저게 바로 동탁이오! 여포를 추격한댔자 아무 소용도 없는 일이니, 먼저 국적 동탁이란 놈을 산채로 잡아서 뿌리를 뽑아야겠소!"
　소리치며 관 위로 달려 올라가 동탁을 잡으려는 것이었다. 이야말로 도둑의 무리를 잡으려면 먼저 두목부터 잡아야 한다는 것이며, 기적적인 공로는 기인(奇人)에 의해서만 이루어질 수 있는 것이다.

6. 우물에 여자의 시체

焚金闕董卓行兇
匿玉璽孫堅背約

장비가 말을 달려서 관 아래까지 육박해 들어가니 관 위에서 시석(矢石)이 빗발치듯 내리붓는 바람에 더 나아가지 못하고 되돌아왔다.

8로군의 제후들은 현덕·관운장·장비 세 사람을 초청하여 공로를 치하해 주었고, 한편 원소의 진중으로 사람을 파견해서 첩보를 전달시켰다.

승리했다는 소식에 접한 원소는 그 즉시로 손견에게 지령을 내려 그대로 군사를 전진시키라고 했다. 어처구니 없게 된 것은 손견이었다. 군량도 공급해 주지 않고 쳐들어가라고만 하니, 손견은 즉시 정보(程普)·황개(黃蓋)를 거느리고 원술의 진지로 달려가서 원술과 대면하여 지팡이로 땅을 북북 그으면서 따졌다.

"동탁과 나와의 사이에는 본래 아무런 원한도 없는 터인데, 우리들이 일신을 돌보지 않고 자진해서 비오듯 쏟아지는 시석 아래 죽음을 무릅쓰고 있는 것은 오로지 나라를 위해서 역적을 토벌하자는 것과, 또 장군과의 의리를 저버리지 말자는 까닭이오. 그런데도 장군은 남의 말만 곧이듣고 군량 공급을 단

절하여 우리들을 괴롭히셨는데 장군께서는 이 일에 대해서 어떠한 소견이 있으신지요?"

원술은 당황하여 대답할 말도 없이 그런 말을 꺼낸 자의 목을 베도록 명령하고 손견에게 사과했다.

바로 이때, 부하 하나가 들어오더니, 관에서부터 어떤 대장 하나가 말을 달려 내려와 손견을 면회하잔다고 전달했다.

손견이 원술과 작별하고 진지로 돌아와서 그자를 불러들여서 만나 본즉, 그것은 바로 동탁의 심복인 이각(李催)이었다.

이각이 너무나 엉뚱한 소리를 하는데 손견은 놀라지 않을 수 없었다. 그것은 승상 동탁이 그의 딸과 손견의 아들과의 혼인을 성사시키고 싶은 생각을 가지고 있다는 것이었다.

손견은 대로하여 호통을 쳤다.

"역천무도한 동탁이란 놈! 왕실을 전복시킬 모의를 한 놈! 놈의 일문을 멸살시켜서 천하에 보이고야 말려는 내가 역적과 인연을 맺다니, 그게 될 법이나 한 소리냐? 당장에 네놈의 목을 잘라야 할 것이로되 그것만은 용서해 줄 것이니, 빨리 돌아가서 관을 우리 편에 바치면 모르거니와, 어물어물한다면 가루를 만들어 버리고 말 테다!"

이각은 구멍을 찾는 생쥐 같이 아무 소리도 못하고 도망쳐 와서, 동탁에게 손견이 이다지도 무례한 말을 하더라고 고해 바쳤다. 동탁이 대로하여 이유(李儒)에게 대책을 상의했더니, 이유가 말했다.

"여포가 패하고 나니 군사들에겐 싸울 만한 의지도 없소이다. 이리 된 바에는 군사를 뒤로 물려 낙양으로 돌아가서 천자를 장안으로 옮겨 모시어 요즘 항간에 떠돌고 있는 동요의 귀절같이 하는 것이 차라리 낫지 않겠습니까? 그 동요의 귀절에는 '서쪽에도 하나의 한(西頭一個漢), 동쪽에도 하나의 한(東頭一個漢), 사슴은 장안으로 들어가야만(鹿走入長安) 무난할 것이다(方可無斯難)'라는 말이 있습니다. 신의 소견으로는, 이 서쪽의 하나의 한이라 함은 고조황제(高祖皇帝)께서 서쪽 도읍 장안에서 십이제(十二帝)를 전해 내려오셨음을 의미하는 것이오, 동쪽의 하나의 한이라 함은 광무황제(光武皇帝)께서 똑같이 십이제까지 전해 내려오셨음을 의미하는 것입니다. 그렇다면 천운으로 마땅히 돌아가셔야만 될 때가 왔으니 승상께서 장안으로 천도(遷都)하시면 무사태평할 수 있으리라고 생각됩니다."

"그대가 이런 말을 해주지 않았다면, 나는 이런 사실을 전혀 생각지도 못할 뻔했군!"

동탁은 심히 기뻐했다. 그 즉시 여포를 데리고 낙양으로 돌아와서 문무백관을 조정에 소집해 놓고 천도에 관해서 협의했다. 동도(東都) 낙양은 2백 년이 넘어 이미 운수가 쇠진했고, 흥륭(興隆)의 기세는 장안에 있으니 성가(聖駕)를 받들어 모시고 옮겨갈 준비를 하자는 것이었다. 이에 사도(司徒) 양표(楊彪)가 나서서 말했다.

"관중(關中─장안일대) 지방은 현재 형편없이 황폐해 버렸습니다. 이제 이렇다 할 만한 까닭도 없이 종묘를 버리고 황릉(皇陵)을 버리신다면 백성들이 놀라 동요할 것은 물론, 온 천지가 흔들리기 쉽습니다. 승상께서는 심사숙고하셔서 이 일을 처리하시기 바랍니다."

"닥쳐라! 그대는 국가의 대계를 반대하자는 배짱인가?"

동탁은 제 고집만 부리는 것이다.

태위(太尉) 황완(黃琬)도 황폐한 장안으로 천도하는 것이 현명한 방법이 아니라 간했고 사도 순상(荀爽)도 이렇게 천도를 감행하면 백성들의 동요를 누를 길이 없을 것이라고 중지하기를 충심으로 권고했지만, 동탁은 역시 화를 벌컥 냈다.

"나는 천하를 생각하고 계책을 세우는 것이지, 백성들이 어찌 되든 알 바 아니다!"

이렇게 횡포한 소리를 제멋대로 뇌까리며 그날로 양표·황완·순상을 파면시켜서 서민으로 떨어뜨리고 말았다.

동탁이 밖으로 나와서 수레에 오르려고 했을 때, 앞으로 달려와서 머리를 수그리고 서는 두 사나이가 있었다. 상서(尚書) 주비(周毖)와 성문교위(城門校尉) 오경(伍瓊)이었다. 그들 역시 장안으로 천도하겠다는 동탁의 뜻을 중지하도록 권고하러 나타난 것이었다.

그러나 동탁은 역시 대로하여 호통을 쳤다.

"나는 전에도 그대들의 말을 듣고 원소의 목숨을 건져서 벼슬자리까지 주었던 것이다! 그 원소가 오늘에 와서 배반을 했으니 네놈들도 같은 죄로 다스릴 뿐이다!"

추상 같은 동탁의 명령에 거역할 자 없었다. 두 사나이를 문 밖으로 끌어내어 그 즉시 목을 베게 하고 천도한다는 명령을 내려서 바로 그 이튿날 떠나기로 했다. 이럴 때마다 계교를 꾸미는 것은 이유였다. 그는 또 동탁에게 말했다.

"현재 군자금과 군량이 부족하온데 낙양에는 거부가 굉장히 많으니, 차제에 그 재산을 관에서 몰수하는 것이 좋을 것 같습니다. 그러기 위해선 원소와 연루 관계가 있다는 핑계를 대고 그들의 일족을 멸살시키고 재산을 몰수해 들이면 수억만이라도 만들 수 있을 겁니다.”

폭군 동탁은 드디어 잔인무도, 천인공노할 범행을 제멋대로 기탄없이 저지르고야 말았다. 당장 기마병사 5천 명을 풀어서 낙양의 부호 수천 명을 모조리 잡아서 ‘반신역당(反臣逆黨)’이라고 대서특필한 깃발을 등덜미에 꽂아서 거리로 끌어내 목을 베어 죽이고, 그들의 재산을 깡그리 몰수해 버렸다.

동탁의 심복 이각·곽사가 수백만의 낙양 백성들을 군사들과 함께 휘몰아 쳐서 장안으로 쫓아 버리니 길바닥에서, 시궁창에서, 산골짜기에서 그 행렬을 따르지 못하고 죽어 버린 백성들이 부지기수였다.

또 병사들에게는 제멋대로 유부녀나 처녀나 닥치는 대로 간음하고 식량을 약탈하도록 내버려두어서 처참하게 울부짖는 백성들의 비명이 천지를 진동시켰다. 앞으로 나가지 않고 뒤처지는 백성들은 칼을 뽑아 들고 되돌아서지 못하게 감시하는 천 명의 병사들에게 거침없이 목을 잘리고 말았다.

동탁은 또 출발 직전에 여기저기 성문에 모조리 불을 질러서 백성들의 집은 말할 것도 없고 종묘·궁전·관청까지 깡그리 태워 버려, 남북 양궁은 불바다가 되고 낙양의 온갖 궁궐이란 궁궐이 재가 되어 버렸다.

동탁은 한편 여포를 시켜서 선제와 황후·황비들의 능을 파헤치고 그 속에 있는 금은·재물까지 긁어 모았다. 병사들은 이 틈을 타서 예전 관리와 백성들의 무덤을 닥치는 대로 파헤쳤다.

이리하여 동탁은 온갖 귀중한 보물·패물을 수천 수레에 싣고 천자·황후·황비를 강제로 수레에 태워 가지고 장안으로 향했다.

한편, 동탁의 부장 조잠(趙岑)은 동탁이 낙양을 버리고 떠난 것을 알자 사수관(氾水關)을 포기했으며, 손견은 군사를 거느리고 이곳으로 쳐들어갔고, 현덕·관운장·장비 세 호걸은 호로관(虎牢關)으로 쳐들어갔다.

손견이 낙양을 향하여 급행군을 해서 쳐들어가고 있는데, 멀리서 화염이 충천하고 시커먼 연기가 땅을 뒤덮는 광경이 바라다보였다. 2, 3백 리나 널브러진 길에 닭 한 마리, 개 한 마리 볼 수 없었고, 인적이라곤 끊어져 버린 것만 같았다. 손견이 우선 불을 끄게 하고 제후의 군마를 불탄 자리에서 쉬도록 하고 있노라니, 조조가 원소를 찾아와서 동탁의 뒤를 추격하자고 간곡히 제의했다.

그러나 원소도 제후들도 군사가 피로한 판에 추격했댔자 별반 소득이 없으리라고 응하지 않자, 조조는 발끈 화를 내며 혼자서 1만여 기를 거느리고 막료 하후돈·하후연·조인·조홍·이전·악진 들과 더불어 즉각 동탁의 뒤를 추격했다.

동탁이 영양(榮陽) 땅에 당도하자, 태수 서영(徐榮)이 영접하는 것을 보고 이유가 또 꾀를 냈다. 그것은 낙양을 버리고 왔으니 반드시 뒤를 추격하는 군사가 있을 것이므로 태수 서영의 군사를 동원해서 영양성 밖 산비탈에 매복시켜 가지고 추격해 오는 군사를 막아내게 한 다음, 이편에서는 놈들의 퇴로를 차단해서 두 번 다시 뒤쫓아오는 군사가 없도록 하자는 계교였다.

동탁은 이유의 계책대로 여포에게 정병을 거느리고 돌아서

서 뒤를 지키게 했더니, 과연 조조의 군사가 추격해 오자, 여포는 '이유가 생각한 대로구나!' 하고 크게 웃으며 당장에 군세를 펼쳤다.

마침내, 여포와 조조의 군사는 치열한 육박전을 전개했다. 여포 편에는 이각·곽사의 군사가 좌우에서 쇄도했고, 조조 편에는 하후돈·조인의 군사가 결사적인 싸움을 전개했으나 결국 하후돈이 여포에게 쫓기는 몸이 되고, 여포의 군사가 습격해 오니, 약삭빠른 조조도 견디다 못해서 영양을 향하여 뺑소니를 치는 수밖에 없었다.

나무 하나 없이 빤빤한 어느 산기슭까지 왔을 때, 밤은 2경 전후, 달빛이 낮같이 밝았다. 조조가 처량한 신세가 되어 가지고 패잔병을 모아 냄비를 걸고 밥을 짓고 하는데 난데없이 사방에서 함성이 일어나며 복병 서영의 군사가 습격해 왔다.

조조가 당황하여 선뜻 채찍으로 말을 후려갈겨 달아나려고 했으나 서영과 정면으로 맞닥뜨리게 되었고, 훌쩍 몸을 돌이켜서 달아나려고 했을 때에는 이미 서영이 쏜 화살이 한쪽 어깨에 꽂혔다.

화살에 맞은 채 간신히 몸을 뛰쳐서 산기슭을 한 바퀴 빙글 돌았다. 이때, 또 숲속에 숨어 있던 두 병사가 일제히 내달으며 창부리를 들이대니 말은 당장에 거꾸러져 버리고 조조는 땅 위에 뒹굴다가 결국 두 병사에게 붙잡히는 몸이 되었다.

바로 이 위태로운 찰나에, 어떤 대장 한 사람이 홀연 말을 달려 나타나더니 두 병사를 찔러 죽이고 말을 내리더니 조조를 구출해 일으켰다. 누군가 하고 바라다보니 바로 조홍(曹洪)이었다.

"나는 여기서 죽어! 그대나 빨리 가란 말일세!"

"빨리 말을 타십시오! 제가 모시고 갈 테니……"

"적군이 추격해 오면 어쩌잔 말인가?"

"천하에 저야 없어져도 좋지만, 공께서 없어진대서야 될 말입니까?"

"내가 잔명을 더 보전할 수 있다면 이는 오로지 그대의 힘일세!"

조조는 다시 말 위에 올랐고, 조홍은 갑옷과 투구를 벗어서 내동댕이치고 칼을 질질 끌며 말 뒤를 따랐다. 밤이 4경이나 됐음직할 때, 앞을 바라보니 큰 강물이 있어 퇴로를 가로막고, 뒤에서는 또 고함소리가 차츰차츰 가깝게 들려왔다.

"아! 내 운명도 인제 이것으로 마지막이구나! 더 살아나갈 길이 없으니."

조조는 처참하게 비명을 질렀으나, 조홍은 조조를 말에서 부축해 내려 갑옷 투구를 벗겨서 등에 업고 강물 속으로 텀벙텀벙 들어갔다.

천신만고 끝에 저쪽 언덕으로 건너섰을 때, 뒤를 쫓아오던 적군의 병사들도 강 언덕에 당도하여 강 건너로 화살을 빗발치듯 퍼부었다.

조조와 조홍이 물독에서 나온 생쥐 같은 꼴을 하고 날이 밝아올 때까지 30리 길을 도망쳐서 어느 언덕 밑에서 한숨을 돌리고 있는데, 또 어디선지 함성이 일어나며 일군의 인마가 추격해 오는 것이었다. 서영이 강을 건너서 악착스럽게 뒤를 쫓아온 것이었다.

조조가 당황해서 허둥지둥 어쩔 줄 모르고 있는 판에 하후돈·하후연이 10여 기를 거느리고 달려들었다.

"서영아! 우리 조공께 이게 감히 무슨 버릇 없는 짓이냐?"

하후돈, 창을 휘두르며 호통을 치더니 덤벼드는 서영을 말에서 떨어뜨리고 추격해 온 적병들을 흐트러뜨려 놓았다.

조조는 하마터면 생명이 왔다갔다 하는 이 위태로운 판국에서 간신히 일명을 건져 가지고 실로 희비가 교차되는 심정으로 뒤늦게 달려든 조인·이전·악진 등과 대면한 후 패잔병 5백 명을 인솔하고 하내(河內)로 되돌아갔다.

동탁은 이런 분란통도 아랑곳하지 않고, 장안으로 향하는 걸음만 재촉 하고 있었다.

이때까지 낙양에 머물러 있는 여러 고을 장수들 가운데서, 손견만은 성 안에 주둔하며 건장전(建章殿)이 불탄 자리에 영채(營寨)를 자리잡고 있었다. 우선 동탁이 파헤친 능을 복구시키고, 태묘(太廟) 옛 자리에 임시로 집을 짓고 제후의 도움을 받아서 한나라 황실 역대의 영위(靈位)를 안치해 놓고 짐승을 잡아 제사를 지냈다.

폐허에서 제전을 치르고 난 손견의 심정도 처량하지 않을 수 없었다. 제후들이 뿔뿔이 흩어져 돌아간 다음, 손견은 자기 영채로 돌아와서 구름 한 점 없이 달빛과 별빛만 찬란한 밤하늘을 물끄러미 바라다보며 긴 칼을 옆에 차고 허허벌판에 망연히 앉아 있었다.

이때, 무슨 까닭인지 북두(北斗)의 북녘에 있어서 천자가 계신 방향인 자미원성(紫微垣星)에 백기(白氣)가 자옥하게 긴 것이 바라다보였다.

"제성(帝星)이 분명치 못함은 역적들이 나라를 어지럽게 한 표적이로다! 만백성이 도탄에 빠져서 허덕이고 낙양은 폐허가 되어 버렸도다!"

이렇게 탄식을 하며 눈물이 저절로 흘러내려 두 볼을 적셨다.

이때, 옆에 있던 병사 하나가 별안간 손을 들어 가리키면서 말했다.

"어전(御殿) 남쪽에 있는 우물 속에서 오색이 찬란한 호기(豪氣)가 뻗쳐 나오고 있습니다."

손견이 병사에게 횃불을 밝히게 하고 우물 속에 들어가 더듬더듬 살펴보게 했더니, 과연 한 여인의 시체가 끌어올려졌다. 그 시체는 오랫동안 물에 잠겨 있었던 모양인데 조금도 상한 기색이 없고, 궁녀의 몸차림으로 목에는 비단주머니 하나를 걸고 있었다. 그 주머니를 떼어서 열어 보니 속에는 붉은 칠을 입힌 작은 상자가 한 개 들어 있는데, 뚜껑을 열고 보니 그것은 바로 옥새였다.

옥새는 길이가 네 치, 위에는 다섯 마리 용을 새겨서 손잡이가 되어 있는데 용의 뿔 한쪽 귀퉁이가 흠집이 간 것을 금으로 때웠고, '수명어천(受命於天) 기수영창(旣壽永昌)'이라는 여덟 자의 전문(篆文)이 새겨져 있었다.

손견이 옥새를 손에 들고 정보(程普)에게 물어 보니, 그가 설명했다.

"이것은 전국(傳國)의 옥새입니다. 옛날에 변화(卞和)라는 자가 형산(荊山) 아래서 봉황이 돌 위에 집을 짓고 있는 것을 발견하고, 그 돌을 가져다가 초(楚)나라 문왕(文王)에게 바치게 되어, 문왕이 그 돌을 깨뜨려 이 구슬을 얻은 것입니다. 진

(秦)나라 26년(BC 221년) 옥공(玉工)에게 명령하여 이 구슬을 갈고 다듬고 해서 이사(李斯)가 여덟 자의 전서를 써서 새긴 것입니다. 28년에 시황제가 순행차 동정호에 이르렀을 때, 풍랑이 심하여 배가 뒤집히게 되었는데 급히 이 옥새를 물 속으로 집어 던졌더니 풍랑이 가라앉았습니다. 36년에는 시황제가 순행차 화음(華蔭) 땅에 당도했을 때, 어떤 사람이 옥새를 손에 들고 앞길을 가로막으며 시황제의 측근자에게 '이것을 조룡(祖龍—시황제)에게 돌려드리도록 해라!' 하더니 어디론지 사라져 버렸습니다.

이래서 옥새는 또다시 진나라로 돌아왔으며, 그 이듬해 시황제가 붕어하신 다음, 영제(嬰帝)가 이 옥새를 한고조(漢高祖)께 바친 것입니다. 그 후 왕망(王莽)이 찬위(簒位)를 꾀했을 때, 효원(孝元) 황태후께서 이 옥새로 왕심(王尋)·소헌(蘇獻)을 때리셨기 때문에 한쪽 귀퉁이에 흠집이 가게 되어 금으로 그곳을 때운 것입니다. 광무(光武) 황제께서는 이 보물을 의양(宜陽)에서 손에 넣게 되시어 이것으로써 오늘날 왕위를 전해 내려오셨습니다. 앞서, 십상시들이 나이 어리신 임금을 가로채 가지고 북망산으로 달아났다가 다시 환궁했을 때에는 이 보물이 분실되어 없어졌다고 했습니다. 이제 하늘이 이것을 공께 물려주신 것은 바로 천자의 자리에 오르시라는 뜻입니다. 이곳에 더 오래 머물러 계시지 말고 강동으로 돌아가셔서 대계를 세우심이 좋으실까 합니다."

"나도 그런 생각을 하고 있었어! 내일, 몸이 편치 않다는 핑계를 대고 이곳을 뜨기로 하지!"

손견은 이렇게 결심하자, 비밀리에 병사들을 접촉하고 일체 이런 일을 밖에 누설하지 말라고 엄명했다.

그런데 뜻밖에도 손견의 주변에는 원소와 고향이 같은 사람이 하나 끼여 있어서 이런 비밀을 자신의 입신양명하는 미끼로 삼으려는 컴컴한 배짱으로 깊은 밤중에 진지에서 탈출하여 원소에게 밀고하고 말았다. 원소는 이 사나이를 후히 대접하고 자기 영채 안에 숨겨 두었다. 이튿날 손견이 장사(長沙)로 떠나겠다고 원소에게 작별 인사를 하러 갔더니, 원소가 말했다.

"나는 그대의 병을 잘 알고 있소! 전국의 옥새 때문이겠지?"

원소가 싱글벙글 웃으니, 손견은 얼굴빛이 새파랗게 질렸다.

"그게 무슨 말씀이신지요?"

"우리가 이제 군사를 일으켜 역적의 도배들을 토벌하자는 것은 오로지 나라를 위하기 때문이오. 옥새란 조정의 귀중한 보물이니 그대가 손에 넣었으면 당연히 우리들에게 먼저 알리고 맹주에게 맡겨 두었다가, 동탁을 거꾸러뜨린 다음에 조정으로 돌려보내야 될 것이어늘, 그것을 감추어 가지고 이곳을 뜨려는 것은 무슨 심사인고?"

"옥새가 어째서 나의 신변에 있다고 하시지요?"

"건장전 우물 속에 들어 있던 것은 무엇인고? 빨리 이리 내놓는 것이 그대의 신상에 좋을 걸세!"

그래도, 손견은 하늘을 우러러 맹세하며 그런 것을 가진 일이 없다고 딱 잡아뗐다. 마침내 원소도 숨겨 두었던 병사를 앞으로 불러 냈다.

"우물 속을 뒤졌을 때, 이 사람도 보았지?"

손견은 불끈 화를 내며 칼을 뽑아 들고 다짜고짜로 그 병사를 찔러 죽이려고 했다.

"이놈! 이 사람을 죽일 작정이냐? 이제 네놈의 흉측스런 배짱이 드러났지?"

원소도 호통을 치며 칼을 뽑아 드니 뒤에 서 있던 안량(顏良)·문추(文醜)도 따라서 칼집을 벗겨 버렸고, 손견의 뒤에 서 있던 정보·황개·한당등도 일제히 칼을 뽑아 들었다. 제후들이 몰려들어 가까스로 떼어 말리자, 손견은 재빨리 말 위에 올라 진지도 걷어치우고 낙양 땅을 떠나고 말았다. 원소는 대로하여 심복에게 편지를 들려서 형주자사 유표(劉表)에게 파견하고 손견이 달아나는 길을 막아서 옥새를 탈환하라는 지령을 내렸다.

그 이튿날은 조조가 동탁을 추격하여 영양(榮陽)에서 싸운 결과, 대패해서 돌아왔다는 정보가 날아들었다. 원소는 사신을 보내서 조조를 영채로 초청해다 놓고 주연을 베풀어서 그를 위로해 주었다. 그 연석에서 조조는 자기의 괴로운 심정을 솔직하게 고백했다.

"이 조조의 당초의 생각을 솔직히 말씀드리자면, 우선 원공(袁公)께 하내의 군사를 가지고 황하(黃河)의 도하점(渡河點)인 맹진(孟津)을 눌러 주시도록 하고, 산조(酸棗)의 유대·장막·장초·원유·포신·교모 여러 장수들이 성고(成皐)를 고수하고, 오창(廒倉)을 근거지로 삼아서 환원(轘轅) 대곡(大谷)의 험로(險路)를 제압하며, 남양의 군세를 단수(丹水) 석현(析縣) 일대에 주둔시켜 무관(武關)을 넘게 한 다음, 장안을 중심으로 하는 삼보(三輔)를 들이치고, 각각 진지를 견고히 하고 싸우지 않으며, 한편 의병전술(疑兵戰術)을 써서 없는 군사도 있는 체, 적을 현혹시켜 천하의 대세가 기울어짐을 보여 주면, 순(順)으로써 역(逆)을 꾀하는 이치로, 시일을 끌지 않더라도 쉽사리 평정될 줄로만 알았소. 그랬는데 제공께서 망설이기만 하고 전진하려 들지 않으시니 이는 천하의 신망을 크게 상실시킨 일이라서, 이 조조는 내심 부끄러움을 금할 길이 없소!"

드디어 원소의 군사도 뿔뿔이 흩어지는 비운을 면치 못하게 되었다. 우선, 공손찬이 원소의 무능에 불만을 품고 현덕·관운장·장비 세 호걸을 데리고 평원군으로 물러나 현덕을 그 고을 상(相)으로 앉혀 놓고 자기는 본국으로 돌아가 버렸고, 조조도 원소의 군사들이 제각기 야심만 품고 있는 꼴을 간파하고 양주로 가 버렸으며, 원소 자신도 진을 걷어치우고 낙양을 떠나 관동으로 가 버렸다.

이때, 한편에는 '강하팔준(江夏八俊)'이라는 쟁쟁한 명사들이 있었으니, 진상(陳翔—汝南郡)·범방(范滂—同郡)·공욱(孔昱—魯國)·범강(范康—渤海郡)·단부(檀敷—山陽郡)·장검(張儉—山陽郡)·잠경(岑晊—南陽郡) 등 일곱 사람과 또 한 사람은 바로 형주자사 유표였다. 유표는 연평(延平) 사람 괴량(蒯良)·괴월(蒯越) 형제와 양양(襄陽) 사람 채모(蔡瑁)를 보좌역으로 두고 있었는데, 원소의 편지를 받자 괴월·채모에게 명령하여 병력 1만을 거느리고 손견이 가는 길을 가로막게 하였다.

손견이 깜짝 놀라 까닭을 물었다.

"다 알고 있소! 한나라 조정의 신하된 몸으로서 전국의 옥새를 감추고 뺑소니를 치다니 순순히 내놓아야만 통과시키겠소!"

하는지라, 황개에게 출마를 명령했다. 채모는 칼을 휘두르

며 덤벼들었다. 몇 합을 싸우지도 못했는데, 황개가 채찍을 사
납게 휘두르며 채모의 가슴팍을 내리치는 바람에 채모가 감당
하지 못하고 말머리를 돌려서 도주해 버리자, 손견 편에서는
신바람이 나는 대로 맹렬한 습격을 가하면서 국경을 넘어서
쳐들어갔다.

산 저쪽에서 난데없이 북소리·징소리가 요란스럽게 들려
오더니 유표 자신이 군사를 거느리고 손견 앞에 우뚝 섰다.

"네놈이 전국의 옥새를 감춰 가지고 도주하는 것은 반란을
일으키자는 배짱이냐?"

"우리들의 몸에 그런 것을 지니고 있다면, 칼창 밑에 목숨
을 바치겠소!"

"닥쳐라! 정말이라면 짐짝을 검사해 보자!"

"뭣이라고? 네놈이 나를 누군 줄 알고?"

손견이 대로하여 들이치니 유표 슬쩍 피하는지라, 다시 말
을 몰아 추격하는데 난데없이 등덜미로부터 채모와 괴월이 달
려들어서 손견을 한가운데로 몰아넣고 말았다. 이야말로 옥새
를 가지고도 쓸 데가 없고, 보물이 도리어 싸움의 화근이 된
것이었다.

7. 쫓고 쫓기고

袁 紹 磐 河 戰 公 孫
孫 堅 跨 江 擊 劉 表

손견은 유표의 장수들에게 포위를 당했으나, 정보·황개·한당 셋이 덤벼들어서 필사적으로 구출해 주었기 때문에 병력의 절반은 잃어버렸지만, 간신히 목숨만을 건져 가지고 강동 땅으로 도주했으니 이로써 손견과 유표는 원한을 맺고 서로 으르렁거리게 되었다.

한편, 원소는 하내에 주둔해 있었는데 군량이 모자라서 쩔쩔맬 판이었다. 기주(冀州)의 목(牧—州長)으로 있는 한복(韓馥)이 이런 소문을 듣고 군용에 보태 쓰라고 사람 편에 식량을 보내 왔다. 이때 모사(謀士)의 한 사람인 봉기(逢紀)가 원소에게 말했다.

"대장부란 모름지기 천하를 횡행하여 마땅하겠거늘, 남의 힘에 의지하여 식량의 공급을 받는다는 것은 서글픈 일입니다. 기주란 고장은 군량도 풍부한 곳인데 공께서는 어찌하여 이런 땅을 빼앗지 않으십니까?"

"그야 잘 알지만, 좋은 계책이 서지 않아서……"

"아무도 모르게 공손찬에게 사신을 보내셔서, 이편에서도 쳐들어간다 하시고 그더러 기주를 공격하라고 하십시오. 그렇게 하면 한복이란 머리가 모자라는 위인이니 장군께 영토를 나누어 달라고 매달릴 것입니다. 이 기회를 놓치지 마시고 계책을 쓰시면 힘 안 들이고 쉽사리 빼앗을 수 있을 것입니다."

원소는 자못 기뻐하면서 당장에 공손찬에게 편지를 보냈다. 공손찬이 편지를 뜯어보니 힘을 합쳐서 기주를 공격해 가지고 영토를 분배하자는 사연이라서, 몹시 기뻐하며 그날로 군사를 집결시켰다.

또 한편에서는, 원소가 사람을 밀파하여 공손찬이 들먹거리고 있다는 사실을 한복에게 알려 주었다. 한복은 청천벽력 같은 이 소식에 극도로 당황해서 모사 순심(荀諶)·신평(辛評) 두 사람을 불러 가지고 대책을 상의했다.

신평이 말했다.

"공손찬이 연(燕)·대(代) 두 나라의 병력을 이끌고 멀리서부터 쳐들어온다면 그 예봉(銳鋒)을 감당해 낼 도리가 없을 겁니다. 거기다가 유현덕·관운장·장비 세 장수까지 가담한다면 도저히 막아내지 못할 겁니다. 현재 원소공께서는 지혜나 용기가 출중하시고, 그 수하에 명장들도 적지 않습니다. 장군께서 그에게 주자사(州刺史)의 자리를 양보해 드리시면 그분께서도 반드시 장군께 두고 두고 보답하실 것이며, 공손찬도 두려울 것이 없으실 것입니다."

한복은 그 즉시 별가종사사(別駕從事史—주자사의 보좌관) 관순(關純)을 사신으로 파견하여 이런 뜻을 원소에게 전달했다. 그랬더니 장사(長史— 長史司馬—자사 밑에 있는 장수) 경무(耿武)가 한복에게 간했다.

"원소는 이제 기댈 곳도 없이 기진맥진해서 우리의 눈치만 살피고 있는 판입니다. 비유해서 말씀드리자면 마치 어린아이를 장중에 놓고 있는 것 같아서, 젖을 먹이지 않으면 당장에 굶어 죽을지도 모를 형편입니다. 이런 사람에게 무엇 때문에 대임을 맡기시려고 하십니까? 이야말로 범을 양의 무리 속으로 끌어들이시는 것과 같은 일입니다.”

“나는 본래 원씨 집안의 신세를 진 몸이고 재능으로 말해도 원공을 따르지 못하오. 현명한 사람을 택하여 양보함은 옛날부터 있는 일인데 무엇을 질투할 게 있으리오!”

“아! 기주도 이로써 마지막이로구나!”

경무는 이렇게 한탄했으며, 직을 버리고 물러간 자 30여 명이나 되었다. 단지 경무와 관순 둘만이 남아서 성 밖에 숨어 원소가 나타나기를 노리고 있었다.

며칠이 지난 뒤에, 원소가 군사를 거느리고 도착하였다. 경무·관순 둘이서 칼을 뽑아 들고 달려들어 원소를 찔러 버리려고 했더니 원소의 부장 안량(顔良)이 당장에 경무의 목을 베어 버리고, 문추(文醜)가 달려들어 관순의 목을 베어 죽여 버렸다. 원소는 기주로 들어서자 한복을 분위장군(奮威將軍)에 임명했고, 전풍(田豊)·저수(沮受)·허유(許攸)·봉기(逢紀)에게 고을의 행정을 맡기고 한복의 권력을 고스란히 빼앗아 버렸다. 한복은 자신의 어리석음을 후회하다 못해서 마침내 처자를 내버리고 혼자서 진류(陳留)의 태수 장막(張邈)을 찾아가서 몸을 의탁했다.

한편, 공손찬은 원소가 기주를 수중에 넣은 것을 알자, 아우 공손월을 원소에게 보내서 영토를 분배해 달라고 했다.

그랬더니 원소가 말했다.

"백씨께서 친히 오셔야만 상의하겠소."

그래서 할 수 없이 공손월이 되돌아가는데, 50리도 못 가서 길 양쪽에서 무수한 인마가 몰려들더니, 저마다,

"우리들은 동승상(董丞相)의 부장이다!"

하고, 고함을 지르며 활을 쏘아 공손월을 죽여 버렸다. 아우를 죽였다는 정보에 접하자 공손찬은 노발대발했다.

"원소란 놈은 나를 유인하여 한복을 공격시켜 놓고, 뒤로 돌아서서 나를 속이고, 이번에는 동탁의 군사로 가장하고 나의 아우까지 쏘아 죽였다! 이 원수를 꼭 갚고야 말겠다!"

하며 이를 악물고 부하를 동원하여 기주로 쳐들어갔다. 이 소식을 안 원소도 또한 서슴지 않고, 군사를 거느리고 출진했다. 양군은 반하(磐河)에서 맞닥뜨려, 원소의 군사는 다리 동쪽에, 공손찬의 군사는 다리 서쪽에 진을 쳤다. 공손찬은 다리 한복판으로 말을 몰고 나와서 목청이 터지도록 호통을 쳤다.

"의리를 배반한다는 것은 네놈을 두고 하는 말이다! 나를 팔아먹은 이 괘씸한 놈아!"

원소도 말을 다리 근처까지 몰고 나와서 손가락질을 하면서 고함을 질렀다.

"한복은 자신의 힘이 부치는 것을 깨닫고 기주를 나에게 양보하려고 한 것이다! 네놈이 무슨 상관이란 말이냐?"

"일찍이 네놈을 충의(忠義)의 대장부로 알고 맹주로 내세웠더니, 이제 하는 짓을 보자니, 마음이 이리와 같고 소행이 개 같은 놈(狼心狗行之徒)이다! 뻔뻔스럽게 무슨 낯짝을 들고 세상에 나타났느냐?"

이에 원소, 대로하여 씨근거렸다.

"저놈을 잡을 사람이 아무도 없느냐?"

말이 떨어지기 무섭게, 문추가 칼을 휘두르며 말을 달려 다리 위로 뛰어나왔다. 공손찬은 수하의 장수 넷을 거느리고 문추와 다리 위에서 대결했으나 장수 하나가 문추의 창에 맞아 거꾸러지는 바람에 다른 세 장수도 뿔뿔이 흩어지고, 공손찬도 산골짜기를 향하여 뺑소니를 쳐버렸다. 문추가 악착같이 공손찬을 추격하여 한칼에 찔러 버리려는 위기일발의 찰나에 왼쪽 숲속에서부터 말을 달려 뛰쳐나온 젊은 장수 하나가 문추에게 창을 휘둘러 공손찬을 구출했다. 이 틈을 타서 공손찬의 부하들이 달려드니 문추는 말머리를 돌려 도주해 버렸다. 그 젊은 장수는 문추를 추격하려 들지도 않고, 산에서 내려오는 공손찬 앞에 정중하게 머리를 수그렸다.

"소생은 상산국(常山國) 진정(眞定) 태생으로 성을 조(趙), 이름은 운(雲), 자를 자룡(子龍)이라 하오. 본래 원소의 밑에 있었지만, 원소란 자가 백성을 구제할 만한 충신이 못 됨을 간파하고 공을 따르려고 달려온 몸이오."

공손찬의 기쁨은 이만저만이 아니었다. 즉시 함께 돌아가서 진지를 정비했다. 군사를 좌우로 나누어 가지고 우익(羽翼)형으로 진을 쳤다. 원소도 여기에 대처하기 위해서 안량·문추를 선봉으로 삼고 그것을 좌우 양익으로 갈라서 공손찬의 군사를 공격하게 했다. 또 국의(麴義)에게 사수(射手) 8백, 보졸(步卒) 1만 5천을 주어서 중군(中軍)을 삼고, 자신은 보기(步騎) 수만을 거느리고 후방을 지키기로 했다.

공손찬은 조자룡이 부하가 된 지 얼마 안 되어서 배짱을 알 수 없으니, 후방을 지키게 하고, 대장 엄강(嚴綱)을 선봉으로,

자신은 중군을 지휘하고 새빨간 동그라미 속에 수(帥)라는 금실로 새긴 깃발을 앞장세워서 휘두르며 다리 위로 말을 몰아 나가게 했다.

국의의 군사와 엄강의 군사가 제일 먼저 치열한 싸움을 시작했다. 국의 편에서 궁노(弓弩—石弓) 8백 개를 총동원해서 일제히 쏘아대는 바람에 공손찬의 군사는 대패했다. 이런 판국에 원소의 본대마저 다리 근처까지 쳐나와서 공손찬은 자기 편 깃발까지 꺾여서 쓰러지는 것을 보자 말머리를 돌려 다리를 내려와 도주해 버렸다.

그러나 국의가 단숨에 후방의 진지까지 돌진해 왔을 때에는, 조자룡이 나타나서 정면으로 대결하여 당장에 국의를 말에서 떨어뜨려 버렸다. 조자룡이 마치 무인지경을 가듯이 좌충우돌하면서 원소 편의 진지로 혼자서 용감하게 쳐들어가는 바람에 공손찬도 군사를 거느리고 되돌아와서 마침내 원소의 군사들은 꼴사납게 패해 버리고 말았다.

원소 자신은 이때까지도 공손찬의 무능함을 비웃으면서 싸움을 구경만 하고 있었다. 그러나 홀연 전풍(田豊)이 옆에서,

"공께서는 일단 몸을 피하시는 게 좋을까 합니다!"

하는 소리를 듣고 정신을 차리자니 공손찬의 군사가 어느 틈엔지 진지를 배후로 돌아서 포위의 태세를 취하고 있지 않은가.

원소, 투구를 땅바닥에 내동댕이치며 소리 질렀다.

"남아 대장부로 태어나 진중에서 죽는 것이 보람있는 일이어든, 몸을 피해서까지 구차스럽게 살고 싶은 생각은 없다!"

원소의 군사가 마침내 총력을 기울여 방비를 하니, 조자룡이 더 뚫고 들어갈 수 없는 판에, 안량이 적의 대군을 거느리

고 달려들어 좌우 양편에서 협공을 시작하는 바람에 어쩔 수 없이 공손찬을 보호하고 간신히 다리까지 되돌아왔다.

원소가 계속해서 다리를 건너서까지 쳐들어가니 공손찬의 군사 가운데는 다리 아래로 떨어져 죽는 자가 무수했다. 원소가 그대로 한 5리쯤 쳐들어갔을 때, 산모퉁이에서 요란한 함성이 일어나며 일대의 군사를 거느린 세 사람의 장수들이 비호같이 나타났다. 이들이야말로 다른 사람이 아니라 유현덕·관운장 그리고 장비가 평원에서부터 공손찬을 거들러 달려온 것이었다.

세 호걸들의 출현으로 일진일퇴의 싸움도 일단락을 지었으니, 원소도 질겁을 해서 보도(寶刀)조차 떨어뜨리고 부하의 도움을 받아 간신히 다리를 건너갔으며, 공손찬도 군사를 수습해 가지고 진지로 돌아왔다. 세 호걸들과 인사가 끝난 다음, 공손찬이 말했다.

"유공이 불원천리하고 달려와서 싸움을 거들어 주지 않았다면, 우리는 지금 어떻게 됐을지 모를 일이었소!"

이 자리에서 유현덕과 조자룡은 처음 인사를 했다. 서로 존경하는 심정 때문에 헤어지기 싫은 안타까움을 감출 수 없었다.

한편, 원소가 이번 싸움에 패하고 나서는 방비를 견고히 하고 통 나오려 들지 않으니, 양군은 서로 노려보기만 하며 한 달 이상이나 지냈다. 이런 소식이 장안에 있는 동탁에게 전달되자, 이유가 동탁에게 말했다.

"원소와 공손찬은 근래에 보기 드문 호걸입니다. 그들이 지금 반하에서 접전 중이라면 천자의 조서를 내려서 두 사람을 화해시키는 것이 상책인 줄 압니다. 이렇게 하면 그들 두 사람은 은덕에 감격하여 승상을 따르게 될 것이 뻔한 노릇입니다."

"그거 좋은 생각이오!"

이튿날 동탁은 태부(太傅) 마일제(馬日磾)와 태복(太僕) 조기(趙岐)를 사자로 내세워서 떠나 보냈다. 두 사람이 하북에 도착하니 원소는 백 리 길이나 나와서 영접하고 재배하며 조서를 받았다. 이튿날 두 사자가 공손찬의 영채로 가서 조서를 전달하니, 공손찬은 그날로 진지를 해산시키고 고향으로 돌아가면서 유현덕을 평원의 상(相)으로 추천하는 계주문을 위에 올렸다.

유현덕과 조자룡은 작별을 서러워하고 눈물을 흘리며 좀처럼 떨어지려 들지 않았다.

"본인은 공손찬을 잘못 생각하고 영웅으로 보았으나, 이제 와서 생각하니 그 역시 원소와 같은 도배에 불과하오!"

조자룡이 이렇게 말하니 유현덕도,

"이 점에 대해서는 공께서도 잠시 참아 주시오! 우리 또다시 상봉할 날이 있으리니."

하니 두 사람은 눈물을 뿌리며 작별했다.

남양에 있는 원술은 원소가 기주를 수중에 넣었다는 소문을 듣고, 말 천 필만 달라고 사람을 보냈으나 거절을 당하고, 또 형주로 사람을 보내서 유표에게 군량 20만 석만 꾸어 달라고 해봤으나 역시 거절을 당하자, 이에 원한을 품는 한편, 손견에게 밀서를 보내어 유표를 처치해 버리게 했다.

손견이 밀서를 받자, 막하의 여러 장수들이 원술은 책사(策士)이니 신용할 수 없다고 말렸으나, 손견은 원술의 도움을 힘입자는 것보다도 평소의 복수를 차제에 하고야 말겠다 고집하며, 그 즉시 황개를 장강(長江) 연안으로 파견해서 모든 군선(軍船)을 정비시키고 날짜를 정하여 출진할 계획을 세웠다.

이런 정보를 접한 유표는 문무 제관들과 협의한 끝에 황조(黃祖)에게 명령하여 강하(江夏)의 병력을 선봉으로 삼고 대군을 집결하게 했다.

또 한편에서는, 손견이 출진하는 데 하나의 이채로운 존재가 출현했다. 그것은 손견의 맏아들 손책(孫策)이었다. 아버지의 싸움터에 따라가겠다고 굳이 배를 같이 타고 번성(樊城)으로 쫓아 나선 것이었다.

황조가 장강 연안에 매복시켜 둔 궁노수들의 일제 사격에서부터 치열한 싸움은 시작되었다. 손견은 꾀를 내어서 그 화살이 10여만 개나 자기 편 배에 꽂히도록 사흘 동안이나 상륙하는 체만 하고 적을 유도하다가, 순풍이 부는 날을 기다려 활을 쏘며 황조의 군사를 무찌르고 강을 건너 저쪽 언덕으로 진격했다.

이 싸움에 황조 편에서는 강하의 장호(張虎), 양양의 진생(陳生) 등이 출전했다. 손견 편에선 정보·황개·한당 등의 맹장들이 손견의 아들 손책이 활을 쏘아 진생의 얼굴을 맞혀서 당장 말에서 떨어지게 한 사실과 한당이 한칼에 장호의 얼굴을 두 조각으로 잘라 버린 것이 가장 가관이었다. 정보가 황조를 산채로 잡으려고 말을 달려 추격하니 황조는 투구를 벗어 버리고 보졸 틈에 섞여서 간신히 목숨을 건졌으며, 손견은 황개에게 명령하여 한강(漢江)까지 배를 몰고 나갔다.

황조는 쫓기고 쫓기어 마침내 패잔병을 수습해 가지고 유표

앞에 나서는 도리밖에 없었다. 손견의 세력을 감당할 수 없다
는 솔직한 보고였다. 유표가 당황해서 괴량을 불러 상의하니,
진지를 고수하는 한편 빨리 원소에게 사신을 보내어서 원군을
청해 오자는 것이 괴량의 의견이었다.

이 의견에 채모가 완강히 반대했다.

"그것은 서투른 계책이오! 적군이 성 아래 박두하여 호(壕)
에까지 습격해 오려는 판에 팔짱을 끼고 가만히 앉아서 죽음
을 기다리잔 말이오? 내 재수 없는 몸이라고는 하지만, 웬만
한 군세만 맡겨 주신다면 일전을 불사하겠소!"

유표가 그의 뜻에 찬동하니, 채모는 1만여 명의 군사를 거
느리고 양양성 밖 현산(峴山)에다 진을 쳤다. 손견이 다시 습
격해 오자 채모는 서슴지 않고 말을 달려 진두에 나섰다.

"저놈이 바로 유표의 후처의 오라비로구나! 산채로 잡아올
사람은 없느냐?"

손견이 이렇게 호통을 치자, 정보가 창을 휘두르며 말을 달
려나와 채모에게 육박해 들어가니, 채모는 몇 합을 싸우지도
못하고 패주했으며, 손견의 대군 앞에 적군의 시체가 산더미처
럼 쌓였고, 채모는 결국 양양성으로 몸을 숨겨 버리고 말았다.

괴량은 채모가 좋은 의견을 듣지 않고 날뛰다가 참패했으니
군율에 의하여 목을 베라고 주장했지만, 유표는 채모의 누이
와 살게 된 지 얼마 안 되기도 하여, 채모를 처형하려 들지 않
았다.

손견은 군사를 사방으로 나누어서 양양을 포위하고 공격을
개시했다. 어느 날 광풍이 사납게 일더니 본진에 꽂아 놓은
수(帥) 자를 쓴 깃발의 깃대가 꺾여 버렸다. 한당이 외쳤다.

"이것은 불길한 징조입니다! 군사를 거두어들이시는 게 좋겠습니다."

"나는 여태까지 연전연승, 양양을 빼앗을 날도 조석으로 임박해 오고 있는데 깃대 하나가 꺾어졌다고 해서 군사를 거두어들인다는 법은 없다!"

손견은 이렇게 고집을 부리며 더 한층 공격에만 전력을 기울였다.

한편, 성 안에선 괴량이 유표에게 이런 말을 했다.

"제가 천문을 보니 하나의 장성(將星)이 떨어지려고 합니다. 성좌에 의하여 추측하건대, 이것은 바로 손견입니다. 공께서 시급히 원공께 서한을 보내셔서 원군을 청하심이 좋겠습니다!"

유표가 서한을 작성하자, 용장 여공(呂公)이 자진해서 그것을 전달하겠다고 나섰다.

괴량이 여공에게 말했다.

"그대가 가겠다면 나에게도 일계(一計)가 있소. 그대에게 5백 기를 줄 테니, 활쏘기에 능한 자들을 거느리고 갈 것이며, 포위망을 돌파하거든 단숨에 현산으로 달리시오. 손견은 반드시 군세를 거느리고 쫓아올 것이오. 그대는 백 명쯤 산꼭대기에 매복시켜서 큰 돌을 모아 놓도록 하고, 또다른 백 명에게는 궁노(弓弩)를 가지고 숲속에 숨어 있게 하시오. 저편에서 쫓아올 때는 곧장 달아나서는 안 되오. 이리저리 피하는 체하다가 우리편 군사가 매복해 있는 곳으로 유도해 놓고 화살과 큰 돌을 일시에 퍼부으면 그만이오. 만약에 이 계책이 들어맞았을 때에는 연주호포(蓮株號礮—石砲)를 쏘시오. 성 안에서부터 원군을 보내겠소. 만약에 저편에서 쫓아오지 않을 경우에는 이럴 필요는 없고 앞으로 달리기만 하면 되오. 오늘밤에 는 달도 밝지 않으니 날이 저물 무렵에 성 밖으로 나가는 게 좋을 거요."

여공은 이런 계책을 받아들여 가지고 군사를 정비한 다음, 날이 어둑어둑할 무렵에 동쪽 성문을 열고 돌진해 나갔다.

손견은 영채에 있었는데 별안간 함성이 요란스럽게 일어나 서 당장에 30여 기를 거느리고 진지 밖으로 나왔다.

병사 하나가 보고했다.

"방금 일대의 기마가 쳐들어오더니 현산 쪽으로 달아났습니 다!"

손견은 다른 여러 장수들을 부를 생각도 하지 않고 그대로 30여 기만을 거느리고 뒤를 쫓았다.

여공은 벌써 산 속 나무가 무성하고 숲이 우거진 깊숙한 곳 을 택하여 수많은 복병들을 물샐 틈 없이 배치해 놓고 손견이 나타날 때만 노리고 있었다.

손견이 그것을 알 까닭이 없었다.

비호같이 달리는 말로 앞장을 서서 대담하게도 단기(單騎) 로 추격해 들어갔다.

"꼼짝 말아라! 도망치면 비겁한 놈이다!"

여공은 이렇게 호통을 치며 말머리를 별안간 획 돌리더니 손견과 맞닥뜨려서 1합을 대결했을 뿐, 그대로 산길을 향하여 뺑소니를 치는 것이었다.

손견이 무슨 영문인지도 모르고 뒤를 쫓아 달려갔을 때는 이미 여공의 그림자도 찾아볼 수 없었다.

"괴상한 놈인데! 어디로 도주를 했을까?"

손견이 혼자 중얼중얼하면서 산꼭대기로 말머리를 돌려서 올라가려고 했을 때, 난데없이 요란스럽게 천지를 진동하며 울려오는 징소리.

산꼭대기에선 큰 돌이 빗발치듯 쏟아져 내려오며, 숲속에서 화살이 빗발치듯이 날아들었다.

그렇게 당돌하고 대담하고 용감하던 손견도 이 불의의 습격에 어찌 막아낼 수 있었으랴. 전신을 내리치는 돌과 빈 틈 없이 꽂히는 화살, 손견은 가련하게도 두개골이 깨져서 처참한 모습을 하고 현산 산골짜기에서 숨을 거두고 말았다. 이때 그의 나이 겨우 37세였다.

손견이 거느리고 온 30여 기의 군사들은 멋도 모르고 뒤를 따라 몰려들었으나 결국 여공에게 단 한 사람도 남지 못하고 몰살을 당해 버리고 말았다.

이때, 연주호포 소리가 하늘을 찌를 듯 굉굉하게 울려 퍼졌다.

성 안에서부터 황조·괴월·채모가 제각기 군사를 거느리고 의기양양하게 싸움을 거들러 달려드니, 강동의 모든 군사들은 이 불의지변에 옴짝달싹도 하지 못하고 이리저리 달아날 구멍을 찾아서 야단법석이니 아수라장이었다.

"이대로 물러설 우리가 아니다! 끝까지 싸워라!"

손견 편의 황개가 목청이 터지도록 고함을 지르며 수군(水軍)을 몰아서 최후의 공격을 가해 보려고 필사적인 노력을 해 봤지만, 결국 황조와 맞닥뜨려 겨우 2합도 싸우지 못하고 산 채로 황조에게 붙잡혀 버리고 말았다.

정보는 손견의 맏아들 손책을 보호하면서 살아나갈 구멍을 찾느라고 무진 애를 쓰고 있는데, 여공과 정면으로 충돌하게 되어 말을 달려 찌르고 덤벼들어서 통쾌하게도 여공을 말 위에서 나동그러 떨어지게 해버렸다.

양쪽 군사들은 날이 훤히 밝아올 때까지 일대 혼전을 계속하다가, 쌍방이 똑같이 기진맥진하여 각각 군사를 거느리고 후퇴했다.

유표의 군사들은 성 안으로 철수했으며, 손책은 한수(漢水)로 되돌아와서야 비로소 대경실색했다.

처음으로 싸움터에 따라나온 아들의 몸으로서, 아버지가 빗발치듯 하는 화살 아래서 숨을 거두었으며, 그 시체마저 이미 유표의 병사들에게 질질 끌려가다시피 성 안으로 떠메여 갔다는 사실을 알게 됐을 때, 땅을 치고 방성통곡을 해도 시원치 않았고, 모든 군사들도 흐느껴 울지 않을 수 없었다.

"아버지의 시체를 적군의 수중에 남겨두고 무슨 면목으로 고향엘 돌아갈 수 있으리오!"

황개가 위안해 주며 말했다.

"우리 군중에 황조란 놈을 생포해 두었으니, 성 안으로 사람을 보내서 화의를 맺고 황조를 주군(主君)의 시신과 교환하기로 하시면 어떨까요?"

이 말에 군리(軍吏) 환해(桓楷)가 선뜻 나섰다.

"저는 유표와 구교가 있습니다. 원컨대 사신의 임무를 맡겨 주십시오!"

손책이 쾌히 승락했다.

환해가 성 안으로 들어가서 유표를 대면하고 이런 뜻을 전달하니 유표가 말했다.

"손공의 유해는 이미 관 속에 넣어서 여기 안치했소. 빨리 황조를 돌려보내 주시오! 그 다음부터는 쌍방이 다같이 군사를 수습해서 두 번 다시 서로 침범하지 않기로…….”

환해가 인사를 마치고 물러나려 하자 섬돌 아래로부터 괴량이 뚜벅뚜벅 걸어 나오면서 자못 정중하고 위엄 있는 표정으로 입을 열었다.

“안 됩니다! 안 됩니다! 저에게 한 가지 계책이 있습니다. 강동의 군사는 단 하나라도 우리 가향(家鄕) 땅에 발을 들여놓지 못하게 하겠습니다! 우선 환해의 목을 베십시오! 계책을 쓰는 것은 그 다음 문제입니다!”

손견이 적을 쫓다가 목숨을 빼앗기니, 환해 또 화의를 맺으려다가 목숨이 위태롭게 되었다.

8. 영웅도 미인 앞에는

王司徒巧使連環計
董太師大鬧鳳儀亭

"이제야말로 손견도 죽었고, 그 소생들도 어린것들 뿐이니, 이 허를 찔러서 쳐들어가면 강동 땅은 힘 안 들이고 우리 수중에 들어올 것입니다. 시체를 돌려보내 주고 싸움을 그만둔다면 도리어 놈들의 의기를 길러 주는 결과가 될테니, 이는 형주의 화근을 만들어 놓는 일이 됩니다!"

괴량이 이렇게 반대하니, 유표가 말했다.

"황조가 저편 진중에 잡혀 있는데, 그대로 죽으라고 내버려 둘 수는 없지 않은가?"

"황조 따위 무능한 사나이 하나쯤 잃더라도 강동 땅을 얻게 되는 편이 좋지 않겠습니까!"

"안 될 말! 나와 황조는 심복지교(心腹之交)니까 그를 모른 체하면 그것은 의리가 아니지!"

유표는 드디어 환해를 되돌려보내고 손견의 시체와 황조를 교환하기로 약속했다. 이리하여, 유표는 황조를 맞아 왔고, 손책은 영구를 맞이하여 싸움을 중지하고 강동 땅으로 돌아가서 곡아(曲阿)의 묘지에 부친을 매장했다. 그리고 강도(江都)에 거처를 정하고 현사(賢士)들을 초청하여 겸손하게 후대하니 천하의 호걸들이 각처에서 손책을 중심으로 모여들기 시작했다.

동탁은 장안에 있으면서 손견이 죽었다는 소식을 듣고 자못 통쾌해했다.

"아, 이제야 앓던 이 하나가 빠진 것 같군! 그 아들놈이 나이가 몇 살이나 되지?"

하고 물었다. 이에 누군지 선뜻 대답했다.

"열일곱 살밖에 안 됩니다!"

이런 말을 듣고도 동탁은 개의하는 빛이 없었다. 그는 호를 상부(尚父)라 자칭하고 출입할 때에는 천자와 똑같은 의장(儀仗)을 갖추게 하고, 아우 동민(董旻)을 좌장군호후(左將軍鄠侯)에 봉하고 조카 동황(董璜)을 시중을 삼아 근위병을 통솔시켰으며, 동가 일족은 노소를 불문하고 모조리 열후(列侯)에 봉했다.

그밖에도, 백성 25만 명을 징발하여 장안에서 2백 50리 떨어진 지점에다 자기만을 위한 성을 쌓아 올리는가 하면, 성 안 곳곳에 궁전과 창고를 건축하고 20년 동안 먹고도 남을 만한 식량을 저장하기도 했다.

민간에서부터 젊은 미인 8백 명을 뽑아서 이 성 안에다 두고, 황금·주옥·진주·비단을 산더미처럼 모아 들여놓고 가족들도 모두 그 안에서 살도록 하였다.

동탁은 보름에 한 번, 혹은 한 달에 한 번씩 장안에 들어갔고, 그럴 때마다 대신들은 장안의 성문인 횡문(橫門) 밖까지 나와서 영접하고 또 전송했다. 항시 그 도중에다 장(帳)을 차려 놓고 대신들과 더불어 술을 마시기를 즐겨 했다.

어느 날 동탁이 횡문 밖으로 나가게 되어, 대신들은 평소와 같이 전송을 했는데, 동탁은 그들을 붙들어 앉히고 술잔치를 벌였다. 이때 마침 북지군(北地郡)에서 투항해 오는 포로 수백 명이 호송되어서 그 앞을 지나치게 됐다. 동탁은 그 자리에서 포로들의 수족을 자르게 하고 눈을 후벼 내고 혀를 뽑거나 혹은 큰 가마솥에 넣어 죽이게 했다. 곡성과 비명이 천지를 진동하고 백관들이 부들부들 떨며 젓가락을 떨어뜨릴 지경인데도 동탁 자신은 태연히 먹고 마시고 웃고 떠드는 것이었다.

이날 연석이 파하고 사도 왕윤은 자기 관저로 돌아 왔는데, 연석에서 일어났던 끔찍한 일을 돌이켜 생각하다가, 밤도 깊고 달도 밝은 무렵이었는지라 지팡이를 끌고 뒤뜰로 내려서서 도미가(荼蘼架) 시렁 옆에 서서 하늘을 우러러보며 눈물을 뚝뚝 떨어뜨리고 있었다.

바로 이때, 모란꽃이 심겨 있는 정자 근처에서 누군지 탄식하는 기척이 있었다. 살며시 가까이 들어가 보니 관저에서 노래를 부르는 소녀 초선(貂蟬)이었다. 초선은 어렸을 적부터 이 관저에 들어오게 되어 노래와 춤을 배우고 있으며, 나이는 겨우 열여섯 살, 용모나 재간이 모두 출중해서 왕윤이 친딸이나 다름없이 사랑했다.

왕윤은 한참 동안이나 귀를 기울이다가 소리를 버럭 질렀다.

"얘, 무슨 사정이라도 있어서 사내 생각을 하고 있는 거냐?"

초선이 깜짝 놀라 꿇어앉았다.

"이 변변치 못한 것이, 천만에 무슨 사정 같은 게 있겠습니까?"

"그렇다면 뭣 때문에 이렇게 밤늦게 이런 데서 한숨을 쉬고 있단 말이냐?"

"저의 마음속을 솔직히 말씀드려도 좋을까요?"

"뭣이든지 탁 털어놓고 말해 보아라!"

"저를 이렇게 크도록 키워 주셨고, 노래와 춤을 가르쳐 주셨고, 친딸이나 다름없이 귀여워해 주신 은혜를 생각하고, 언제나 몸이 으스러지는 한이 있더라도 보답해 드려야겠다는 마음을 먹고 있었어요. 근래에 대인(大人)께서 무엇인지 근심 걱정이 있으신 듯한 모습을 뵐 때마다 반드시 국가의 대사 때문에 그러시리라고 생각했지요. 그러나 제가 주제넘게 먼저 여쭈어 볼 수도 없고……, 그런데 오늘밤에도 심히 언짢아하시는 안색을 뵙게 되니 자연 한숨이 나오는 것을 대인께서 보시게 된 것뿐이죠. 무슨 일이나 제가 힘이 될 수 있는 일이라면, 저는 목숨을 바쳐도 아깝지 않겠어요!"

왕윤이 지팡이로 땅을 두들기며 외쳤다.

"그렇다! 한(漢)나라의 천하는 너의 손에 달렸다. 나와 같이 화각(畫閣)으로 가자!"

초선이 왕윤을 따라 화각 안으로 들어가니 왕윤은 거기 있던 다른 여자들을 물러가게 하고, 초선을 바로 앞 자리에 앉히더니, 그 앞에 털썩 꿇어앉았다.

초선도 깜짝 놀라 같이 꿇어앉았다.

"대인께서 어째서 이러십니까?"

"한나라 백성들을 좀 생각해 다오!"

이렇게 한 마디를 하고는 왕윤은 눈물을 뚝뚝 떨어뜨리는 것이었다.

"방금 말씀드린 것과 같이 제가 할 수만 있는 일이라면 만 번 죽더라도 사양치 않겠어요!"

왕윤은 여전히 꿇어앉아서 말했다.

"백성들은 거꾸로 매달린 것 같은 괴로움 속에 빠졌고, 군신이 모두 누란의 위기에 처해 있다. 이것을 구출할 수 있는 사람은 너밖에 또 없다. 국적 동탁은 천자의 자리를 노리고 있는데 조정의 문무백관들은 손 하나 까딱할 만한 방법도 없는 형편이다. 동탁에게는 여포라는 양자가 있는데 천하에 보기 드문 호걸이다. 내가 보건대 이 두 위인은 다같이 색을 좋아하는 도배들이니까 연환지계(連環之計)를 써 보자는 것이다. 이 계교를 쓴다는 것은 우선 너를 여포에게 시집보내겠다 언약하고 나중에 동탁에게로 돌려주도록 할 테니까, 너는 두 사람 사이에 끼여 부자가 반목하도록 꾸며서 여포의 손으로 동탁을 죽여 버리게 만들면 극악무도한 역적을 뿌리뽑아 버릴 수 있겠다는 생각이다. 기울어진 사직을 다시 일으켜 세우고 천하를 다시 바로 잡는 것은 모두 너에게 달렸다. 그래, 너의 의사는 어떠냐?"

"대인을 위해서라면 만 번 죽어도 사양치 않겠습니다. 저를 즉시 동탁에게 보내 주세요. 저는 저대로 방법이 있으니까요."

"일이 만약에 누설된다면 나는 멸문지화(滅門之禍)를 입을 것이다!"

"과히 걱정 마세요. 저는 대의(大義)에 보답하지 못한다면 일만 번 칼을 맞아 죽어도 후회하지 않겠어요!"

왕윤은 고맙다 인사하고 헤어졌다.

이튿날, 왕윤은 집안에 간직해 두었던 진주를 몇 알 꺼내서 세공사에게 명령하여 황금관에다 새겨 넣게 하고 그것을 아무도 모르게 슬쩍 여포에게 보냈다. 여포는 사의를 표하려고 몸소 왕윤의 관저에 찾아왔다. 왕윤은 술상을 근사하게 차려 놓고 여포가 오기를 기다렸다가 문앞에서 그를 영접해서 안으로 모시고 상좌에 앉혔다.

"내 승상부의 일개 시대장(侍大將)에 지나지 못하는 몸인데 조정의 대신이신 공께서 어찌 이런 선물을 주시는 것이오?"

"당대에 있어서 천하의 영웅이랄 수 있는 분은 여장군 한 분뿐이오. 나는 장군의 관직을 존경함이 아니라, 장군의 재능을 존경한다는 의미에서……"

여포는 대단히 기뻐했다. 왕윤이 정중하게 술을 권하는 한편 입이 닳도록 쉴새없이 동탁과 여포의 덕망을 찬양했더니 여포는 너털웃음을 치며 주는 술을 넙죽넙죽 받아 마셨다.

왕윤은 좌우에 있는 사람들을 물리치고 시녀 몇 명만 남아서 술을 권하도록 했다. 술이 거나하게 돌아갔을 때 왕윤이,

"아가를 좀 불러오너라!"
하고 명령했다.

얼마 안 되어서, 두 하인이 몸단장을 예쁘게 한 초선을 데리고 들어왔다. 여포가 깜짝 놀라며 누구냐고 물으니, 왕윤이 대답했다.

"나의 딸 초선이외다. 나는 평소에 여장군의 애호를 받고 있는 몸인지라, 한 집안과 다름없기에 이 아이에게도 장군을 나와 뵈라고 한 게요."

이렇게 말하면서 초선이더러 여포에게 술잔을 올리라고 했다. 초선은 술을 따르면서 여포를 흘끗 쳐다보고 생긋 매혹적인 눈초리를 해보였다.

왕윤이 술이 취한 체하며 말했다.

"얘, 아가야, 장군께서 몇 잔 죽 통쾌하게 잔을 내시도록 해드려라! 우리 집안은 언제나 장군께 신세만 지고 사는데."

여포가 자못 흐뭇한 기분으로 초선에게 옆으로 가까이 오라고 권하니, 초선은 일부러 쌜쭉해지면서 안으로 들어가려고 했다. 왕윤이 재빨리 그 눈치를 채고 능청스럽게 말했다.

"아가! 장군께서는 나와 막역한 사이시다. 옆에 모시고 앉은들 어떻겠니!"

초선은 그제서야 왕윤의 옆에 도로 앉았다.

여포는 초선을 삼켜 버렸으면 좋겠다는 듯 뚫어지게 들여다보며 눈 한 번 깜짝하려 들지도 않는다. 또 술잔이 몇 번인지 오고가고 한 뒤 왕윤은 초선을 손으로 가리키면서 넌지시 여포를 쳐다봤다.

"여장군! 나는 내 딸아이를 장군께 첩으로 드릴 생각인데 장군께서는 받아들이겠소?"

여포는 자리에서 벌떡 일어서서 고맙다고 인사했다.

"그렇게만 해주신다면 공을 위하여 견마(犬馬)의 수고라도 다하겠습니다."

"그러시다면 며칠 안에 길일을 택하여 부중으로 보내도록 하리다."

여포가 비길 데 없이 기뻐하면서 흘긋흘긋 초선의 얼굴만 바라보니, 초선은 부끄러운 듯 두 볼을 살짝 붉히고 매서우리만큼 간드러진 추파를 보냈다.

얼마후 술상을 물리며 왕윤이 말했다.

"본래는 오늘밤 여장군을 여기서 주무시게 할 생각이었으나, 동태사께서 이상하게 생각하실까 두려워서 그리 못하니 그런 줄이나 알아 주시오."

여포는 이 말을 듣더니 재삼 사례하고 돌아갔다.

이런 일이 있은 지 며칠이 또 지나서, 왕윤은 궁중에서 동탁을 만나자 여포가 옆에 없는 기회를 틈타 똑같은 수법으로 동탁을 자기 집에 초청했다.

그리하여 이튿날 점심 때, 동탁이 관저에 나타나자 왕윤은 예복을 입고 위엄을 갖추어 문 밖까지 나가 영접해서 안으로 모셨다.

산해진미로 술상을 굉장하게 차려 놓고 동탁의 성덕(盛德)이라 찬양해 주었으며 온갖 비위를 다 맞추었다. 밤이 되어 술이 거나하게 돌자, 왕윤은 동탁을 자기가 거처하는 방으로 안내해 놓고 촛대에 불을 밝혀 가며 여자들을 불러들여 동탁에게 술을 권하도록 했다. 이때라고 생각한 왕윤이,

"교방지악(敎坊之樂─宮樂)만 가지고는 별로 즐겨 하실 일 없으실 테고, 마침 집안에 가기(家妓)가 있으니 태사를 모시도록 하겠습니다."

"흐음! 그거 참, 매우 재미있겠군!"

왕윤이 주렴을 슬쩍 내리니 생황(笙篁) 소리 은은히 울려 퍼지며 초선이 그림처럼 나타나서 주렴 밖에서 춤을 추는 것이었다.

춤이 끝나자 동탁은 초선을 불러들여서 가까이 앉으라고 했다. 초선은 주렴 안으로 들어가서 공손히 허리 굽혔다. 그 용모는 보면 볼수록 아름다웠다. 동탁이 어리둥절해서 물었다.

"이 계집아이는?"

"춤을 추는 계집아이 초선이라 합니다."

"노래도 할 줄 아나?"

왕윤은 초선에게 명령하여 딱다기(檀板)를 쳐 가며 조용조용히 노래부르라고 했다. 앵두 같은 입술이 움직일 때마다 동탁은 간장이 녹는 것만 같았다. 동탁은 초선이 따르는 술잔을 한 손에 든 채로 물었다.

"올해 몇 살이지?"

"천첩의 나이 올해 이팔(二八)이옵니다."

동탁이 웃었다.

"참말, 신선 속의 사람 같군!"

왕윤은 자리에서 일어서며 말했다.

"제가 이 계집아이를 태사께 바칠까 하옵는데 받아들여 주옵실는지……."

"그런 좋은 일을 해준다면 그 덕을 어떻게 보답해야 할지 모르겠소."

동탁은 재삼 사례를 했다.

왕윤은 당장에 전차(氈車)를 준비시켜 초선을 먼저 동탁의 승상부로 보냈다. 동탁도 자리를 물러나 작별을 고하고, 왕윤은 동탁을 승상부까지 모셔다 주고 되돌아왔다.

말을 타고 도중까지 왔을 때 앞에서 두 줄의 붉은 등불이 어른거리더니 여포가 화극을 손에 들고 말을 타고 이쪽을 향해서 오는 것이었다.

왕윤의 앞까지 달려들더니 여포는 말을 멈추고 다짜고짜로 왕윤의 멱살을 움켜잡았다. 두말 할 것도 없이 어째서 자기에게 주겠다던 초선을 오늘은 동탁에게 주어 버렸느냐고 시비를 걸며 덤비는 것이었다.

이에 왕윤이,

"아니, 이런 사정을 여장군은 여태 모르고 계시오? 동태사께서 어제 궁중에서 상의할 일이 있어서 나의 관저엘 좀 들러야겠다고 하시더니, 오늘 오셨기에 초선이더러 인사를 여쭈라고 했소. 태사께서 보시고 '애를 나의 양자 봉선(奉先—여포)에게 주겠다고 약속했다니, 내가 이왕 온 김에 오늘은 길일이고 하니 같이 데리고 가지' 하시는지라 나도 어찌할 도리가 없었소."

하고 말했다. 여포는 그대로 곧이 듣고 재삼 사과의 인사를 하고 돌아갔다.

그 이튿날 여포는 승상부로 가서 동정을 살펴보았으나 아무런 소식도 없었다. 안으로 들어가서 시녀들에게 물어 보았더니 시녀들이 대답했다.

"어젯밤부터 태사께서는 어떤 신인(新人)과 동침하신 채로 아직 기침하지 않으셨어요."

여포는 화가 벌컥 치밀어서 동탁의 침실 뒤로 돌아들어가서 몰래 엿보았다. 그때 초선은 벌써 일어나서 창가에서 머리를 빗고 있었다. 홀연 창 밖 못 속으로 키가 후리후리하게 크고 속발(束髮)에 관을 쓴 사나이의 그림자가 하나 아른거리는 것을 보고 살며시 바라다보니 바로 여포가 아닌가!

초선은 일부러 눈살을 잔뜩 찌푸려 근심 걱정을 참을 수 없다는 얼굴을 하고 비단 수건으로 쉴새없이 눈물을 씻고 있었다. 여포는 초선의 이런 모습을 한참 동안이나 훔쳐보고 자취를 감추더니 얼마 안 되어서 다시 되돌아왔다.

이때 동탁은 잠이 깨어 대청에 나와 앉아 있었는데, 여포가 나타난 것을 보자 말했다.

 "밖에 별다른 일은 없는가?"

 "아무 일도 없습니다!"

 여포는 얼른 대답하면서 동탁의 옆에 시립했다. 동탁이 식사를 하고 있는 동안에 여포가 슬그머니 그쪽을 살펴보니, 주렴 안으로 여자 하나가 오락가락하면서 이쪽을 기웃거리더니, 나중에는 얼굴을 반쯤 내밀고 눈을 찡긋하며 추파를 보내는 것이었다.

 여포는 그것이 초선인 것을 알아채고, 어찌해야 좋을 바를 몰랐다. 동탁은 이런 광경을 내심 수상쩍게 생각하고 대뜸 말했다.

 "별일 없으면 봉선이는 물러가거라!"

 여포는 뜨끔해서 그 자리에서 물러가는 도리밖에 없었다. 동탁은 초선을 수중에 넣게 된 다음부터는 젊은 여자의 매혹적인 육체에 도취하여 정무를 다스리려 들지도 않았다. 동탁이 대단치 않은 병을 앓아도 초선은 밤중에도 허리 띠를 풀지 않고 비록 진심은 아니라지만 어디까지나 성심성의껏 시중을 드는 체했기 때문에, 동탁은 한층 더 기뻐서 어쩔 줄 몰랐다.

 여포가 하루는 문병을 갔더니 마침 동탁은 잠이 들어 있었다. 초선은 침상 뒤에서 상반신을 내밀고 손을 자기 가슴을 가리키고 또 동탁을 가리키며 눈물을 뚝뚝 떨어뜨렸다. 여포가 이 광경을 보고 가슴이 메어지는 듯 어찌할 바를 모르고 서 있을 때, 동탁은 잠이 깰락말락하는 몽롱한 눈으로 여포가 뭣인지 침상 뒤에 서서 노려보고 있는 것을 발견했다. 몸을 훌쩍 돌려보니 거기에는 초선이 말없이 서 있지 않은가!

동탁은 불끈 화가 치밀었다.

"이놈! 네가 감히 내가 사랑하는 여자(愛姬)를 희롱할 작정이냐?"

하고 호통을 치더니 측근자를 불러서,

"이제부터 이곳에 출입하지 못하게 해라!"

하고, 여포를 내쫓아 버리라고 명령하는 것이었다.

여포는 폭발할 것만 같은 분노를 억지로 누르며 돌아오는 도중에 이유를 만나게 되어 이런 기막힌 사정을 호소했다. 이유는 그길로 동탁을 찾아가서, 천하를 수중에 넣으려는 사람이 그런 사소한 일로 여포와 감정을 사면 해로우니 내일 아침 여포를 불러들여서 금백을 주고 좋은 말로 위로해 주라고 권고했다.

동탁은 이유의 의견대로 그 이튿날 사람을 보내어 여포를 불러들였다.

"어제는 내가 몸이 편치 않은 중에 심신이 황홀하여, 말이 잘못 나가 네 마음을 언짢게 해준 모양인데, 그런 일을 가슴속에 꽁하니 지녀 두지 마라."

하고, 황금 열 근과 비단 스무 필을 주었다.

여포는 고맙다 인사하고 돌아갔지만, 그 후부터는 몸은 동탁의 주변에 있으면서도 안타까운 마음은 항시 초선에게서 떠나갈 수 없었다.

동탁은 얼마 안 가서 병이 완쾌되어 궁중에 나와서 정사를 돌보게 되었다. 어느 날 여포는 화극을 한 손에 잡고 동탁을 따라 같은 자리에 있었는데, 동탁이 헌제와 이야기하고 있는 틈을 타서 화극을 손에 잡은 채로 내궁(內宮)에서 나와 가지고 동탁의 승상부로 달려갔다.

말을 문전에 매 놓고 화극을 손에 든 채, 안으로 뛰어들어 초선을 만났다.

"후원에 있는 봉의정에서 기다려 주셔요!"

초선이 이렇게 말하니 여포는 화극을 한 손에 든 채 정자로 건너가서 난간 옆에 우두커니 서 있었다. 얼마 안 되어서 초선이 나타났다. 꽃을 헤치고 버드나무 가지를 뒤로 젖히며 살며시 나타나는 초선의 모습이야말로 월궁(月宮)의 선녀와 같이 아름다웠다. 눈물을 흘리면서 여포에게 말했다.

"저는 비록 왕사도(王司徒)님의 친딸은 아니라지만 친딸이나 진배없이 귀여움을 받고 자라났습니다. 지난번에 장군님을 뵙게 되고 옆에 모실 수 있게 되어서 평생 소원을 풀었다 생각하였더니 뉘 알았겠습니까! 동태사께서 불량한 마음으로 저의 몸을 더럽히실 줄이야. 당장 죽지 못하는 게 원망스럴 뿐이에요. 단지 장군님께 작별의 인사 한 마디도 변변히 여쭙지 못한 것이 늘 마음속에 얽혀서 오늘날까지 욕된 것을 참아 가며 살아온 것뿐이죠. 이제 다행히 만나 뵙게 됐으니 저의 소원도 이루어졌습니다. 이 몸은 이미 더럽혀졌으니 두 번 다시 장군님을 모실 수도 없는 노릇이니 원컨대 장군님 앞에서 목숨을 끊어 저의 뜻이나 밝혔으면 할 따름입니다!"

말을 마치더니 손으로 난간을 붙잡고 연못을 내려다보며 뛰어들려고 했다.

여포, 황망히 얼싸안고 눈물을 흘렸다.

"내, 너의 마음을 알고 있은지 오래 됐으나, 같이 이야기해 볼 수 없는 것을 원통히 여기고 있었다!"

초선이 앙큼스럽게도 덥석 여포의 팔을 잡아당기며 말을 이었다.

"저는 이 세상에서는 장군님의 아내 노릇을 할 수 없으니, 저 세상에 가서나 뜻을 이룰 수 있기만 바랍니다."

"내, 이 세상에서 너를 아내로 삼지 못한다면, 영웅 축에 들지도 못한다!"

"저의 하루는 1년이나 마찬가지입니다. 제발 장군님께서 불쌍히 여기셔서 구출해 주세요!"

"나는 지금 잠시 몰래 빠져나온 길이다. 아마 늙은 도둑놈 같은 게 이걸 알면 의심을 품을 테니 당장 돌아가야만 되겠다."

초선이 옷자락을 움켜잡았다.

"장군님께서 이다지도 늙은 도둑을 두려워하시다니 제가 햇빛을 다시 볼 날은 없겠습니다!"

여포는 떼어놓으려던 발길을 주춤하고 멈춰섰다.

"내가 서서히 좋은 계책을 세우도록 해다오!"

이렇게 말하면서 화극을 손에 잡은 채 그 자리를 뜨려고 했다.

"저는 언제나 집안에 틀어박혀서 장군님의 훌륭하신 명성을 우뢰소리같이 귓전에 들어 왔고, 이 세상에서 다만 한 분이신 영웅으로 생각해 왔더니, 이렇게 남에게 구속을 받으시며 사시는 분인 줄이야 누가 알았겠습니까!"

눈물이 비오듯 하는 초선. 당대의 영웅 여포도 구곡간장이 녹는 듯, 부끄러움이 얼굴에 가득 차서 화극을 한옆에 세워 놓고, 몸을 돌이켜 초선을 부둥켜 안으며 좋은 말로 달래고 위안해 주었다.

한편 동탁은 전상(殿上)에서 머리를 돌려 보니 여포가 보이지 않는지라, 수상쩍게 생각하고 황망히 헌제께 고별하고 수레에 올랐다. 승상부에 돌아와 보니 여포의 말이 문앞에 매여 있었다. 문지기에게 물어 보니, 여포가 후당(後堂)으로 들어 갔다고 하여 동탁은 측근자들을 모조리 물리치고 혼자서 후당으로 들어가 찾아보았으나 그림자도 보이지 않았다. 초선을 불러 보았지만 역시 나타나지 않았다. 급히 시녀에게 물어 보니 후원에서 꽃구경을 하고 계시다는 것이었다.

후원으로 돌아들어가 보니, 여포와 초선이 봉의정 아래서 정답게 속삭이며, 화극이 그 옆에 세워져 있지 않은가!

동탁이 대로하여 호통을 치니, 여포는 동탁이 나타난 것을 알고 대경실색하여 훌쩍 몸을 날려 뺑소니를 쳤다. 동탁이 화극을 움켜잡고 단숨에 찔러 버리려고 뒤를 쫓았다. 그러나 여포는 걸음이 빠르므로 살이 쪄서 몸이 둔한 동탁은 여포를 따를 도리가 없었다.

분노가 극도에 달한 동탁이 쉭, 화극을 허공으로 던져서 여포를 찔러 버리려고 했으나, 여포는 날쌔고 재치있게 그것을 받아 넘겨 땅 위에 떨어뜨렸다. 동탁이 화극을 다시 집어들고 그대로 뒤를 쫓아가려고 했을 때는, 여포는 이미 멀찍이 사라져 가고 있었다.

동탁은 그래도 기를 쓰고 뒤를 쫓았다. 후원 문 밖으로 불쑥 나왔을 때, 난데없이 황망히 달려드는 어떤 사나이가 하나 있어, 정면으로 맞부딪치게 되니 동탁은 벌떡 나자빠지지 않을 수 없었다. 이야말로 노기충천하여 그 높이가 천 장이나 되고, 뚱뚱한 몸집은 땅 위에 나둥그러져 뒹굴뒹굴 구르는 판국이다.

9. 역적과 충신의 최후

徐暴兇呂布助司徒
犯長安李催聽賈詡

동탁을 나자빠지게 한 어떤 사나이란 바로 이유였다.

이유는 즉시 동탁을 부축해 일으켜 가지고 서원으로 가서 자리잡아 앉혔다.

"그대는 여기 뭣하러 왔나?"

"제가 마침 부문(府門) 앞에 왔을 때, 태사께서 무슨 일인지 역정을 내시고 후원으로 들어가셨으며, 여장군을 찾고 계시다는 말을 듣고 급히 달려들어가는 판이었는데 여장군이, '태사께서 나를 죽이려고 하시오!' 하면서 뛰어나오시는지라 제가 당황해서 빨리 후원으로 들어가 말려 드릴 생각으로 뛰어들어가다가 뜻밖에도 승상을 넘어지시게 해드린 것입니다. 죽을 죄를 저질렀사오니 용서해 주십시오!"

"그런 배은망덕하는 역적 놈은 내 꼭 죽이고야 말 테다!"

"태사님, 그건 잘못이십니다. 옛날에 초(楚)나라의 양왕(襄王)은 밤중에 연회를 하다가 바람이 불어 불이 꺼진 틈을 타서 애희의 옷자락을 지분거린 장웅(莊雄)이란 자를 관대히 처분하고 모른 체했기 때문에 그 후에 진(秦)나라 군사에게 혼이 나게 됐을 때, 그자가 죽을 힘을 대해서 양왕을 구출했습니다. 초선은 일개 아녀자에 불과하고 여장군은 승상의 심복 명장이 아닙니까. 만약에 이런 때 태사께서 초선을 여장군에게 내주신다면 그는 그 은혜에 감격하여 태사님을 위해서 목숨이라도 바치게 될 것입니다. 제삼 고려하시기 바랍니다."

동탁이 한참 동안이나 이 궁리 저 궁리를 했다.

"그대 말도 그럴 듯하군! 내 좀더 생각해 보지."

이유가 물러간 다음에 동탁은 후당으로 들어가서 초선을 불렀다.

"너는 어째서 여포와 남몰래 정을 통하고 있었느냐?"

초선이 울면서 대답했다.

"제가 후원에서 꽃구경을 하고 있노라니 여장군이 돌연 나타나는 바람에 저는 깜짝 놀라 몸을 피하려고 했습니다. 여장군 말이 '태사의 양자인 나를 어째서 피하려 하느냐?' 하면서 화극을 한 손에 든 채로 봉의정까지 쫓아왔습니다. 저는 여장군이 다른 생각이 있어서 저를 성가시게 구는 줄 알고 연못에 몸을 던져 버리려고 했더니 도리어 그 못된 것에게 부둥켜 안기고 말았습니다. 죽을 둥 살 둥 하는 판인데 태사님께서 나타나셔서 저의 목숨을 건져 주신 겁니다."

"나는 너를 여포에게 내주려고 생각하는데 너는 어떻게 생각하느냐?"

초선이 대경실색하고 울부짖었다.

"저의 몸은 이미 귀인을 섬기게 되었사온데 이제 갑자기 그 자에게 내주신다니, 저는 죽는 한이 있어도 그런 욕을 당하기는 싫습니다!"

초선은 벽에 걸려 있는 보검을 손에 잡고 제 목을 찌르려고 했다.

동탁이 당황하여 왈칵 덤벼들어 보검을 뺏고 초선을 부둥켜 안았다.

"내가 너에게 농담을 한 거다!"

초선은 동탁의 가슴팍에 얼굴을 파묻고 비벼대며 섧게 우는 것이었다.

"이것은 반드시 이유의 계교일 겁니다. 이유는 여포와 친한 사이인지라 이런 계교를 꾸며 가지고 태사님의 체면이나 저의 목숨도 돌보지 않는 거예요! 저는 그자의 고기를 생으로 씹어 먹고야 말 테예요!"

"내가 너를 버릴 성싶으냐?"

"태사님께 유난히 사랑을 받고 있습니다만, 여기는 오래 살 곳이 못 되는 것만 같아요. 반드시 여포에게 걸려들어서 죽을 거예요!"

"내, 내일은 너를 데리고 미읍(郿邑)에 있는 나의 거처로 돌아가서 함께 즐겁게 지낼 것이니 걱정할 것 없다."

초선은 이 말을 듣고 나서야 눈물을 거두고 감사하다고 절을 했다.

이튿날 이유가 와서 말했다.

"오늘은 좋은 날이니 초선을 여장군에게 보내시도록 하십시오."

"여포와 나와는 부자 관계이니 내줄 수 없소. 내, 그 자의 죄를 따지지는 않을 것이니 그대가 나의 뜻을 전하고 좋은 말로 구스르면 될 게 아닌가!"

"태사님, 여자 때문에 정신을 못 차리시면 안 됩니다."

동탁은 얼굴빛이 붉으락푸르락해졌다.

"그대는 그대의 아내를 여포에게 줄 수 있단 말인가? 초선에 관한 일은 두 번 다시 이러쿵 저러쿵 입 밖에 낼 것이 없어! 자꾸 어쩌니 저쩌니 한다면 목을 베어 버릴 테니까!"

이유가 물러나와서 하늘을 우러러 탄식했다.

"우리들은 모두 여자의 손아귀에 걸려서 죽어야 한단 말인가!"

역사상 기록을 여기까지 읽어 내려오다가, 한 뒤의 사람이 시를 지어 한탄한다.

> 사도 왕윤이 묘한 계교를
> 여자의 몸에 맡기니
> 무기도 군사도 다 필요 없었네.
> 호로관에서 세 번이나 싸운 것은
> 헛되이 애썼을 뿐
> 개가는 도리어 봉의정에서 울려퍼졌네.

> 司徒妙算託紅裙　　不用干戈不用兵
> 三戰虎牢徒費力　　凱歌却奏鳳儀亭

동탁이 그날로 미읍에 있는 자기 거처로 돌아가겠다고 하니, 문무백관들이 모두 굽실거리며 전송했다. 초선이 수레 안에서 멀리 바라다보니 여포가 사람들 틈에 끼여서 수레 안을 노려보고 있었다. 초선은 일부러 얼굴을 가리고 통곡하는 체했다. 수레는 순식간에 멀찍이 사라져 갔지만 여포는 언덕 위에 말을 멈추고 수레바퀴에서 일어나는 먼지만 바라다보며 뼈저린 괴로움을 한탄하고 있었다.

갑자기, 등뒤에서 누군지 이런 말을 했다.

"여장군! 어찌하여 태사님을 따라가시지 않고 여기서 바라다만 보시며 탄식하시는 거요?"

여포가 몸을 돌려 보니 그것은 바로 사도 왕윤이었다. 인사를 마치자 왕윤이 먼저 능청스러운 소리를 했다.

"내, 요즘 며칠 동안 몸이 좀 편치 않아서 밖엘 나오지 못하여 여장군도 한동안 못 뵈었더니 오늘은 태사께서 미읍의 거처로 돌아가신다기에 성치 않은 몸으로 전송하러 나왔다가 다행히 여장군도 만나 뵙게 됐소이다. 그런데 어찌된 일이시오? 여기서 한숨만 쉬고 계시다니?"

"사도님의 따님 때문이오."

왕윤은 깜짝 놀라는 체했다.

"그 뒤로 꽤 오래 됐는데 어째서 여태까지 여장군께 드리지 않았을까?"

"그 늙은 것이 혼자 재미를 본 지 오래 됐소."

왕윤은 더 한층 놀라는 표정을 지었다.

"설마, 그럴 리야?"

여포는 지금까지의 경위를 자세히 이야기했다. 왕윤은 얼굴을 가로 젓고 땅을 구르면서 한동안 말도 못하더니 한참 만에야 입을 열었다.

"태사께서 그렇게 금수만도 못한 짓을 하시다니!"

왕윤은 우선 자기 집으로 가서 자세한 이야기를 하자며 여포를 자기 관저로 데리고 가서 조용한 방에 앉혀 놓고 술상을 차려 낸 다음 격분해서 말했다.

"태사가 나의 딸을 간음하고 여장군의 부인을 빼앗았다는 것은 천하의 웃음거리요. 희롱을 당한 것은 바로 여장군과 나요. 나야 늙은 몸이니 대단한 일이 아니라치더라도 당대의 영웅이라 칭송을 받고 있는 여장군께서 이런 모욕을 당하고 계시다니!"

그 말을 듣자 여포는 노발대발하여 상을 두드리고 소리를 지르고 야단법석을 했다.

왕윤이 또 얼른 말했다.

"이거, 너무 경솔히 떠들었소이다. 언짢게 생각지 마시오!"

"맹세코, 저 늙은 것을 죽여 버리고 설욕을 하고야 말겠소."

왕윤은 당황하여 여포의 입을 막으며 낮은 음성으로 말했다.

"장군, 말조심 하시오. 나까지 휩쓸려 들어가게 될 테니."

"남아대장부가 이 세상에 태어나 언제까지나 남의 밑에서 기를 펴지 못하고 살 수야 있겠소!"

"장군의 재간 앞에서야 동태사인들 어쩔 도리 있겠소."

"내, 저 늙은 것을 죽여 버리고 싶지만, 그래도 부자의 정이란 게 있기 때문에 후세 사람들이 떠들어댈까 봐 걱정하는 것뿐이오."

"장군의 성은 여씨, 태사의 성은 동씨가 아니오! 지난번에 그가 여장군께 화극을 던졌을 때도, 그래 부자의 정이 있었단 말이오?"

이렇게 말하며 왕윤이 입가에 미소를 띠니 여포가 분연히 말했다.

"왕사도의 말씀이 아니었더라면 나는 하마터면 스스로 잘못을 저지를 뻔했소!"

왕윤은 여포가 이미 결심했다는 것을 알아챘다.

"장군께서 만일 한나라 황실을 건질 수 있다면 충신으로 청사에 이름을 전하고 백세(百世) 뒤에까지 찬란한 업적을 남길 것이오. 만약에 동탁을 돕는다면 오명을 만년 후까지 남기게 될 것이오."

여포가 자리에서 내려 앉아서 절하며 말했다.

"이 여포, 이미 결심했으니 왕사도, 의심하지 마시오!"

"그러나 성사치 못했을 경우에는 대단한 화를 초래하게 될 것이오!"

여포가 칼을 뽑아 자기 어깨를 찔러서 피를 떨어뜨리면서 맹세하니, 왕윤도 무릎을 꿇고 앉아서 말했다.

"한나라 조정이 무너지지 않는 것은 오로지 장군의 힘이오! 결코 이런 일이 남에게 누설되지 않도록 하시오! 거사를 하게 될 때에 다시 그 계책을 알려 드리리다."

동탁을 제거하려는 사도 왕윤과 여포의 계획은 착착 진행되었다. 왕윤은 복사사(僕射士) 손서(孫瑞)와 사례교위(司隷校尉) 황완(黃琬)을 불러서 협의한 결과, 말솜씨 있는 사람을 동탁에게 보내서 정사 핑계를 대어 꾀어 내게 하고, 한편 천자의 비밀조서를 여포에게 내리게 해서 왕궁 문안에 무장한 무사들을 미리 숨겨 두었다가 들어오는 동탁을 찔러 버리기로 합의를 보았다. 여포는 동탁에게 파견할 인물을 이숙으로 정하고 그와 상의했더니 그 역시 화살까지 꺾어 보이며 협력하겠다고 맹세했다.

이숙이 동탁에게 가서 칙사 행세를 하고, 지금 천자께서 미앙전(未央殿)에서 문무백관을 소집해 놓으시고 태사께 왕위를 물려 주실 준비를 하시고 빨리 나오시라고 한다고 전하니, 동탁은 영문도 모르고 입이 찢어지도록 기뻐했다.

"내, 어젯밤에 용이 내 몸에 친친 감긴 꿈을 꾸었는데 역시 길몽이었도다!"

얼마 안 있으면 자기에게 최후의 순간이 닥쳐온다는 것도 전혀 생각지 못하고, 동탁은 수레를 타고 전후 호위를 받으며 미읍에서 장안으로 향했다. 오는 도중에 별별 해괴한 일들이 연발했다. 수레바퀴가 꺾어져서 말을 갈아 타면, 말이 울부짖으며 고삐줄을 끊어 버리고. 그러나 이럴 때마다 옆을 따라가는 이숙이 능청스럽게도 말솜씨를 발휘하여 모든 것이 동탁에게는 길조의 상징이라고 꾸며댔다.

동탁이 성문 밖에까지 당도했을 때는 문무백관이 영접을 나왔으나, 이유만은 신병으로 그 자리에 나오지 못했고, 승상부에 도착했을 때에는 여포가 버젓이 나와서 축하 인사까지 했다.

그러나 동탁이 궁중으로 들어서자 왕윤과 그밖의 무사들이 보검을 손에 잡고 궁궐 문에 늘어서 있는 것을 보자 동탁은 그제서야 깜짝 놀랐다.

"칼을 들고 서 있다니, 이게 무슨 짓이냐?"

때는 이미 늦었다. 이숙은 대답하지 않고 수레를 안으로 밀쳐 넣어 버렸다.

"국적이 나타났다! 무사들은 모조리 나오라!"

벽력같이 고함을 지르는 왕윤.

양쪽에서 창을 휘두르며 뛰어 내닫는 백여 명의 무사들. 어깨를 찔려 가지고 수레에서 나둥그러져 떨어지는 동탁.

"아! 봉선(여포)이는 어디 가고 없느냐!"

여포, 수레 뒤에서 선뜻 나서며,

"역적을 죽여 버리라는 조칙을 받들었다!"

호통을 치면서 동탁의 목을 찌르니 이숙이 재빨리 목을 뎅 겅 쳐 버렸다. 모든 사람들은 만세를 드높이 불렀다. 여포가 연거푸 소리를 질렀다.

"동탁의 잔인무도한 소행을 도와 준 것은 이유다! 누가 이 유를 산채로 잡아들이지 못할까!"

이숙이 앞으로 선뜻 나섰을 때, 궁궐 문 밖에서 요란스런 함성이 일어났다. 이유의 집 하인배들이 이유를 꽁꽁 묶어 가 지고 바치러 왔다는 전갈이 날아들었다. 왕윤은 이유를 끌어 내어 목을 베라 명령하고 동탁의 시체를 큰 길거리로 끌어냈 다. 시체가 어찌나 살이 쪘던지 그것을 지키는 병사가 배꼽에 다 심지를 박고 불을 붙였더니 기름이 지글지글 끓어 올랐다. 오가는 백성치고 그의 머리를 때리고 시체를 짓밟지 않는 자 가 없었다. 왕윤은 또 여포에게 명령하여 황보숭·이숙과 함 께 병력 5만을 거느리고 미읍으로 가서 동탁의 재산과 딸려 있는 집안 사람들을 몰수하기로 했다.

한편에서, 이각·곽사·장제·번주 등 동탁의 심복이었던 무리들은 동탁이 이미 죽었고 여포가 곧 쳐들어오리라는 소문 을 듣자 당장에 비웅군(飛熊軍)을 거느리고 밤을 새워 가며 양주(涼州)로 뺑소니를 쳤다. 여포는 미읍에 있는 동탁의 거 처에 도착하자, 우선 초선부터 찾아냈다. 그리고 황보숭은 미 읍 성안에 있던 양가의 여자들을 모조리 석방시켰다. 그러나 동탁의 친척은 노소를 불문하고 깡그리 죽여 버렸고, 동탁의 어머니까지도 죽음을 면치 못했다.

이런 어지러운 판국에서 하나의 이채로운 인물이 나타났으니, 그는 바로 시중으로 있던 채옹(蔡邕)이었다. 만백성이 동탁의 주검 앞에 침을 뱉고 발길질을 하는 판에, 채옹만은 길바닥에 내동댕이쳐진 동탁의 시체에 쓰러져서 슬프게 흐느껴 우는 것이었다

왕윤이 대노하여 잡아들여 놓고 힐문을 했더니, 채옹은 솔직하게 고백했다. 자기도 대의가 뭣인지쯤은 분간할 줄 알며, 또 국가를 배반하여 역적 동탁을 따르자는 의미에서 눈물을 흘린 것이 아니라, 평소에 동탁에게 많은 신세를 졌기 때문에 그 은혜를 생각하고 운 것뿐이니까, 어떠한 중벌이라도 각오하지만, 목숨만 살려주어서 한사(漢史)라도 계속해서 쓰도록 해준다면 속죄로 생각하고 평생을 이 일에 바치겠다고 애원했다.

글 재주가 놀라운 기재(奇才) 채옹을 위해서 문무백관들이 왕윤에게 그의 목숨만은 살려주자고 권고했고 태부(太傅) 마일제(馬日磾)도 살려 주자고 극력 주장했으나 왕윤은 끝끝내 채옹을 옥에 가두었다가 죽여 버리고 말았다.

권고를 듣지 않는 왕윤의 태도를 보다못해 마일제는 다른 관리들에게 가만히 귓속말을 했다.

"왕윤 일족도 망할 날이 오겠군! 착한 사람은 국기(國紀)라고 할 수 있는데, 그를 멸망시키고 자기만이 오랫동안 무사하라는 법은 없으니까."

동탁의 죽음은 천하대세에 큰 변화를 가져오지 않을 수 없었다. 그와 일당이던 이각·곽사·장제·번주 네 사람은 재빨리 섬서(陝西) 지방으로 몸을 피해 있었는데, 사람을 장안으로 파견하여 특사를 바란다는 계주문을 올렸다. 그러나 왕윤은 이들이 바로 동탁을 도와 준 원흉들이라는 이유로 거기 응하지 않았다.

"특사를 받을 수 없다면 제각기 뿔뿔이 흩어져서 살 길을 찾는 도리밖에……."

이렇게 체념하려는 이각을 부채질하여 발악적인 의견을 제공한 것이 그의 모사인 가후(賈詡)였다.

"어차피 이리 된 바에야 섬서의 백성을 규합해 가지고 장안으로 쳐들어가서 동공의 원수를 갚아 보십시다. 뜻을 이루게 될 때에는 천자를 받들고 천하를 바로잡고, 실패로 돌아갈 때에는 그때 도망을 쳐도 늦지는 않을 테니."

드디어 10여만의 군사를 거느리고 4면으로 나누어 장안으로 공격을 개시한 이각 일당들은 도중에서 동탁의 사위인 우보(牛輔)를 만나게 되어서 그를 선봉으로 내세우고 곧장 장안을 향해 쳐들어갔다.

싸움판의 정세는 심히 복잡하고 미묘하게 전개되어 나갔다. 이편에서는 사도 왕윤과 자신만만한 맹장 여포가 협의한 결과, 이숙을 선봉으로 내세워서 우보의 군사와 우선 대결시켰다. 처음에는 이숙이 힘들이지 않고 우보를 물리쳤으나, 밤중에 드디어 우보의 군사에게 기습을 당하여 이숙의 군사는 고배를 마시고 30여 리나 퇴각하고 군사의 절반을 잃게 되니 여포는 대로하여 이숙의 목을 베게 하고 그 머리를 군문(軍門)

에 매달았다.

그 이튿날은 여포가 친히 군사를 몰아 우보와 대적하고, 우보는 감당할 도리가 없어 대패하고 도주했다. 그날밤 우보는 그의 심복인 호적아(胡赤兒)를 몰래 불러 가지고 여포를 당해낼 도리가 없으니 숫제 이각 일당을 배반하고, 황금 주옥을 훔쳐 가지고 둘이서 도주하자고 꾀었다. 두 놈이 부하 3, 4명을 거느리고 도주하다가 강을 건너게 됐는데, 이번에는 호적아가 황금 주옥에 욕심이 동해서 우보를 죽여 버리고 그 목을 여포에게 바쳤다. 그러나 보물을 훔친 사실을 따라간 부하가 여포에게 고해 바치니, 여포는 또 호적아의 목을 베어 버렸다.

여포는 앞으로 진군을 계속하다가 결국 이각 일당의 군사와 맞닥뜨렸다. 이각의 군사는 대항하려 들지도 않고 대뜸 50여 리나 퇴각하여 어느 산등성이에다 진을 치게 됐는데, 여기서부터 그들은 미묘한 작전 계획을 세워 여포를 궁지에 빠지게 하고야 말았다.

여포가 군사를 거느리고 산기슭으로 쳐들어가면 이각이 막아내고, 여포가 그것을 단숨에 쳐부수려고 돌진하면 이각은 산꼭대기로 달아나서 화살과 돌을 빗발치듯 퍼붓고. 또 곽사가 배후에서 쳐들어온다 해서 여포가 급히 되돌아오면, 북소리가 요란하게 울리며 곽사의 군사는 조수처럼 후퇴해 버리고.

여포가 다시 군사를 수습하고 한숨을 돌리려면 또다시 이각의 군사가 쳐들어오고. 여포가 달려들어가면 징소리에 맞추어서 슬쩍 후퇴해 버렸다.

여포가 이런 틈에 끼여서 미친 듯이 날뛰고 있을 때, 한 필의 말이 난데없이 달려들더니 장제와 번주의 군사들이 장안으로 습격해 들어가서 수도의 운명도 경각에 달렸다는 정보를 제공했다.

여포가 발길을 돌려서 장안을 향하여 군사를 몰자니 배후에서는 또 이각·곽사의 군사가 추격해 왔다. 여포는 완전히 싸울 만한 의기를 상실했고, 속속 적군에 투항하는 부하들을 막아낼 도리가 없었다.

며칠 후에는 동탁의 잔당인 이몽(李蒙)·왕방(王方)이 성 안에서 적군과 내통하여 성문을 활짝 개방해 버리니, 여포는 속수무책으로 청쇄문(靑瑣門) 밖에 이르러 사도 왕윤을 불러내 가지고, 말을 달려 관외(關外) 지방으로 몸을 피하여 다시 좋은 계책을 세워 보자고 상의했다.

그러나 왕윤이 말했다.

"만약 사직(社稷)의 영(靈)이 보살펴서 국가가 안전하게 될 수 있다면, 이는 나의 소원하는 바요, 그렇지 못하다면 이 왕윤은 죽음으로써 나라에 몸을 바칠 뿐, 위기에 처했다고 구차스럽게 모면하려는 일을 나는 하지 않겠소!"

여포가 재삼 권고했지만, 왕윤은 막무가내로 가지 않겠다는 것이었다. 얼마 안 되어서 성문마다 화염이 충천했다. 여포는 어쩔 수 없이 처자도 버리고 1백 여 기를 거느린 채 관외로 뛰쳐나와 원술에게로 달려갔다.

이각과 곽사는 병사들이 시가지를 약탈하고 제멋대로 짓밟고 돌아다는 것을 그대로 내버려뒀으며, 태상경(太常卿) 중필(种稱)·태복(太僕)·노규(魯馗)·대홍려(大鴻臚) 주환(周奐)·성문교위(城門校尉) 최열(崔烈)·월기교위(越騎校尉) 왕기(王頎) 등도 모두 국난에 죽었다.

적병이 궁궐의 내정(內庭)을 둘러쌀 때가 눈앞에 닥쳐 와서 시신(侍臣)들은 천자를 선평문(宣平門)에 오르게 하여 난폭한 행동을 막아내도록 했다. 이각 일당은 멀리 천자의 황개(黃蓋)를 보자, 군사들을 진정시키고 입으로 만세를 외쳤다.

헌제는 누각에 의지하고 서서 물었다.

"경들은 주청(奏請)도 기다리지 않고 함부로 장안에 난입했으니 어쩌자는 의도인고?"

이각·곽사가 천자를 우러러보며 아뢨다.

"동태사는 폐하의 사직의 신하로서 무단히 왕윤에게 모살당하였사오니 소신들은 그것을 복수하려고 왔사옵니다. 왕윤을 보게 하여 주옵시면 곧 물러나가리라."

이때 천자의 측근에 있던 왕윤은 이 말을 듣자 아뢨다.

"소신은 본래가 사직을 위하여 꾀한 노릇이었사온데, 일이 이에 이르렀사오니 폐하께옵서는 소신을 가엾게 여기셔서 나라를 그르치지 마옵소서. 소신은 내려가 두 도적을 만나오리다."

헌제는 망설이고 결단을 내리지 못했다. 왕윤은 선평문 누각 위에서 아래로 뛰어내리며 큰 소리로 외쳤다.

"왕윤이 예 있다!"

이각과 곽사가 칼을 뽑아 들고 호통을 치며 꾸짖었다.

"동태사에게 무슨 죄가 있어 죽게 하였느냐?"

충신 왕윤은 태연자약한 태도로 눈 한 번 깜짝하지 않으며 쩌렁쩌렁 울리는 음성으로 대장부답게 대답했다.

"너희들도 이 나라의 백성이었다면 역적 동탁의 죄가 하늘에 가득차고 땅을 뒤덮었음을 모를 리 있느냐? 그를 주살하던 날에는, 장안의 만백성이 모두 경하하여 마지않았거늘 네놈들만이 그것을 귀로 듣지 못했단 말이냐?"

그러나 이각과 곽사는 추상 같은 음성으로 계속 추궁했다.

"동태사에게는 죄가 있다손치더라도 우리들에게야 무슨 죄가 있었더란 말이냐? 어찌하여 마지막 특사를 애원하는 간곡한 소원을 받아들여 주지 않았느냐?"

왕윤은 최후까지 추호도 충신의 위풍을 굽히지 않으며 목청을 뽑아 놈들을 매도했다.

"역적 놈들아! 무슨 말 같지 않은 소리가 그리 많으냐! 이 왕윤에게는 오늘날 죽음이 있을 뿐이오, 목숨을 나라에 바치는 것뿐이다!"

말이 끝나자 두 역적들은 당장에 손을 써서 왕윤을 누각 아래서 죽여 버리고 말았다.

역적의 무리들은 왕윤을 죽여 버리고 또 사람을 파견하여 왕윤의 가족 남녀노소를 가리지 않고 모조리 살해했다. 관리고 백성이고 눈물을 흘리지 않는 사람이 없었다.

이각과 곽사는 곰곰 생각한 끝에,

"이미 여기까지 온 이상, 천자를 죽여서 대사를 꾀하지 않으면, 어느 때를 또 기다릴 것이랴?"

하면서 그 즉시 칼을 뽑아 들고 궁중으로 달려 들어가려고 했다. 이야말로 역적의 거괴(巨魁)가 죄 앞에 굴복하고, 재난이 바야흐로 가라앉으려는데, 그 부하들이 날뛰어 화가 또 다시 닥쳐오는 셈이다.

10. 거상을 입은 장수

勤 王 室 馬 騰 擧 義
報 父 讐 曹 操 興 師

역적 이각과 곽사 둘이서 헌제를 죽이려고 하자 왈칵 덤벼 들어서 그것을 가로막은 것은 장제와 번주였다.

"그것은 안 될 말이다. 오늘 이 자리에서 천자를 죽인다면 다른 놈들이 잠자코 있지 않을 것이다. 종전대로 천자를 받들어 놓고, 먼저 제후를 관내로 꾀어 들여서 꼼짝도 못하도록 한 다음 천자를 처치하면 천하가 우리 수중에 쉽사리 들어올 것이 아니냐!"

이각과 곽사는 이들의 의견대로 천자를 찌르려던 무기를 도로 거두어 넣었다.

천자가 누각 위에서 물었다.

"왕윤을 이미 주살했는데 어찌하여 군사를 거두지 않는고?"

"소신들은 왕실을 위하여 공로를 세웠사온데 아직 아무런 작(爵)도 받지 못하였사옵기에 군사를 거두지 못하고 있사옵니다."

"경들은 어떠한 관작에 봉해지기를 원하는고?"

이각·장제·곽사·번주 네 사람은 각각 원하는 작위를 적어서 바치고 그대로 벼슬자리를 결정해 달라고 떼를 썼다. 천자는 어찌할 도리가 없어 이각을 거기장군(車騎將軍) 지양후(池陽侯)로 봉하고 사례교위(司隷校尉)로 임명하여 군사의 책임을 맡겼고, 곽사를 후장군(後將軍) 미양후(美陽侯)로 봉하여 역시 군사의 책임을 맡게 했으며, 둘을 다같이 정사에 참여시키도록 했고, 번주를 우장군(右將軍) 만년후(萬年侯), 장제를 표기장군(驃騎將軍) 평양후(平陽侯)로 봉하여 함께 군사를 거느리고 홍농군(弘農郡)에 주둔하라고 명령했다.

그밖에 이몽(李蒙)·왕방(王方)도 교위 자리에 임명되어서 군사를 거느리고 성 밖으로 물러갔다.

역적의 도당들은 또 동탁의 시체를 찾으라는 명령을 내렸고, 뼈와 살점을 얼마간 주워 모아 가지고 향나무로 비슷한 상(象)을 만들어서 관 속에다 넣어 떠받들어 모시고 의관이며 장구(葬具)며 모두 천자와 똑같이 꾸며 가지고 길일을 택해서 미오(郿塢)에 매장했다.

그런데 그것을 매장하던 날에는 천둥·번개·비바람이 요란하게 일어나서 평지에도 몇 척이나 물이 괴었고, 관이 벼락을 맞아서 시체가 관 밖으로 튀어나왔다. 날이 개기를 기다려서 이각이 또다시 매장을 했는데, 그날밤에도 전날과 마찬가지였다. 세 번이나 매장을 했건만 파묻지를 못하고 얼마간 남았던 살점과 뼈들도 벼락을 맞아서 흔적도 없어지고 말았다. 하늘의 동탁에 대한 노여움이 이다지도 심했다고 말해야 할 것이다.

이각·곽사의 일당들은 온갖 권리를 장악하게 되자 백성을 학대하고 저희들의 심복을 천자의 측근에 배치하여 동정을 살피게 했고, 복종하지 않는 사람이 있으면 거침없이 목을 베어버렸기 때문에 천자는 마치 바늘방석에 앉아서 그날 그날을 보내는 것만 같았다.

조정의 벼슬자리는 두 역적들이 제멋대로 작정을 했는데, 그래도 인망을 얻고 싶다는 생각에서 특히 주전(朱雋)을 장안으로 불러올려 태복(太僕)에 봉하고 정사에 참여하도록 했다. 이때, 서량 태수 마등(馬騰), 병자 자사 한수(韓遂) 두 장군이 군사 10여만 명을 거느리고 역적을 토벌하기 위해서 장안으로 쳐들어온다는 정보가 날아들었다.

본래, 이 두 장군은 일찍이 사람을 장안으로 파견해서 시중 마우(馬宇), 간의대부(諫議大夫) 충소(种邵), 좌중랑장(左中郞將) 유범(劉範) 세 사람과 내통하고 함께 역적의 도당을 주멸시킬 계획을 세우고 있었는데, 이 세 사람들의 밀주(密奏)에 의하여 마등은 정서장군(征西將軍), 한수는 진서장군(鎭西將軍)에 봉하여져 함께 힘을 합쳐서 역적을 처치해 버리라는 비밀 조서를 받고 있던 참이었다.

이각·곽사·장제·번주 네 역적의 도당은 두 장군이 쳐들어온다는 정보를 받고 그것을 막아낼 대책을 강구했다.

모사 가후가 말했다.

"놈들은 먼곳에서 쳐올라오는 길이니까, 우리들은 중요한 지점을 공고히 해놓고 단단히 사수하는 것이 좋을 것이다. 그러면 백 날도 못 되어서 군량이 없어 저절로 퇴각할 테니까, 그 기회를 노렸다가 추격해 들어가면 놈들 둘을 산채로 잡을 수도 있을 것이다."

이몽·왕방이 앞으로 썩 나서며 여기에 반대의사를 표시했다.

"그것은 현명치 못한 생각이오. 정병 1만만 맡겨 준다면 당장에 마등·한수의 목을 베어 눈앞에 보여 드리리다."

가후가 또 말했다.

"지금 당장 싸움을 한다면 승산은 서지 않는다."

"우리 편이 만약에 패하게 된다면, 내 이 목을 바칠 것이며, 만약에 승리하게 된다면 공의 목을 내놓기로 합시다!"

사태는 싸움을 회피할 도리가 없게 되었다. 가후가 또 작전 계획을 세웠다.

"그렇다면, 장안 서편 2백 리 지점에 주질산(盩厔山)이 있는데, 길이 험준하니 장·번 두 장군이 거기에 군사를 주둔시켜 견고히 지키도록 하고, 이몽·왕방을 시켜서 군사를 거느리고 적군을 맞아 싸우도록 합시다."

이각과 곽사는 이 계획대로 1만 5천의 병마를 이몽·왕방에게 맡겨 주었고, 그들 두 사람은 장안에서 2백 80리쯤 떨어진 지점에 진을 쳤다.

서량 편의 군사들은 바로 길 건너까지 쳐들어와서 진을 치고, 마등·한수는 말을 나란히 하고 진두에 서서 호통을 쳤다.

"저 국적 놈들을 산채로 잡아들일 사람은 없느냐?"

말이 떨어지기가 무섭게 한 나이 어린 장군이 진중에서부터 선뜻 내달았다. 얼굴빛이 관옥 같고, 푸른 눈동자가 흐르는 별 같으며, 호랑이 같은 체구, 원숭이 같은 팔, 표복낭요(彪腹狼腰)에 손에는 긴 창을 잡고 준마 위에 올라앉아 있었다.

이는 바로 마등의 아들 마초(馬超)로, 자를 맹기(孟起)라 하며 나이 겨우 열일곱 살이지만 무용이 뛰어난 당당한 대장이었다. 왕방은 마초가 나이 어리다 깔보고 말을 달려 내달았으나 몇 합을 싸우지도 못하고 마초의 칼에 찔려서 말 위에서 나둥그러져 떨어지고 말았다.

마초가 말머리를 돌려 진지로 되돌아오고 있을 때, 이몽은 왕방이 한 칼에 죽어 자빠진 꼴을 보고 격분해서 단기로 마초의 뒤를 추격하는데도 마초는 아랑곳하지 않은 채 뒤를 돌아다보지도 않았다.

"뒤가 위태롭다!"

진지에서 마등이 고함을 지를 사이도 없이 마초는 비호같이 몸을 돌려 이몽을 말 위로 낚아채 버렸다. 마초는 이몽이 등뒤로 추격해 오는 것을 알아차리고 모른 체하고 있었던 것이다. 이몽이 창으로 찌르려는 찰나에, 마초는 전광석화같이 몸을 살짝 빼고, 원숭이같이 긴 팔을 뻗쳐서 이몽을 산채로 움켜잡아 버린 것이다. 이몽의 군사들은 뿔뿔이 흩어지는 수밖에 없었고, 마등과 한수는 패잔병들을 단숨에 산골짜기로 몰아 버리는 한편, 이몽의 목을 베어서 승리의 개가를 드높이 외쳤다.

이각과 곽사는 그제서야 가후의 선견지명을 믿지 않았던 것을 후회하고, 즉시 방비망을 든든히 하여 마초가 도전해 와도 통 응전하지 않았다. 과연 두 달도 못 되어서 서량 편 군사들은 군량이 결핍해 군사를 뒤로 물릴 궁리들을 하며 궁지에 빠지게 됐다. 바로 이 무렵에 장안 성안에 있는 마우(馬宇)의 집 하인배가, 자기 주인이 마등·한수와 연락하고 조정의 내부 교란을 꾀하고 있다고 밀고했기 때문에, 이각과 곽사는 분노를 참지 못하고 그들 세 사람의 집안 사람들은 남녀노소 구별 없이 종이나 머슴에 이르기까지 모조리 장터로 끌어내어 목을 베고 세 머리를 성 위에 매달아 햇볕에 시들게 했다.

마등과 한수는 군량도 떨어졌고 조정과 내통하여 교란케 할 계획도 누설되는 바람에 어쩔 수 없이 군사를 수습하고 진지

를 거두어 버렸다. 이각과 곽사는 장제에게 명령하여 마등을
추격케 했고, 번주에게 명령하여 한수를 추격하게 했는지라,
서량의 군사들은 뿔뿔이 흩어져서 패주했다. 마초는 뒤를 지
키면서 죽을 힘을 다해서 간신히 장제를 물리쳤고, 한수는 번
주가 그를 추격해서 진창(陳倉) 근처까지 육박했을 때, 말을
멈추고 이렇게 말했다.

"우리들은 공과 고향도 같은 사람들인데, 어찌하여 이다지
도 매정하게 구시오?"

번주도 말을 멈추고 대답했다.

"상부의 명령이니 거역할 수 없소!"

"우리들이 여기까지 온 것도 역시 나라를 위함인데 공은 어
찌 이다지도 심하게 뒤를 쫓는 것이오?"

번주는 이 말을 듣자, 말머리를 그냥 돌려 한수를 살려 주
고 군사를 거느리고 진지로 돌아왔다. 그런데 이각의 조카되
는 이별(李別)이 이런 광경을 목격하고 돌아와서 그의 숙부에
게 고해 바쳤다. 이각이 대로하여 군사를 정비해 가지고 번주
를 치려고 하자 가후가 말했다.

"인심이 안정되지 않았는데 빈번히 군사를 동원하는 것은
부당하오. 차라리 주연을 베풀어서 장제와 번주의 공로를 축
하해 주는 체, 둘을 초청해다 놓고 석상에서 번주의 목을 베
는 편이 힘 안 들이고 일을 처리할 수 있을 것이오."

이각은 이 의견에 크게 기뻐하고 즉시 연석을 베풀어 두 사
람을 초청했다. 두 장수들은 멋모르고 기뻐서 그 자리에 나갔
는데, 술이 거나하게 돌아가고 있을 때, 이각이 갑자기 안색이
변하며 소리쳤다.

"번주! 그대는 어째서 한수와 정을 통하고 모반을 꾀했는가?"

번주가 대경실색, 대답할 틈도 없이 벌써 칼과 도끼가 일제히 달겨들어서 번주의 머리를 베어 상 밑으로 뒹굴게 했다. 장제가 간담이 서늘하여 땅 위에 꿇어 엎드리니, 이각이 부축해서 일으키며 말했다.

"번주는 모반을 꾀했기 때문에 주살한 것이오. 그대는 역시 나의 심복인데, 그다지 두려워할 것까지야 없지 않소?"

이리하여 번주의 군사를 장제의 수하로 통합시켰고, 장제는 혼자서 홍농(弘農)으로 돌아갔다.

이각과 곽사가 서량의 군사를 완전히 쳐부순 후부터는 감히 반란을 꾀하는 사람들도 없어졌고, 또 가후가 백성을 편안하게 해주고 현인호족(賢人豪族)을 기용하도록 권고한 까닭으로 조정은 이때부터 다소나마 생기가 돌기 시작했다.

그런데 귀주(貴州)의 황건적이 또다시 난을 일으켜, 종도(宗徒) 수십만을 집결시키고 뚜렷한 두목도 없이 양민을 겁탈하고 있었다. 이때에 태복(太僕) 주전이 황건적의 무리들을 능히 물리칠 수 있는 믿음직한 인물로서 맹덕 조조를 추천했다. 조조는 그때 동군(東郡)의 태수로서 군사 양성에 골몰하고 있었다.

이각은 크게 기뻐하여 그 즉시에 조서를 기초해서 사람을 동군으로 파견하고 조조더러 제북(濟北)의 상(相)인 포신(鮑信)과 힘을 합하여 도적의 무리를 토벌하라는 명령을 내렸다.

조조는 포신과 더불어 군사를 집결해 가지고 수양(壽陽)으로 쳐들어갔다. 그러나 포신은 도적의 진지로 깊숙이 쳐들어

가다가 포위를 당하여 전사하고 말았다. 조조는 그대로 적군을 제북까지 밀어 올렸는지라 투항해 오는 병사가 수만 명에 달했고, 이런 투항병들을 선봉으로 내세워 조조의 군사가 나타나는 곳마다 항복하지 않는 자가 없었다.

이리하여 싸움을 시작한 지 백 일도 채 못 되어서 항복한 도적의 무리가 30만, 남녀 백만여 명이 조조의 수하로 들어왔다. 조조는 그 중 정예만 추려서 청주병(靑州兵)이라 일컫고, 나머지 사람들은 농촌으로 돌려보냈다. 이때부터 조조의 용명이 천지를 진동하는 듯 조정에서는 그를 진동장군(鎭東將軍)에 임명했고, 한편 조조 자신이 연주(兗州)에서 널리 현사들을 모아들였는데, 이에 응하여 달려온 사람 중에는 다음 같은 쟁쟁한 인물들이 있었다.

① 순욱(荀彧)—자는 문약(文若). 영주(潁州) 영음현(潁陰縣) 순곤(荀昆)의 아들로서 본래 원소의 밑에 있다가 조카 순유(荀攸—子는 公達)까지 함께 데리고 와서 조조는 순욱을 보고 이야말로 한나라 고조 때 천하통일을 거들어 준 장자방(張子房)같이 소중한 존재라고까지 하며 행군사마(行軍司馬)에 임명하고, 조카 순유는 행군교수(行軍敎授)에 임명했다.

② 정욱(程昱)—동군(東郡) 동아현(東阿縣) 사람. 자는 중덕(仲德). 순욱이 추천해서 불러온 현사이다.

③ 곽가(郭嘉)—순욱과 동향 사람. 자는 봉효(奉孝). 정욱의 추천으로 불러왔다.

④ 유엽(劉曄)—회남(淮南) 성덕현(成德縣) 사람. 자는 자양(子陽). 곽가가 추천해서 불러왔다.

⑤ 만총(滿寵)—산양(山陽) 창읍현(昌邑縣) 사람. 자는 백

녕(伯寧).

⑥ 여건(呂虔)—무성(武城) 사람. 자는 자각(子恪). 만총과 함께 유엽이 천거해서 불러왔다. 군중종사(軍中從事)의 직을 주었다.

⑦ 모개(毛玠)—진류군(陳留郡) 평구 사람. 자는 효선(孝先). 만총·여건이 천거해서 역시 종사(從事)로 초빙했다.

⑧ 우금(于禁)—태산군(泰山郡) 거평현(鉅平縣) 사람. 자는 문칙(文則). 궁술·마술에 능한 것을 알고 조조는 점군사마(點軍司馬)에 임명했다. 부하 수백 명을 거느리고 자진해서 왔다.

⑨ 전위(典韋)—진류군(陳留郡) 사람. 하후돈(夏侯惇)이 데리고 왔는데 무용이 뛰어난 거구의 장정으로서 뚝심이 세기에 천하에 당할 사람이 없었다.

전위는 장막(張邈)의 부하로 있었는데, 다른 부하들과 마음이 맞지 않아 충돌한 끝에 수십 명을 때려 죽이고 몸을 피해 버렸던 무시무시한 사나이로, 하후돈이 어느 날 사냥을 나갔다가, 이 전위란 장정이 호랑이를 쫓아서 산곡간을 자기 세상같이 훌훌 날아다니는 것을 보고 자기 수하로 불러들였다는 괴상한 인물이다.

예전에는 친구의 원수를 갚아 주려고 어떤 사람 하나를 죽여 가지고는 그 머리를 잘라 한 손으로 움켜잡은 채, 시장판을 꿰뚫고 지나갔는데, 그의 체구가 어찌나 거창하고 생김생김이 험상궂었는지, 장터에 들끓고 있는 수백 사람들이 감히 누구 하나 나서서 전위에게 말썽을 부리는 사람이 없었으니, 지금도 80근이나 되는 화극을 두 손에 한 자루씩 한꺼번에 들

고도 말을 달리며 휘두를 수 있다는 무지무지한 장정이다. 조조는 당장에 그를 본진에 속하는 도위에 임명했다

이때부터 조조는 수하에 모신(謀臣)과 맹장뿐, 실로 문무를 겸비해 놓고 산동(山東) 지방을 위압하게 되었다. 조조는 태산(泰山)의 태수 응소(應劭)를 낭야군(琅琊郡)으로 보내서 그의 부친을 모셔오도록 했는데, 이것이 뜻하지 않은 비극을 가져오게 될 줄이야

꿈엔들 생각했으랴.

조조의 부친 조숭(曹嵩)은 진류에서 피신하여 이 고을에 은거하고 있었는데, 아들의 서신을 받자 그날로 아우 조덕(曹德)과 함께 일가 남녀노소 40여 명과 하인배 백여 명을 거느리고 수레를 백 대나 동원해서 연주를 향하여 길을 떠났다.

일행이 서주(徐州)에 당도했을 때, 그곳의 태수 도겸(陶謙)이 일찍부터 조조와 통하고 싶다가 적당한 이유가 없던 차에 그의 부친이 이곳을 통과하게 됐다는 소문을 듣자, 먼곳까지 나와서 영접해 들이고 이틀 동안이나 연석을 베풀고 후대하였다. 조숭이 출발한다고 했을 때, 도겸은 친히 성 밖까지 전송했고 또 도위 장개(張闓)에게 명령하여 병력 5백을 거느리고 도중의 경비를 엄중히 하게 했다.

조숭이 일행을 거느리고 화현(華縣)과 비현(費縣)의 경계지대까지 왔는데 별안간 소나기가 퍼붓는 바람에 어쩔 수 없이 어느 절로 들어가서 하룻밤을 쉬게 되었다. 조숭은 당내(堂內)에 자리잡고 장개를 시켜서 병사들은 바깥 복도에서 쉬도록 했더니 비에 젖은 병사들의 불평불만이 대단했다.

장개는 부하 중의 두목 몇을 조용한 곳으로 불러 가지고 말

했다.

"우리는 따지자면 황건적의 잔당이다. 지금 갈 데가 없어서 도겸의 밑에 있기는 하지만 마땅치 않은 일이 한두 가지가 아니다. 조숭의 일행은 짐짝을 산더미처럼 가지고 있으며, 돈도 얼마든지 있으니 오늘밤 3경쯤 우리 함께 조숭 일족을 모조리 죽여 버리고 돈을 빼앗아 나누어 가지고 숫제 산적 노릇이나 하자!"

그날밤, 비바람이 그치지 않았고, 조숭이 잠들지 않고 있을 때, 사방에서부터 아우성 소리가 일어나니 조덕이 칼을 손에 잡고 정세를 살피러 머리를 내밀어 보다가 칼을 맞고 거꾸러졌다. 조숭은 당황해서 아내의 손을 끌며 담을 넘어 달아나려고 했지만 아내가 살이 너무 쪄서 허둥지둥 변소로 몸을 피했으나 몰려드는 병사들에게 찔려 죽고 말았다. 응소는 간신히 목숨을 건져서 원소에게로 도망쳤다. 장개는 조숭 일가를 몰살시켜 버리고 금품을 강탈하고 절간에 불을 지른 다음, 부하 5백 명을 거느리고 회남(淮南)으로 도주했다.

응소의 부하 가운데 목숨을 건진 자가 있어서 이 변고를 조조에게 알리니, 조조는 땅을 치며 통곡하고, 이를 갈며 펄펄 뛰었다.

"이놈, 도겸이란 놈이 부하들을 충동해서 우리 아버님을 살해했구나! 내가 아들로서 이 원수를 갚지 못한대서야! 당장에 대군을 일으켜 서주를 재로 만들지 않고는 내 원한을 풀 길이 없다!"

그 즉시 순욱과 정욱에게 병력 3만을 주어서 견성(鄄城)·범현(范縣)·동아(東阿)를 지키게 하고 나머지 군사를 총동원하여 서주로 쇄도했다. 하후돈·우금·전위가 선봉으로 나섰다.

조조는 성이란 성을 모조리 함락시키고 성 안의 백성을 모조리 죽여서 자기 부친의 원수를 갚으라고 명령을 내렸다.

이때, 구강(九江)의 태수 변양(邊讓)이 일찍부터 도겸과 친분이 두터워서 5천의 군사를 거느리고 도겸을 거들어 주러 달려왔다. 조조는 대로하여 하후돈에게 명령하여 변양을 도중에서 죽여 버렸다.

동군(東郡)의 종사(從事)로 있던 진궁(陳宮)이 또한 도겸과 교분이 두터웠는지라, 조조가 복수전을 전개하고 있다는 소문을 듣고 밤낮을 헤아리지 않고 달려왔다.

"이번에 공께서 대군을 거느리고 서주에 임하시어 존부(尊父)님의 원수를 갚으려고 백성을 모조리 살해하신다는 소문을 듣고 의견을 좀 말씀드리려고 왔습니다. 도겸은 인인군자(仁人君子)로서 이(利) 때문에 의리를 저버리는 사람은 아닙니다. 존부님을 해친 것은 장개의 짓이었고, 도겸의 죄는 아닙니다. 또 주현(州縣)의 백성들이 공과 무슨 원한이 있으리까? 이들을 죽인다는 것은 좋지 못한 일이오니 공께서는 재삼 고려하시고 행하시기 바랍니다."

조조는 격분해서 하는 말이,

"그대는 옛날에 나를 버리고 도망쳤던 일을 잊어버렸단 말인가! 뻔뻔스럽게도 내 앞에 어떻게 나타났단 말이냐! 도겸은 나의 일족에게 손을 댄 놈이니 맹세코 간을 뽑아 내고 심장을 발기발기 찢어서 원한을 풀어야겠다! 그대가 도겸을 위해서 무슨 소리를 한들 내가 들을 수 있겠는가?"

진궁이 자리를 물러나며 탄식하는 말이,

"나도 도겸을 다시 뵐 면목이 없구나!"

그길로 말을 달려 진류의 태수 장막(張邈)을 찾아가서 몸을 의탁했다.

조조의 대군이 지나가는 곳마다 백성들은 모조리 학살을 당하고, 무덤이란 무덤은 하나도 남지 않고 파헤쳐졌다. 도겸은 서주에서 조조가 복수하기 위해서 군사를 일으켜 백성을 살해한다는 소식을 듣고 하늘을 우러러 통곡했다.

"내가 하늘에 죄를 져서 서주의 백성이 이렇게 큰 재난을 받게 된 것이구나!"

시급히 중관(衆官)을 모아 놓고 상의했더니, 조표(曹豹)란 자가 말하기를,

"조조의 군사가 이미 쳐들어 오고 있는데 어찌 팔짱을 끼고 앉아서 죽음을 기다리겠습니까? 제가 공을 도와서 그들을 무찔러 버리겠습니다."

도겸은 할 수 없이 군사를 거느리고 내달았다. 멀리 바라다본즉, 조조의 군사는 서리가 덮인 듯, 눈발이 휘날리는 듯 중군(中軍)에는 흰 깃발들이 서 있는데, 거기에는 '보수설한(報讐雪限)'이라는 넉 자가 큼직하게 써 있었다.

부친의 원수를 갚고야 말겠다고 격분한 조조는 그 표정도 비장했거니와, 양군의 진형이 정비됐을 때, 서슴지 않고 진두에 나서는 그의 용감한 모습을 보니 몸에는 하얀 거상(상복)을 입고 있지 않은가.

조조가 채찍을 높이 휘두르며 호통을 쳐 매도하니 도겸도 문기(門旗) 아래까지 말을 타고 나와서 정중히 절하며 말했다.

"이 도겸은 본래 공과 두터운 교분을 맺어 보고 싶은 생각

을 했기 때문에 장개에게 부탁해서 호송을 해드린 것이었소. 뜻밖에도 놈이 도둑의 마음을 고치지 못하고 이런 불상사를 저지르고야 만 것이오. 이번 사고는 진실로 이 도겸의 관여한 바 아니니 공께서도 냉정히 통찰하시기 바라오!"

이 말을 듣자 조조는 더 한층 노발대발했다. 분노로 타오르는 두 눈에서는 불똥이 튀어날 것만 같았다. 있는 목청을 다하여 호통을 쳤다.

"네, 이 늙은 놈이! 내 부친을 살해해 놓고 나서 아직도 감히 그따위 주둥이를 놀리느냐! 누가 이 늙은 도둑놈을 산채로 잡을 수 있겠느냐?"

그 음성을 듣자마자 하후돈이 진중에서부터 선뜻 뛰어나와서 조조의 앞에 섰다. 도겸은 이 무시무시하고 긴장된 광경을 목격하자, 겁을 집어먹고 황급히 진중으로 달아났다.

하후돈이 재빠르게 도겸의 뒤를 추격하니 저편에서는 조표가 창을 뽑아 들고 휘두르며 말을 달려 내달아 하후돈과 대결하려고 덤벼들었다.

두 필의 말이 일진일퇴, 이리 몰리고 저리 뛰며 싸우고 있는데 난데없이 모질고 사나운 광풍이 천지를 진동하고 일기 시작하며 모래를 뿌리고 돌을 날리니 양쪽 군사가 다같이 견디기 어려워 대오를 흐뜨러지게 되었고, 마침내는 각자의 진지로 군사를 걷어 가지고 후퇴하지 않을 수 없었다.

도겸은 성 안으로 돌아와서 여러 장수들을 모아 놓고 이런 말을 했다.

"조조의 군사는 수효가 너무 많아서 대적하기 어렵소! 나는 차라리 자승자박하여 나의 잘못을 사죄하고 조조의 진지로 가서 나를 죽이도록 내맡겨 서주 한 고을 백성들의 목숨과 바꾸기로 하겠소!"

도겸이 채 말을 마치기도 전에 한 사람이 앞으로 썩 나서더니 이렇게 말했다.

"공께서는 오랫동안 서주를 다스려서 백성들이 모두 그 은혜에 감사하고 있습니다. 조조의 군사가 제아무리 수효가 많다손치더라도, 당장에 우리 성을 쳐부술 수는 없을 것입니다. 얼마 동안 백성들과 함께 성을 굳게 지키시고 나가 싸우지 않으시면 제가 비록 재주 없는 몸이기는 합니다만 계책을 좀 써서 조조를 죽여서 매장할 곳도 없도록 만들어 버리겠습니다."

모든 사람들이 깜짝 놀라며, 그 계책이란 어떻게 꾸며질 것이냐고 당장에 질문했다. 이야말로 교분을 맺고자 하다가 도리어 원수가 되었고, 막다른 골목에서 또다시 살 길이 트인다는 격이다.

11. 벼슬이 싫다는 사나이

劉 皇 叔 北 海 救 孔 融
呂 溫 侯 濮 陽 破 曹 操

자기에게 계책이 있다고 나선 사람은 바로 동해군(東海郡) 구현(胊縣) 사람으로 성은 미(麋), 이름은 축(竺), 자는 자중(子仲)이다. 대대로 부호의 집안이었는데, 일찍이 장사를 하러 낙양에 갔던 일이 있었다. 수레를 타고 돌아오는 길에 도중에서 어떤 아름다운 부인을 만나게 됐는데 수레에 함께 태워 달라고 하자 자기는 수레를 내려서 걸어가고 부인에게 자리를 양보해서 앉혀 주었다. 부인이 함께 수레를 타고 가자고 하는 바람에 미축도 수레를 다시 타기는 했으나, 단정히 앉아서 곁눈질 한 번도 하지 않았다. 몇 리 길을 간 다음에 부인은 고맙다는 인사를 하고 가 버렸는데, 작별하게 되자 미축에게 말했다.

"나는 남방의 화덕성군(火德星君)이오. 상제의 명령을 받들고 그대의 집을 태워 버리러 가는 길이었소. 그대가 예의를 갖추어서 나를 대해 주었기 때문에 똑똑히 일러두는 말인데, 빨리 집으로 돌아가서 재물을 옮겨 내시오. 나는 오늘밤에 그대의 집에 갈 것이오."

말을 마치자 부인은 온데간데가 없었다. 그는 감짝 놀라 집으로 달려가서 집안에 있는 물건들을 급히 옮겨 놓았다. 그 날밤 과연 부엌에서 불이 나 가지고 집을 고스란히 태워 버렸다. 미축은 이런 일이 있은 후에 재산을 널리 남에게 나누어 주고 빈곤한 사람들의 괴로움을 덜어 주었다. 그 후에 도겸에게 초빙을 받아 별가종사(別駕從事)가 되었다.

그날 미축이 계책을 세워서 말했다.

"저는 북해군(北海郡)으로 가서 공융(孔融)께 군사를 일으켜 거들어 달라고 하겠습니다. 또다른 분은 청주(靑州) 전해(田楷)에게 구원병을 청하러 가십시오. 만약에 두 곳에서 군사가 일제히 도착만 한다면 조조의 군사는 반드시 물러나고야 말 것입니다."

도겸은 그의 계책대로 그 즉시 편지 두 통을 써 가지고 청주로 구원병을 청하러 갈 만한 사람이 있느냐고 막료들에게 물어 봤더니, 그 말을 듣자 한 사람이 선뜻 나섰다. 여러 사람들이 바라보니 그는 바로 광릉(廣陵) 사람으로 성은 진(陳), 이름은 등(登), 자는 원룡(元龍)이었다. 도겸은 진원룡을 청주로 먼저 떠나 보내고 나서 미축에게 명령하여 편지를 북해로 전달하게 하고 자기는 여러 사람을 거느리고 성을 단단히 지키며 적의 공격에 대비하고 있었다

북해의 공융이란 사람은 자를 문거(文擧)라 하고 노나라 곡부(曲阜) 태생으로 공자의 20세 후손이며, 태산군의 도위 공주(孔宙)의 아들이었다. 어렸을 적부터 총명해서, 열 살 때 하남윤(河南尹) 이응(李膺)을 찾아가서 만나 본 일이 있었는데 문지기가 앞을 가로막자,

"우리 집안과 이씨 집안은 세교(世交)가 있어서 잘 아는 사

이오.”

하고, 안으로 들어가서 면회를 했다.

“자네 조상과 우리 조상이 무슨 친분이 있었다는 건가?”

이응이 이렇게 물었더니 공융이 대답했다.

“옛날에 우리 조상 공자께서 성이 이씨이신 노자(老子)께 문례(問禮)하신 일이 있었는데, 어째서 댁과 세교의 집안이 아니겠습니까?”

이응이 이 말을 대단히 기특하게 여기고 있는데, 얼마 안 있다가 태중대부(太中大夫) 진위(陳煒)가 나타나자 이응은 손으로 공융을 가리키며,

“애는 기동(奇童)이오.”

했더니, 진위가 말했다.

“어렸을 적에 총명했다고 해서 자라나서도 반드시 총명하달 수는 없지요.”

공융이 당장에 대꾸했다.

“선생의 말씀대로 한다면, 선생께선 어렸을 적엔 틀림없이 총명하셨겠군요.”

그 말을 듣자 진위도 빙그레 웃으면서 말했다.

“애는 자라나면 당대의 훌륭한 그릇이 되겠는걸!”

공융은 이때부터 이름을 떨치기 시작해서 그 후 중랑장이 되었고 여러 벼슬 자리를 거쳐서 북해군의 태수가 된 것이다. 빈객에게 대접하기를 가장 좋아했고, 늘 이런 말을 했었다.

“우리 집에는 손님이 언제나 가득 차 있고 술독에는 술이 비지 않는 것이 나의 소원이다.”

북해에 있기를 6년 동안, 매우 두터운 민심을 얻고 있었다.

그날도 마침 손님들과 앉아 있었는데, 서주에서 미축이 왔다고 알리는 사람이 있는지라 공융은 안으로 청해 들이고 찾아온 뜻을 물어 봤다. 미축이 도겸의 편지를 꺼내며 말했다.

"조조의 공격과 포위가 대단해서 공께서 싸움을 거들어 주시기를 바라는 바입니다."

"나는 도공조(陶恭祖)와 교분이 두터운 사이요. 또 자중(子仲)이 자네가 여기까지 친히 왔으니 어찌 안 갈 수 있겠나? 단지 조조와 나는 아무런 원한도 없는 사이니, 먼저 사람을 보내서 화해를 구해 봐야겠네. 말을 듣지 않는다면 그때는 군사를 동원하기로 함세."

"조조는 군사의 위력을 단단히 믿고 있기 때문에 결코 화해하려 들지 않을 겁니다."

공융은 군사를 점검하게 하는 한편 사람을 시켜서 편지를 보냈다.

이 일 저 일 상의하고 있는데, 갑자기 황건적의 잔당인 관해(管亥)가 적군 수만 명을 거느리고 쳐들어온다는 보고가 날아들었다. 공융은 대경실색, 시급히 본부의 인마를 점검해 가지고 성 밖으로 나가서 적군을 맞아 대결했다. 관해가 말을 달려나오며 말했다.

"북해에는 양식이 풍족하다는 것을 나는 알고 있다. 1만 석만 돌려주면 당장에 군사를 물리겠다. 응하지 않으면 성지(城池)를 두들겨 부수고 남녀노소 하나도 남겨 두지 않겠다!"

공융이 호통을 치며 꾸짖었다.

"나는 대한(大漢)의 신하로서 대한의 땅을 지키는 자다. 도적에게 줄 양식이 어디 있겠느냐?"

이 말을 듣자 격분한 관해는 말을 몰고 칼을 휘두르며 무서운 기세로 공융에게 덤벼들었다. 공융의 부장 종보(宗寶)가 창을 뻗치고 말을 달려나왔으나 몇 합도 싸우지 못하고 관해의 칼이 한 번 번쩍하더니 종보의 목을 말 아래로 베어 던졌다.

공융의 군사는 단번에 혼란을 일으키고 성 안으로 몰려들어 갔으며, 관해의 군사가 4면으로 갈라져서 성을 포위하니 공융은 심중이 암담해지고 미축은 수심에 싸이게 된 것은 더 말할 것도 없었다.

이튿날, 성에 올라 먼곳을 바라다본 공융은 적군의 세력이 너무 커서 점점 더 우울하기만 했다. 이때 홀연 성 밖에서부터 어떤 무사 한 사람이 창을 뻗쳐 들고 말을 달려 적진으로 돌입, 좌충우돌 마치 무인지경을 달리듯 단숨에 성문까지 대들더니,

"문을 열어라!"
하고 고함을 질렀다.

공융이 그 정체를 몰라서 주저하고 있는 동안에 적군은 벌써 하변(河邊)에까지 몰려들었다. 그 무사는 홀쩍 말머리를 돌려서 순식간에 적병 10여 명을 말 위에서 동댕이쳐 버렸고 적병이 뒤로 물러서는 틈을 타서 공융은 재빨리 성문을 열어서 그 무사를 성 안으로 맞아들였다.

공융이 그의 성명을 물어 보니, 그는 동래군(東萊郡) 화현(華縣) 사람, 성은 태사(太史) 이름은 자(慈), 자는 자의(子義)라고 했다. 일찍부터 그의 노모가 공융의 신세를 많이 졌다는 것이었고, 어제 비로소 요동(遼東) 지방에서부터 집에 돌아와서야 적군이 성 밖에 쳐들어왔다는 사실을 알게 됐으

며, 자기 노모가 이런 때 평소의 은혜를 보답해 달라고 하는 지라 노모의 뜻을 좇아 단기를 몰아 달려왔다는 것이었다.

공융은 본래 태사자와 일면식도 없는 사이였지만, 일찍부터 그가 용맹 있는 인물이라는 소문을 듣고, 성 밖 20리나 되는 곳에 살고 있는 그의 노모에게 항시 양식이나 옷감을 보내서 도와 주었던 터라 태사자가 그 은혜를 보답하겠다고 뛰어온 것이었다.

"저에게 힘 있는 병사 1천 명만 내주신다면 성 밖으로 밀고 나가서 도적의 무리를 멀리 몰아내겠습니다."

"그대가 비록 용감하다지만 적의 세력이 굉장하니 경솔히 나가서는 안 될 것이오."

"우리 노모님께서 공의 후덕에 감사하시어 특히 저를 보내 셨는데 이 적의 포위진을 풀어 버리지 못한다면 저는 그대로 돌아가서 노모님을 뵐 면목이 없습니다. 한번 싸워 보고야 말 겠습니다."

"나는 유현덕이란 분이 당대의 영웅이라는 소문을 듣고 있 소. 만약에 그분이 우리 싸움을 거들러 올 수 있다면 이 포위 진도 풀어 버릴 수 있다고 생각하지만, 이런 심부름을 해줄 사람이 없어서 걱정하던 중이오."

"공께서 편지만 주신다면, 제가 당장에 달려가겠습니다."

공융은 기뻐하면서 편지를 써 주었고, 태사자는 그 즉시 무 장을 든든히 갖추고 길을 떠났다. 관해가 이 소문을 듣고 친 히 수백 기를 거느리고 사면팔방으로 태사자를 추격했지만, 태사자가 한 번 활을 쏘면 꼭 한 놈씩은 말 위에서 거꾸러지 게 마련이니 도저히 가는 길을 가로막을 도리가 없었다.

태사자는 밤낮을 헤아리지 않고 적의 무리를 헤치며 드디어 평원현(平原縣)에 도착하여 유현덕을 만났다. 여기까지 위험을 무릅쓰고 달려온 형편을 자세히 말했더니, 유현덕도 감격하여,

"공융이 어찌 이 세상에 유현덕이 아직도 있다는 것을 알고 있었을까?"

하고, 경각을 지체치 않고 관운장·장비와 함께 정병 3천을 거느리고 북해군으로 떠났다.

원군이 왔다는 것을 알아차린 관해는 친히 군사를 거느리고 진두에 나섰는데, 현덕의 군사 수효가 얼마 안 되자 코웃음을 쳤다. 현덕이 관운장·장비·태사자와 말을 달려 대들려는 것을 관운장이 앞질러서 관해와 맞부딪쳤다. 말과 말이 맞닥뜨리는 순간 양편에서 함성이 천지를 진동할 때, 관해 따위가 어찌 관운장을 대적할 수 있으랴. 관운장의 청룡도가 한 번 번쩍하고 광채를 발하는 찰나, 관해의 몸뚱어리는 두 동강이 나서 땅바닥으로 나뒹굴었다.

태사자와 장비가 경각을 지체치 않고 말고삐를 나란히 적진을 향해 쳐들어가고 유현덕도 군사를 지휘하면서 총공격을 개시했다. 공융도 성 위에 서서 태사자가 관운장·장비와 함께 성난 사자같이 종횡무진으로 적군을 쳐부수는 광경을 내려다보고 있다가, 군사를 거느리고 성문을 열어젖히며 달려드니, 적군은 앞뒤로 공격을 받게 되어 견디다 못해서 순식간에 대패하여 투항하는 자 부지기수, 잔당들도 뿔뿔이 흩어져서 도주하고 말았다.

공융은 유현덕을 성 안으로 영접해 들이고 인사를 치른 다음 축하의 연석을 성대히 베풀었다. 그 자리에서 미축을 현덕에게 소개시키고 장개가 조숭을 살해한 경위도 자세히 이야기했다.

"그래서 조조가 군사를 거느리고 마음대로 약탈을 하고 서주성을 포위했기 때문에 이렇게 먼곳에 계신 분에게까지 원병을 청하게 된 것입니다."

"도공조(陶恭祖)께서는 인의를 존중하시는 군자이신데 이렇게 터무니 없이 남의 죄를 뒤집어쓰시게 됐다니 실로 상상도 할 수 없는 일입니다."

"공께서는 한나라 황실의 혈통을 받으신 분인데, 이렇게 조조가 백성을 괴롭히고 군사의 힘만 믿고 약한 사람을 압박하고 있을 때 도공의 싸움을 좀 거들어 드릴 의향은 없으십니까?"

"나도 본래부터 그런 마음은 간절했지만 병력이 부족해서 경솔히 움직이지 못하고 있었습니다."

여기까지 이야기가 진전된 두 사람은 그 자리에서 의기투합하여, 유현덕은 공손찬에게로 가서 4,5천 기를 빌려 가지고 싸움터로 달려가겠노라고 공융과 굳은 언약을 했고, 공융은 미축에게 답장을 써주고, 즉시 군사를 정비시켜서 먼저 도겸의 진지로 떠나 보냈다.

태사자는 자기 집으로 돌아갔다.

노모가 여간 기뻐하는 것이 아니었다. 그러나 같은 고을 양주 자사의 초빙을 받은 뜻을 노모에게 전달하고 그는 집안에 들어가 볼 틈도 없이 즉시 양주를 향하여 길을 떠나게 됐다.

한편, 유현덕이 공손찬을 찾아가서 사정을 이야기했더니,

처음엔 조조와 아무런 원한도 없는 터에 남의 싸움에 나서지 말라고 극력 만류했지만, 사람과 언약한 의리를 배반할 수 없다는 유현덕의 고집에 공손찬도 보기(步騎) 2천을 내주기로 약속했고, 유현덕은 또 조자룡까지 이번 싸움에 가담시켜 달라고 공손찬에게 떼를 썼다.

미축이 답장을 가지고 돌아와서 모든 정세를 보고하자, 그제서야 도겸의 마음은 다소 후련해졌다. 이때 싸움은 교착상태에 빠져 있었다. 공융·전해의 양군도 조조 편의 군사들의 용맹을 두려워하여 멀찍이 떨어진 산 기슭에 진을 치고 있을 뿐, 감히 쳐들어가질 못했고, 조조도 저편에 원군이 도착했다는 소식을 알고 군사를 전후로 배치만 시켜 놓고 성을 공격하려 들지는 않으며 망설이고만 있었다.

이러는 동안에 드디어 유현덕의 군사가 도착했다. 유현덕은 공융과 대면하여 즉시 작전계획을 세웠다. 관운장과 조자룡에게 군사 4천을 주어서 공융과 행동을 같이 하게 하고 현덕 자신은 장비와 함께 조조의 진중으로 쳐들어가서 군사를 헤치고 서주까지 직행해서 도겸과 전후사를 다시 상의해서 처리하자는 것이었다.

마침내 현덕과 장비는 기마병 1천을 거느리고 조조의 진지로 쳐들어갔다. 돌진에 돌진을 계속하고 있을 때, 갑자기 조조의 진지로부터 북소리가 요란스럽게 일어나더니 기마보졸(騎馬步卒)들이 조수처럼 몰려들었다. 그 선두에 나선 대장은 바로 우금(于禁)이었다.

그러나 우금은 현덕과 장비를 대적할 만한 맹장은 못 됐다. 장비와 불과 수합도 싸우지 못했을 때, 현덕이 군사를 지휘하고 달려드니, 우금은 감당할 도리가 없어서 곧 패주해 버렸고, 장비는 이것을 추격하여 단숨에 서주성 아래까지 밀고 들어갔다.

성 안에서는 적지백자(赤地白字)로 '평원 유현덕(平原劉玄德)'이라 쓴 깃발을 바라다보자, 도겸이 당장에 성문을 열어 현덕을 맞아들였다. 도겸은 유현덕의 점잖은 사람된 품과 뛰어난 용맹에 감탄하여, 미축에게 명령하여 서주목(徐州牧)의 관인(官印)을 가져오게 해서 자기 벼슬자리를 현덕에게 양보하려고 무진 애를 썼다. 그러나 현덕이 그것을 받아들일 리 없었다. 재삼 거절을 하고 옥신각신할 때, 미축이 나서며 조조의 군사부터 물리치고 나서 그런 문제는 결정하자는 권고를 했고, 유현덕은 자기가 우선 조조에게 서신을 보내서 화해를 권고해 보고 듣지 않을 경우에는 몰살을 시켜 버리자는 제안을 하니, 그 즉시 3군에 명령하여 출진을 중지시키고 조조에게 사람을 파견했다.

사사로운 원한을 뒤로 미루고, 우선 조정의 위급을 구출하기 위해서 먼저 서주의 포위진을 풀고, 함께 국난에 대처하자는 현덕의 편지를 보고 조조는 노발대발했다.

"아니꼬운 놈! 제놈이 감히 나를 타이르는 거냐? 뒷구멍에서는 나를 비방하는 놈이! 편지를 가지고 온 놈의 목을 베어 버리고 당장 쳐들어가도록 하자!"

호통을 치고 흥분하는 조조를 곽가가 간신히 말렸다.

"유현덕이 원로에 원병으로 나서서도 먼저 공께 서신을 보냈음은 점잖게 예의를 지키자는 훌륭한 태도이니 공께서도 적당히 회답을 보내셔서 일단 여유를 주어 놓고 서서히 쳐들어가는 편이 성을 함락시키기에 도리어 힘이 안 들 것입니다."

조조가 이 권고를 받아들이고 대책을 강구하고 있을 때, 홀연 한 필의 말이 달려들며 흉보를 전했다. 그것은 여포가 이미 연주를 쳐부수고 복양(濮陽)을 탈취했다는 정보였다.

여포는 그동안에 다사다난한 세월을 보냈다. 처음에는 무관(武關)에서 몸을 피하여 원술에게 몸을 의탁하려고 했더니 원술은 여포를 변화가 심한 인물이라 해서 받아들이지 않았다. 그 다음에는 원소를 찾아갔다. 원소는 그를 받아들여 함께 상산군(常山郡)의 장연(張燕)을 쳐부쉈다. 이때부터 여포가 그 공로에 우쭐해서 원소의 부하들을 대수롭지 않게 여기는 바람에 원소는 그를 죽여 버리려고 했다. 그래서 여포는 다시 장양(張楊)을 찾아서 몸을 피했고, 장양은 그를 받아들여 주었다. 이때 방서(龐舒)라는 자가 장안 성 안에 남아서 여포의 처자를 숨겨 주고 있다가 여포에게로 돌려보냈는데, 이각·곽사가 그것을 알고 방서를 죽여 버리고 장양에게 편지를 보내서 여포마저 죽여 버리려고 한 것을 알고, 여포는 장양에게서 떨어져 나와 다시 장막(張邈)을 찾아갔다.

바로 이때, 장막의 아우 장초(張超)가 진궁(陳宮)을 자기 형에게 소개했더니 진궁이 당대에 견줄 만한 인물이 없는 용맹한 여포를 시켜서 연주를 탈취하면 천하를 다스릴 대업을 완수하기에 힘이 들지 않을 것이라고 장막에게 권고했다.

장막은 크게 기뻐하며, 그 즉시 여포에게 명령하여 연주를 들이치게 했고, 계속해서 복양(濮陽)까지 점령시킨 것이었다.

"연주가 적의 수중에 들어갔다면 나는 몸 둘 곳이 없게 됐는걸! 시급히 서두르지 않으면 큰일나겠는데!"

풀이 죽은 조조를 보고 곽가가 권고했다.

"공께서 차제에 유현덕에게 은혜를 베푸시는 체하고 타협하셔서 군사를 물리시고 연주로 돌아가시는 게 좋겠습니다."

조조는 그럴 듯한 의견이라 생각하고 즉시 유현덕에게 답장을 보내는 한편 진지를 수습하고 군사를 뒤로 물렸다.

조조에게 파견했던 사자는 서주로 돌아와서 도겸에게 답장을 올리고, 조조의 군사가 이미 후퇴했다는 사실을 보고했다. 도겸은 크게 기뻐하며 공융·전해·관운장·조자룡에게 사람을 파견해 성 안에서 성대한 잔치를 베풀었다.

연석이 파할 무렵, 도겸은 현덕을 상좌에 앉히고 두 손을 맞잡아(拱手) 여러 사람에게 인사했다.

"노부(老夫)는 이미 연만했고 두 아들이 있다 하나 쓸모 없어 국가의 중임을 감당키 어렵습니다. 유공은 제실(帝室)의 계통을 지니신 후예로서 덕이 높고 재주가 많으니, 가히 서주를 맡으실 만하십니다. 노부는 이제 휴가를 얻어 병이나 휴양하고자 합니다."

"공공(공문거)이 소생을 보내셔서 서주를 구하게 하신 것은 대의를 위한 일입니다. 이제 무단히 소생이 이런 책임을 맡게 된다면 세상 사람들이 현덕은 의리를 모르는 사람이라고 할 겁니다."

옆에서 미축·공융·진등(陳登)까지 온갖 권고의 말을 다해서 현덕에게 서주를 맡아 달라고 했지만 현덕은 끝까지 완강히 거절했다.

도겸이 결국 눈물까지 흘리면서 말했다.

"공께서 나를 버리고 가신다면 나는 죽어도 눈을 감지 못하겠습니다!"

관운장이 한 마디 했다.

"도공께서 이렇게까지 말씀을 하시니 형님이 잠시 동안이라도 도공을 대신해서 서주를 다스리면 어떻겠소?"

장비도,

"우리들이 강제로 내놓으라고 한 것도 아니고 저편에서 받아 달라고 하는 것이니 그다지 사양할 것까지야 없지 않소?"

현덕이 말했다.

"자네들은 나를 불의에 빠뜨리고 싶단 말인가?"

도겸이 재삼 양보하려고 했으나 현덕은 막무가내로 말을 듣지 않자, 도겸도 어찌할 도리가 없이, 서주 근처에 있는 소패(小沛)라는 곳에 군사를 머무르게 해서 서주를 보호해 달라고 간청하니 현덕도 거기에는 응해 주었다.

현덕은 조자룡이 돌아가려 하자 두 손을 맞잡고 눈물로 작별했으며, 공융·전해와 서운한 이별을 고하고, 관운장·장비와 함께 소패로 나와서 성벽을 수축하고 백성들을 안정시켰다.

여포는 조조가 군사를 물려 이미 등현(騰縣)을 지났다는 말을 듣자, 부장 설란(薛蘭)에게 연주를 맡기고 자기는 복양으로 출진하겠다고 고집을 부렸다. 이 소식을 듣고 진궁(陳宮)이 달려가서, 설란을 가지고는 연주를 지킬 수 없으니, 그보다는 남쪽 태산 좁은 길에다 군사를 매복시켜 가지고 쳐들어오는 조조의 군사를 무찔러 버리자고 권고했으나, 이를 완강히 물리치고 마침내 연주를 설란에게 맡기고 떠나 버렸다.

또 한편, 조조의 군사가 태산의 험난한 길에 당도했을 때, 곽가가 이곳에는 복병이 숨어 있을지 모르니 조심하라고 했지만 조조는 코웃음을 치고, 조인(曹仁)에게 군사를 주어 연주를 포위시키고 자기는 복양으로 진출해서 여포와 대결하겠다고 고집을 부렸다.

조조의 군사와 여포의 군사는 마침내 복양 근처에서 맞부딪쳤다. 조조가 진두에 나서서 손가락으로 여포를 가리키며 소리쳤다.

"나는 그대에게 아무런 원한을 맺은 일이 없는데 남의 땅을 뺏으려는 것은 무슨 까닭이냐?"

"누가 빼앗든지 한나라의 성은 한나라의 성이다. 네놈이 혼자서 독점하겠다는 거냐!"

여포는 이렇게 호통을 치면서 장패(臧覇)에게 말을 달려 도전케 했다. 조조의 진중에서는 악진(樂進)이 이에 응하였다. 두 장수, 말을 달려 나가서 칼끝을 맞닥뜨려 30여 합을 싸워도 승부가 나지 않을 때, 하후돈이 말을 달려 싸움을 거들고자 덤벼드니, 여포의 진중에서는 장요(張遼)가 달려나와 네 장수가 뒤범벅이 되어 싸웠다.

"에잇! 시끄러운 놈들!"

여포, 호통을 치며 화극을 한 손에 들고 말을 달려 돌진하니 하후돈과 악진은 말머리를 나란히 하고 달아났다. 여포가 이들을 끝까지 추격하니, 조조 편의 군사들은 형편 없이 패하여 3, 40리나 멀리 후퇴하고 말았다. 여포도 군사를 거두어 들였다. 조조가 한 번 고배를 마시고 진지로 돌아와서 여러 장수들과 대책을 강구하고 있노라니, 우금이 내달으며 말했다.

"내가 오늘 산 위에 올라가 관망해 보니 복양 서편에 여포의 영채가 한 군데 있는데 군사도 대단한 수효가 아닙니다.

오늘밤에는 저편 장수들은 우리 군사가 패주했다고 해서 아무런 준비도 없을 겁니다. 군사를 동원해서 쳐부수고 그 영채를 수중에 넣게 된다면 여포의 군사는 겁을 집어먹을 것이니 이것이 상책일까 합니다."

조조는 이 의견을 받아들여서 조홍(曹洪)·이전(李典)·모개(毛玠)·여건(呂虔)·우금·전위(典韋)의 여섯 장수를 거느리고 마보(馬步) 2만을 뽑아 가지고 밤중에 살며시 지름길로 쳐들어갔다.

한편, 여포는 영채 안에서 군사들을 위로해 주고 있었는데 진궁이 이런 말을 했다.

"서채(西寨)는 요긴한 지점인데 만약에 조조가 밤중에라도 쳐들어오면 어떻게 하시겠습니까?"

"오늘 한판 싸움에 보기 좋게 패했는데 어찌 감히 또 쳐들어오겠느냐?"

"조조는 용병에 매우 능한 사람입니다. 준비 없는 우리를 들이치지 않도록 방비를 해야 할 겁니다."

그래서 여포는 고순(高順)·위속(魏續)·후성(侯成)을 보내어 군사를 거느리고 가서 서쪽 영채를 지키도록 하였다.

조조는 날이 어두울 무렵에 군사를 거느리고 서쪽 영채에 도착하여, 사방에서부터 진격을 개시했다. 수비하던 군사들은 막아낼 힘이 없어서 이리저리 도주해 버렸고, 조조는 힘 안들이고 영채를 탈취할 수 있었다.

밤이 4경이나 되어서, 여포 편의 고순이 그제서야 군사를 거느리고 도착하여 막 쳐들어가려고 했다. 바로 이때, 저편에서는 조조가 친히 군사를 거느리고 쳐나오게 되니, 양편 군사들 사이에는 일대 난투가 벌어졌다.

밤이 훤하게 밝아 올 무렵에 서쪽에서 북소리가 요란스럽게 일어나더니 여포가 친히 군사를 거느리고 도착했다는 정보가 날아들었다. 조조가 영채를 포기하고 도망치니, 뒤에서는 고순·위속·후성이 추격해 오며 정면에서는 여포가 친히 군사를 거느리고 나타났다.

우금·악진 두 장수가 여포에게 덤벼들었지만, 당해낼 수 없어서 조조는 북쪽을 향하여 뺑소니를 쳤다.

바로 이때, 산 뒤로부터 수많은 군사가 떼를 지어 내달으니, 왼쪽에는 장요, 오른쪽에는 장패. 조조는 여건과 조홍을 시켜서 그들을 막아내도록 했지만 대적하지 못하고 다시 서쪽을 향해서 말을 몰 뿐.

그런데 또 어디선지 하늘을 무찌를 것만 같은 고함소리가 일어났다. 수많은 인마들이 떼를 지어 나타나니, 학맹(郝萌)·조성(曹性)·성렴(成廉)·송헌(宋憲) 등 네 장수들이 조조의 퇴로를 가로막아 버렸다. 여러 장수들이 필사적으로 싸우고 있는 틈을 타서 조조가 제일 먼저 포위진을 돌파하고 빠져 나와서 뺑소니를 치니, 딱다기(梆子) 소리가 한 번 나자 화살이 빗발치듯 날아들었다.

조조는 그 이상 앞으로 나갈 수도 없고 몸을 뛰칠 계책도 없자 고함을 질렀다.

"누구든지 날 좀 살려다오!"

이 소리를 듣더니 마군대(馬軍隊) 속에서 어떤 대장 하나가 용감하게 뛰쳐나왔다. 그는 다른 사람이 아니라 바로 저 뚝심이 세기로 유명한 장정 전위였다. 손에는 두 자루의 철극을 뻗쳐 들고 있었다.

"주공! 그다지 걱정하실 것 없습니다!"

그는 고함을 지르더니 훌쩍 땅 위에 내려섰다. 철극을 두 겨드랑 밑에 끼고, 단극(短戟) 10여 자루를 손에 잡고,

"적군이 열 발자국 앞까지 다가들거든 내게 알려라!"

하고, 같이 따라가는 자에게 일러두고, 빗발치듯 하는 화살을 무릅쓰고 돌진해 들어갔다.

여포 편에서 뒤를 추격해 오던 10여 기가 가까이 다가들자 같이 따라가던 군사가,

"열 발자국까지 다가들었소!"

했더니, 전위가 또 일렀다.

"다섯 발자국까지 다가들거든 나에게 알려라!"

"다섯 발자국까지……"

같이 따라가던 군사가 이렇게 소리를 질렀더니, 전위는 그제서야 숨도 쉴 겨를이 없이 손에 잡고 있던 단극을 마구 뿌리는 것이었다.

한 자루가 꼭 한 사람을 말 위에서 떨어뜨리며 한 발도 어긋나는 법이 없이, 당장에 10여 명을 거꾸러뜨리니, 여러 사람이 허둥지둥 겁을 집어먹고 도망쳐 버리는 것이었다.

전위가 다시 비호같이 몸을 날려 말을 집어타더니 한 쌍의 철극을 휘두르며 성난 사자같이 덤벼들어 학맹·조성·후성·송헌 네 대장들도 흩어져 버리고 말았다.

전위는 적군을 모조리 물리쳐 버리고 조조를 구출했으며, 여러 장수들도 또다시 몰려드는 바람에 간신히 달아날 길을 찾아서 진지로 돌아가려고 했다.

그때 이미 날은 어두워졌다.

난데없이, 등뒤에서 천지를 진동할 듯한 고함소리가 일어났다.

생각지도 못한 여포가 화극을 뻗쳐 들고 말을 달려서 추격해 오더니 목청이 터져라고 호통을 치는 것이었다.

"조적(曹賊)아! 도망치지 말고 게 있거라!"

조조를 따르던 모든 장수들은 서로 얼굴만 바라볼 뿐. 사람도 지쳤고 말도 고단해서 모두가 도망칠 생각뿐이었다. 이야말로 잠시 무시무시한 포위진에서 간신히 탈출했으나, 또 다시 추격해 오는 강적을 감당해 낼 도리가 없는 판이었다.

12. 불 속에서 살아나서

陶 恭 祖 三 讓 徐 州
曹 孟 德 大 戰 呂 布

조조가 당황하여 급히 달아나고 있을 때, 정남(正南)의 방향에서부터 일군의 인마가 대들었다. 바로 하후돈이 군사를 거느리고 구원하러 오는 길이었다. 여포의 군사를 가로막고 분투했으나 날이 저물면서 큰 비가 줄기차게 퍼붓게 되자 각각 군사를 거느리고 갈라졌다. 조조는 영채로 돌아와서 전위에게 상을 후하게 내리고 영군도위(領軍都尉)에 임명했다.

여포도 영채로 돌아와서 진궁과 대책을 강구하고 있었는데, 진궁이 한 가지 계책을 제공했다.

그의 말에 의하면 복양 성 안에 전씨(田氏)라는 사람이 있는데 굉장한 부호로서 집안에 거느리고 있는 식솔만도 천여 명이라 한다. 이 사람에게 명령을 내려서 조조의 영채로 밀사를 파견하여 편지를 전달시키는데, 그 편지의 내용인즉, '여포는 원래가 잔인 무도해서 백성들의 원성이 높은 까닭에 지금 고순(高順)에게 성을 맡기고 군사를 여양(黎陽)으로 이동시키려 하고 있으니, 밤중에 군사를 동원해서 들이치면 자기도 성 안에서 내응하겠다.'고 쓰라는 것이었다.

이렇게 조조를 성 안으로 유인해 놓고 사방 문에다 불을 지르고 문 밖에 군사를 매복시켜 두면 조조에게 비록 천하를 제멋대로 할 수 있는 재간이 있다손치더라도 옴쭉달싹도 못하리라는 것이 진궁의 결론이었다.

여포는 이 계책을 받아들여서 비밀리에 전씨에게 명령을 내려 조조의 영채로 사람을 보내도록 했다. 조조는 한판 싸움에 고배를 마시고 나서 어찌해야 좋을지 망설이고 있는 중이었는데, 전씨라는 부호에게서 밀서가 날아들어 서슴지 않고 뜯어 보았다.

'여포는 이미 영양으로 향했고, 성 안은 텅 비어 있사오니 시급히 쳐들어오시면 꼭 내응하겠나이다. 성 위에 '의(義)' 자를 크게 쓴 흰 깃발을 꽂아 놓을 테니 그것을 암호로 아시옵소서.'

"이야말로 하늘이 복양을 나에게 맡겨 주시는 것이로다."

조조는 크게 기뻐하여 밀서를 가지고 온 사람에게 후하게 상을 내리고, 한편으로 군사를 수습하여 쳐들어갈 준비를 했다.

이때 유엽(劉曄)이 말했다.

"여포는 책략을 쓸 줄 모르는 사람이라고 하지만, 진궁은 상당한 책사입니다. 반드시 무슨 계교를 쓰고 있을 겁니다. 공께서 꼭 출진하실 경우에는 군사를 3분하여 그 3분의 2는 긴급한 경우에 대비하도록 성 밖에 매복시켜 두시고, 3분의 1만을 성 안으로 향하게 하십시오."

조조는 유엽의 의견대로 군사를 3대로 나누어 가지고 복양성 아래에 이르렀다. 우선 말을 달려나가서 정세를 살펴보니 성 벽에 온통 깃발이 꽂혀 있는데 서문 일각으로 '의' 자를 쓴 흰 깃발이 휘날리고 있는 것을 발견하고 여간 기뻐하지 않았다.

그날 낮이 되자 성문이 활짝 열리며 두 장수가 도전하며 내달았다. 앞장을 선 것은 후성, 뒤에 버티고 있는 것은 고순이었다. 조조는 당장에 전원에게 명령하여 후성과 대결시켰다.

후성이 대적하지 못하고 말머리를 돌려 성 안으로 도망치니 전위는 구름다리께까지 추격해 들어갔고, 고순 역시 감당해 내지 못하고 성 안으로 도망쳐 버렸다.

이렇게 혼란한 틈에 어떤 병사 하나가 조조의 영채로 달려들더니 전씨가 보낸 사람이라 하며 밀서를 전달했는데, 거기에는 오늘밤 1경 무렵에 성머리에서 징을 울릴 테니 그것을 암호로 즉시 군사를 몰고 나오면 성문을 열어 주겠다고 적혀 있었다.

조조는 하후돈에게 좌익, 조홍에게 우익을 단단히 방비시키고 자신은 하후연·이전·악진·전위 네 장수를 거느리고 성 안으로 들이치려고 했다. 이때 이전이 말했다.

"공께서는 잠시 성 밖에 계시면 저희들이 먼저 성 안으로 들어가겠습니다."

조조가 호통을 쳤다.

"내가 안 가면 누가 앞으로 나가려 들겠느냐!"

마침내 조조는 친히 군사를 거느리고 곧장 쳐들어갔다. 밤이 1경 무렵, 아직 달도 떠오르지 않았다. 이때 서문 성머리에서 소라 껍질 부는 소리가 들리더니 고함소리가 천지를 진동, 횃불이 어른거리며 성문이 활짝 열리고 구름다리(吊橋)가 내려왔다. 조조가 앞장을 서서 말을 몰아 뛰어들며 곧장 주

(州)의 아문에까지 쳐들어갔는데 거기에는 사람이라곤 하나도 보이지 않았다.

조조는 그제야 계교에 걸린 줄 알고 선뜻 말머리를 돌리며 소리쳤다.

"후퇴해라."

이때 아문 안에서부터 한 방의 포성이 들리더니 사방 문에서 불길이 하늘을 찌를 듯이 뻗쳤다. 금고(金鼓) 소리가 일제히 일어나며 고함소리에 강도 뒤집히고 바다도 용솟음칠 듯. 거기다 또 동쪽 거리로부터 장요, 서쪽 거리로부터 장패가 협공을 하고 덤벼들었다.

조조가 북문을 향하여 달아나고 있을 때, 옆에서 학맹·조성이 또 덤벼들었다. 조조는 당황해서 다시 남문으로 달아나니 거기서는 고순·후성이 앞을 가로막았다. 이에 전위가 앞으로 나서서 두 눈을 부릅뜨고 이를 부드득 갈면서 쳐들어가니 고순과 후성이 도리어 성 밖으로 달아나 버렸다.

전위가 구름다리께까지 쳐들어가서 뒤를 돌아다보니 조조가 간 곳이 없다. 그대로 성 안으로 쳐들어가다가 성문 아래서 이전을 만나게 되어 조조의 행방을 물었더니 그도 알 수 없어서 찾아다닌다는 것이었다.

"그러면 공은 성 밖으로 원군을 청하러 가 주시오. 나는 조공을 찾아 모시고 올 테니."

전위가 이렇게 말하고 이전과 헤어진 다음 성 안으로 쳐들어가며 찾아보아도 조조는 보이지 않았다. 다시 하변(河邊)으로 되돌아나오다가 악진을 만나게 되어 조조의 행방을 물었더니 그도 알 수 없어서 찾아다니는 중이라고 말했다.

둘이 성문 가까이 왔을 때, 성 위로부터 화포(火礮)가 퍼부어대니 악진은 말을 그 이상 몰고 나갈 수 없었다. 전위는 연기를 무릅쓰고 불 속에 뛰어들어 여전히 찌르고 들어가며 이리저리 찾아보았다.

조조는 전위가 적군을 찌르고 헤치며 내닫는 것을 보기는 했지만, 사면으로 포위를 당하게 되니 남문을 나서지 못하고 또다시 북문으로 향해 보려고 했을 때, 화염 속을 헤치며 한 손에 화극을 잡고 말을 몰아 달려드는 여포와 맞닥뜨리게 되었다. 조조는 얼른 한 손으로 얼굴을 가리고 말을 채찍으로 후려갈기며 그 앞을 지나쳐 버렸는데, 여포가 다시 뒤를 쫓아 오더니 화극으로 조조의 투구를 쿡 찌르면서 물었다.

"조조는 어디 있느냐?"

조조는 손으로 저쪽을 가리켰다.

"저기 누런 말을 타고 앞으로 달리는 게 바로 조조입니다."

여포는 그 말을 듣자, 조조를 내버려두고 그 누런 말을 추격했다. 조조는 말머리를 돌려서 동문을 향해 달리다가 전위와 마주쳤다. 전위가 조조를 보호하고 성문 근처까지 와서 보자니, 화염은 더 한층 하늘을 찌를 듯하고, 성 위에서는 풀이며 나무며 마구 집어 던져서 천지가 온통 불바다가 됐다.

전위가 철극으로 그것들을 헤치며 말을 달려 화염을 무릅쓰고 앞으로 빠져나오니 조조도 그 뒤를 따라나왔다. 간신히 성문 앞까지 왔을 때, 갑자기 불이 활활 붙은 들보가 성 위에서 굴러 떨어져서 바로 조조가 타고 있는 말의 궁둥이를 내리치니 말은 털썩 땅 위에 거꾸러져 버렸다.

조조는 그 들보를 손으로 밀쳐 내느라고 팔이며 수염이며 모두 불에 그을려 상처를 입게 됐다.

전위가 말머리를 돌려 구출해 내고 있을 때, 하후연도 달려들어 함께 힘을 합하여 조조를 불 속에서부터 간신히 건져냈다. 조조는 하후연의 말을 타고, 전위는 혈로를 뚫고 앞장을 서서 달렸다.

이리하여 뒤숭숭하던 싸움은 날이 밝을 무렵까지 계속되었다. 조조는 겨우 목숨을 건져 가지고 영채로 돌아올 수 있었다.

여러 장수들이 앞에 꿇어 엎드리니 조조가 장수들에게 말했다.

"대단치도 않은 놈의 계교에 넘어갔소! 꼭 복수를 해줘야만
……."

"계책을 빨리 세우셔야 합니다."

곽가가 이렇게 말하니, 조조가 계책을 말했다.

"이제는 단지 계책으로써 계책과 대항하는 길이 있을 뿐. 내가 화상을 입고 화독이 심해서 5경 때 이미 죽어 버렸다고 거짓말을 꾸며대면, 여포는 반드시 군사를 거느리고 쳐들어올 테지. 나는 마릉산(馬陵山) 속에 군사를 매복시켜 놓았다가 놈들이 절반쯤 지나갔을 때 들이칠 테니까. 이렇게 하면 여포를 힘 안들이고 잡을 수 있지."

곽가도 정말 좋은 계책이라고 탄복했다. 즉시 병사들에게 명령하여 거상을 입게 하고 조조가 죽었다고 소문을 퍼뜨렸다.

이런 정보가 날아들자 여포는 병마를 준비해 가지고 마릉산으로 달려갔다. 조조의 진지가 눈앞에 바라다보이자 북소리가 한 번 들리더니 복병들이 사방에서 덤벼들었다. 여포는 간신히 포위진을 헤치고 무수한 병마를 잃은 채 복양으로 도망쳐 왔는데, 이때부터 수비만 견고히 하고는 나가서 싸움을 하려

들지 않았다.

　그런데 이해에는 황충(蝗蟲)의 피해가 심해서 농작물이 황폐하고 식량난이 극도에 달하게 되어 조조는 진중에 군량이 떨어졌는지라 전성(鄄城)으로 잠시 자리를 옮겨서 주둔했고 여포도 식량을 구하러 산양군(山陽郡)으로 나오게 되니 싸움은 한동안 중단되는 수밖에 없었다.

　서주에 있는 도겸은 그때 이미 나이 63세. 병상에 눕게 된 것이 병이 날로 위중해 가기만 하자, 미축·진등을 불러 상의한 결과, 여하한 일이 있더라도 유현덕에게 서주를 다스리는 책임을 맡기기로 의견이 일치해서 사람을 소패로 파견, 군사상 상의할 일이 있다고 유현덕을 초청해 왔다.

　도겸은 전과 같이 여러 가지 이유를 들어서 유현덕이 서주를 맡기에 적임자라는 것을 역설했고, 자기에게 장남 상(商), 차남 응(應) 두 아들이 있기는 하지만 결코 중임을 맡길 만한 위인이 못 된다고 하며, 정 힘에 벅차다면 현덕을 보필할 만한 인물로 북해국(北海國) 사람 손건(孫乾—字는 公祐)을 천거해 주겠다고까지 간곡히 부탁해 봤지만, 현덕은 끝끝내 이를 거절했다.

　도겸은 드디어 세상을 떠나고 말았다. 서주의 성 안은 애도의 울음소리로 메워질 듯, 모든 백성들은 아문 앞으로 몰려들어 통곡하며 유현덕이 이 임자 잃은 서주를 꼭 다스려 달라고 애원하는 것이었다.

　옆에서 관운장·장비의 간곡한 권고도 있고 해서 유현덕은 어쩔 수 없이 서주목의 책임을 맡았다. 손건·미축 두 사람을 보필로 삼고 진등을 막관(幕官)으로, 소패에 주둔하던 병마를 모두 서주성 안으로 이동시켜 오고 방문을 내붙여서 민심을 수습했다. 또 장병들과 함께 거상을 입고 성대히 도겸의 장례식을 거행했다. 장례를 치르자, 황하(黃河) 한편에 묘지를 택하여 매장하고, 도겸이 임종시에 쓴 상주문(上奏文)을 조정에 올렸다.

전성에 와 있던 조조는 유현덕이 서주목이 되었다는 소식을 듣고는 격분을 금치 못했다.

"내가 아직 원수도 갚기 전에 활 한 자루도 쏘지 않고 가만히 앉아서 서주를 수중에 넣다니 괘씸한 놈이다! 내 먼저 현덕이란 놈을 죽여 버리고 나서 도겸의 시체를 발기발기 찢어서 선군(先君)의 원한을 풀리라!"

조조는 그 즉시 명령을 내려 서주를 들이치겠다고 서둘렀다. 이때 여러 가지 이유를 들어서 그것이 현명지책이 아니니 생각을 달리 하라고 권고한 것은 바로 순욱이었다.

전성을 버리고 서주를 들이친다는 것은 우선 여포의 역습을 받을 가능성이 많으니 이는 대를 버리고 소를 좇는 우책(愚策)이므로, 그보다는 먼저 진지(陳地)를 수중에 넣어 놓고, 거기서 황건적의 잔당 하의(何儀)·황교(黃劭)가 약탈해 가지고 있는 식량을 수중에 넣는 것이 급선무요, 이렇게 되면 백성들도 기뻐할 것이며, 또한 하늘의 뜻에도 순종하는 일이 될 것이라고 극력 주장했다.

조조는 기뻐하며 이 의견을 받아들여 하후돈·조인을 전성에 남겨 방비의 책임을 맡게 하고, 친히 군사를 거느리고 나서서 진지를 수중에 넣었고, 여남(汝南)·영천(穎川)까지 진출했다. 황건적의 잔당 하의·황교는 조조의 군사가 쳐들어온다는 소식을 듣고 부하를 거느리고 양산(洋山)에 나와 대결했다. 적군은 비록 그 수효는 많다지만, 오합지졸로 대단한 방비도 없었다. 조조는 강궁(强弓) 경노(硬弩)를 쏘게 해 놓고 전위에게 출마를 명령했다.

하의는 부장을 내세워서 싸우게 했지만, 3합도 못 싸우고 전위의 철극에 한 번 맞자 그대로 말 위에서 나둥그러 떨어져 버렸다.

조조, 경각을 지체치 않고 돌진을 계속하여 양산 너머까지 밀고 나가 진을 쳤다.

그 이튿날은 황교가 친히 군사를 몰고 나와서 진을 쳤는데, 그 진두로부터 대장 한 사람이 뚜벅뚜벅 걸어 나왔다. 머리를 누런 수건으로 질끈 동이고 몸에는 푸른빛 옷을 걸쳤는데 손에는 철봉을 잔뜩 움켜쥐고 호통을 쳤다.

"나는 절천야차(截天夜叉) 아만(阿曼)이다! 내게 덤벼들어 싸울 만한 놈은 없느냐?"

이 꼴을 보다 못해, 조홍이 훌쩍 말에서 뛰어내려 칼을 움켜잡고 덤벼드니 진두에서 둘이 싸우기를 4, 50합, 도무지 승부가 나지 않았다. 조홍이 감당하기 어려운 체하고 슬쩍 몸을 피하니 아만이 조홍을 추격, 추격을 당하는 체하던 조홍이 전광석화같이 몸을 돌이키며 한 칼로 내리치니 아만은 움쭉도 못하고 목이 날아갔다.

한편 이전이 적진에 돌입하여 황교를 산채로 잡으니, 조조의 군사들이 일제히 습격하여 황건적 잔당들의 금백(金帛)·

식량을 무수히 탈취했다. 하의는 기진맥진하여 불과 수백 기를 거느리고 갈파(葛陂)로 도망쳤다.

달아나는 도중에 산비탈로부터 일군의 인마가 나타나더니, 선두에 괴상한 사나이가 하나 떡 버티고 섰다. 신장이 8척, 허리 둘레가 열 발이나 되게 굵은 거창한 사나이가 손에는 큰 칼을 움켜잡고 앞을 딱 가로막았다. 하의도 창을 휘두르며 덤벼들었으나 겨우 1합을 싸웠을 때, 그 사나이는 하의를 겨드랑 밑에 껴 버리고 말았다. 그리고 말에서 내린 그 사나이는 다른 적도들을 모조리 꽁꽁 묶어서 갈파에 있는 영채로 몰아 버렸다.

하의를 추격해 온 전위가 갈파까지 왔을 때 그 거창하게 생긴 사나이는 군사를 거느리고 또 앞을 가로막았다.

뚝심이 세기로 유명한 전위, 그대로 있을 리가 없었다. 그는 소리를 질렀다.

"네놈도 황건적 부스러기냐?"

"황건적의 5,6백 기는 모두 나에게 붙잡혀서 영채 안에 있다!"

"왜 이리 내놓지 않느냐?"

"네놈이 나의 칼을 받아넘길 만하다면 내주마!"

"뭐라고! 아니꼬운 놈!"

불덩어리같이 노발대발한 전위, 그 사나이를 상대로 하여 이른 아침부터 날이 저물 때까지 싸웠지만 승부는 나지 않았고, 말들이 피곤해서 양쪽이 다같이 싸움을 중지했다.

그 이튿날도 그 거창한 사나이가 도전했다. 조조는 그 사나이가 전위와 싸우는 품을 보니 이만저만한 맹장이 아닌지라, 전위에게 명령하여 싸움에 패하는 체하고 이편으로 유인해 들이라는 작전을 세웠다. 그리고 조조는 진지를 5리쯤 후퇴해 놓고 중간에 깊은 함정을 파 놓았다.

그 맹장도 결국 조조의 꾀에 넘어가지 않을 수 없었다. 깊은 함정에 빠져서 허덕이다가 꽁꽁 묶여서 조조 앞으로 나오게 됐다.

알고 보니 이 맹장은 초국(譙國) 초현(譙縣) 사람인 허저(許褚)로, 두 필의 소를 한 손에 한 필씩 꼬리를 잡아끌면 백 보쯤은 끌려온다는 거대한 힘으로, 자기 고을에서 날뛰는 황건적을 물리치고 다년간 버텨온 굉장한 공로자였다.

조조는 그를 자기의 수하에 두기를 원했으며, 그도 이를 쾌히 승낙하고 일문(一門) 수백 명을 거느리고 투항했다. 조조는 그를 도위에 임명하고 하의·황교를 잡아죽이고 여남·영천 일대를 깨끗이 진압했다.

이때, 연주를 지키고 있던 설란(薛蘭)·이봉(李封)의 군사들이 성은 비워 놓고 성 밖으로 나와서 제멋대로 약탈 행위를 하고 있다는 정보가 조조에게 날아들었다.

조인과 하후돈의 의견을 받아들여, 조조는 당장에 군사를 거느리고 연주로 쳐들어갔다. 허를 찔린 설란과 이봉은 어쩔 수 없이 병사를 몰아 가지고 성 밖에 진을 쳤다.

이편에서는 맹장 허저가 불쑥 나서며 소리를 질렀다.

"제가 저 두 놈을 산채로 잡아서, 공을 만나 뵙게 된 예물로 삼겠습니다!"

조조, 크게 기뻐하며 거리낌없이 출진을 명령했다. 이봉은 화극을 휘두르며 덤벼들었으나 2합도 싸우지 못한 채 허저의 칼에 목이 달아났고, 설란은 황급히 진지로 도망치다가 구름다리 근처에서 이전에게 가로막혀 거야(鉅野)로 도망치려다가 말을 달려서 대드는 여건(呂虔)의 화살을 맞고 쓰러졌으며, 황건적 잔당은 뿔뿔이 흩어져서 종적을 감추었다.

조조는 다시 연주를 수중에 넣게 됐는지라, 정욱이 계속해서 복양을 탈취하도록 제의했다. 조조는 허저·전위를 선두로 내세우고 하후돈·하후연에게 왼쪽, 이전·악진에게 오른쪽을 맡게 하고 자신은 중군을 거느리고 우금·여건을 후군에 세웠다.

조조의 군사가 복양에 도착하자 여포는 친히 진두에 나서려고 했지만, 진궁이 그것을 말렸다.

"지금 출전하시는 것은 신중히 고려하셔야 합니다. 다른 장수들이 모이기를 기다려 보시는 게 좋겠습니다!"

그러나 여포는 끝끝내 고집을 부리고 진두로 뛰쳐나가 조조에게 욕설을 퍼부으며, 덤벼드는 허저와 20여 합을 싸웠으나 승부가 나지 않았다. 조조는 전위에게 싸움을 거들도록 명령했고, 또 하후돈·하후연·이전·악진이 양쪽 측면에서, 이렇게 도합 여섯 장수들이 일제히 덤벼드니 여포도 어찌할 도리가 없이 말머리를 돌려 성을 향해 달음질쳤다.

성으로 돌아온 여포는 뜻하지 않은 놀라움에 극도의 분노를 참을 길이 없었다. 그것은 전씨가 배신한 것이었다. 전씨는 여포에게 구름다리를 내려 주지 않고 걷어올리면서 소리쳤다.

"나는 이미 조장군에게 항복했다!"

어처구니 없게 된 여포는 온갖 저주의 욕설을 퍼부으면서 정도현(定陶縣)으로 몸을 피했다. 그리고 진궁이 재빨리 동쪽 성문을 열고 여포의 가족을 보호하고 성 밖으로 나왔다.

조조는 복양까지 수중에 넣게 되니 전씨의 과거의 죄도 용서해 주고, 유엽의 의견을 받아들여 계속해서 친히 군사를 거느리고 정도현으로 향했다.

이때, 여포 편에서는 장막·장초만이 성 안에 남아 있었고, 고순·장요·장패는 군량을 조달하러 나간 채 돌아오지 않고 있었다.

조조는 정도현에 도착해 가지고 40리나 떨어진 먼곳에다 진을 치고, 통 싸우겠다는 기세를 보이지 않으며, 마침 제군(濟郡)의 보리타작 때인지라 그것을 걷어들여 군량을 보충하라고 명령할 뿐이었다.

조조의 동정을 살피고 있던 여포는 조조의 진지 근처까지 쳐들어갔으나 왼쪽으로 깊숙한 숲이 있는 것을 보자 복병을 두려워하여 되돌아오고 말았다.

여포의 군사가 되돌아갔다는 것을 알게 된 조조가 여러 장수들에게 말했다.

"여포란 놈은 숲속에 복병이 있는 줄 안 것이오. 숲속에다 깃발이나 꽂아 놓아서 놈을 좀더 골탕을 먹여야겠소. 우리 진지 서쪽에 있는 제방에는 물이 바싹 말랐으니, 그곳에다 군사를 매복시켜 놓으면, 여포가 내일 반드시 숲에 불을 지르러 올 것이고 이때 복병들이 덤벼들어 그 퇴로를 차단해 버리면 놈을 산채로 잡을 수 있을 것이오."

고수(鼓手) 50명을 영채 안에 남겨 두어 북을 치게 하고, 마을에서 모아들인 남녀들을 시켜서 고함소리를 지르도록 한 다음, 수많은 정예 군사들을 제방 가운데 매복시켰다.

진궁이 조조의 계교에 조심하라고 권고했건만, 여포는 고집을 부리고 이튿날 대군을 거느리고 출진하면서 진궁과 고순에게 영채를 지키고 있으라고 분부했다. 멀리 숲속에서 휘날리는 깃발을 바라다보자, 여포는 일거에 병력을 투입시켜서 사방에 불을 질렀다. 그러나 이상하게도 아무도 뛰쳐나오는 사람이 없었다.

"아차! 조조란 놈의 잔꾀에 내가 넘어갔구나!"

그러나 이미 후회막급이었다.

"어차피, 여기까지 왔을 바에야 조조의 본진으로 쳐들어가자!"

여포가 비장한 결심을 하고 조조의 진지로 돌진하려고 하자, 난데없이 요란스런 북소리가 천지를 진동할 듯이 울려 퍼졌다.

"이건 또 뭐냐!"

진퇴양난. 이렇게도 못하고 저렇게도 못하고, 여포가 두 눈이 휘둥그래져 주저하고 있을 때, 홀연 조조의 진지 뒤쪽에서부터 수많은 병마가 떼를 지어 몰려 나왔다.

여포는 결사적으로 말을 달렸다.

이제 와서 진궁의 권고를 듣지 않은 것을 후회해도 소용없었다. 이미 때는 늦은 것이었다. 조조의 잔꾀에 감쪽같이 넘어간 자기 자신의 어리석음을 뼈저리게 느껴 봐도 이미 소용없는 일이었다.

"죽지 않으면 살 것이고, 살지 못하면 죽는 것뿐이다! 여기까지 온 바에야 저놈들과 사생결단을 하는 수밖에……."

여포는 두 눈을 크게 부릅떴다. 채찍으로 말궁둥이를 힘껏 후려갈기자 성난 말은 비호같이 달렸다. 그대로 일군의 병마를 추격하자는 배짱이었다.

그러나 바로 이때, 포성이 한 번 요란하게 들려 오더니 제 방에서 수많은 복병들이 일시에 뛰쳐나왔다. 하후돈·하후연·허저·이전·악진 등 여러 장수들이 말머리를 나란히 하고 쳐들어왔다.

여포는 도저히 대적하기 어렵다는 판단을 내리자 재빨리 몸을 돌려 도망쳤으며, 여포를 따르던 종장(從將) 성렴(成廉)은 악진이 쏜 화살에 맞아 죽고 말았다. 여포는 군사의 3분의 2를 상실했다. 패졸이 돌아가서 진궁에게 보고하니 진궁도 성을 지킬 자신이 없어 고순과 함께 여포의 가족을 보호하며 정도현을 떠났다.

조조, 파죽지세로 성 안으로 침입하니 장초는 자살했고, 장막은 원술을 찾아 몸을 피했으며 마침내 산동 일대는 조조의 수중에 들어갔다.

여포는 달아나다가 도중에서 뒤쫓는 여러 장수와 진궁을 다시 만나게 됐는데, 그래도 끝까지 조조와 싸워 보겠다고 군사를 거느리고 되돌아서겠다는 것이었다.

승패는 병가의 상사(常事)라고 하지만 과연 권토중래할 수 있을 것인가.

13. 천자(天子)를 빼앗는 싸움

李傕郭汜大交兵
楊奉董承雙救駕

　패잔병을 수습해 가지고 다시 조조와 자웅을 결하겠다고 격분하는 여포를 가로막은 것은 진궁이었다.

　우선 몸둘 곳을 마련한 다음에 싸움을 해도 늦지 않다는 것이 진궁의 주장이었고, 여포는 다시 한번 원소에게 몸을 의탁해 보겠다고 해서, 우선 기주(冀州)로 사람을 보내서 정세를 살펴보고 난 다음에 결정하기로 둘의 의견이 일치됐다.

　한편, 원소는 기주에 있으면서 조조와 여포가 다투고 있다는 것을 알고 있었다. 그런데 여포는 시호(豺虎) 같은 자이니까, 연주를 수중에 넣게 되면 반드시 기주를 노릴 것이므로 차라리 조조를 도와서 화근을 없애는 것이 현명하다는 모사 심배(審配)의 권고대로, 장병 5만을 안량(顔良)에게 거느리게 하여 조조를 거들어 주러 보냈다.

　이 소식을 알게 된 여포는 결국 서주에 있는 유현덕에게 의지하는 도리밖에 없었다. 서주에서는 여포가 나타나리라는 소문이 돌자, 미축·장비 그밖의 여러 사람들이 그를 받아들이지 말라고 현덕에게 권고했다. 호랑이 같은 자를 용납했다가는 무슨 일을 저지를는지 모른다는 것이 여러 사람들의 이유였다.

그러나 현덕은 그런 권고를 끝내 물리쳤다.

"여포는 당대의 영리하고 용맹스런 사람이다. 나는 그를 영접해 들여야 한다!"

고 말하면서, 문무제관을 거느리고 성 밖 30리 지점에까지 친히 나가서 그를 맞아들였고, 서주를 다스리는 책임자의 지위까지 여포에게 양보해 주려고 했다.

그러나 여포는 서주에 오래 머물러 있을 수가 없었다. 사람 좋은 현덕이 그를 아무리 정중하게 대하고 아낀다 해도 주위 사람들이 도무지 마땅치 않게 여기는 것이었다. 현덕이 아무리 그들을 꾸짖어도 그들은 말을 듣지 않았고, 한 번은 술자리에서 여포가 현덕을 '아우님'이라고 불렀다는 것이 시비가 되어 관운장은 괘씸한 놈이라 호통을 치고, 장비는 당장에 죽여 버리겠다고 펄펄 뛰었다.

이런 일이 있던 바로 그 이튿날, 여포는 자진해서 현덕에게서 물러가겠다고 하니, 현덕은 여포에게 우선 소패에 가서 군사를 수습해 가지고 있으면 군량과 무기를 공급해 주겠다는 언약을 했다. 여포도 너무나 고마워서 현덕의 지시대로 소패로 떠나갔다.

이때, 조정에서는 조조가 산동 지방을 진압하자 그를 건덕장군(建德將軍) 비정후(費亭侯)에 봉하기는 했지만, 이각은 스스로 대사마(大司馬)라는 자리에 앉고 곽사는 대장군이 되어 가지고 조정을 제 집안같이 여기고 제멋대로 날뛰었다.

이런 꼴을 보다못해서 태위 양표(楊彪)와 태사농(太司農)

주전이 비밀리에 헌제에게 한 가지 계책을 제공했다. 그것은 여자 하나를 중간에 넣어 이간책을 써서 이각과 곽사가 암투 끝에 서로 죽이려 들도록 만들어서 두 사람이 자멸의 길을 밟도록 하자는 계교였다.

여기에 등장한 여자가 바로 질투심이 강하기로 천하에 유명한 곽사의 부인이었다. 양표는 그날로 자기 아내를 곽사의 관저로 보내서, 주변에 사람이 없는 틈을 타서 곽사의 부인에게 이런 말을 하도록 계교를 꾸몄다.

"곽장군께서는 이사마(李司馬—이각)의 부인께 마음이 쏠리셔서 두 분의 정이 이만저만이 아니시라는 소문이 들리는데, 만약 이런 사실을 이사마께서 알게 되신다면 장군을 해치려고 하실 게 뻔한 노릇이니, 부인께서 어떻게 해서든지 두 분의 왕래를 끊도록 힘쓰시는 게 좋을 겁니다."

이 말은 마침내 곽사 부인의 질투심에 불을 붙여 놓고야 말았다. 곽부인은 도에 지나칠 정도로 이각과 곽사의 사이를 격화시키려고 애를 쓰며, 심지어는 이각의 집에서 보내온 음식에 자기가 몰래 독약을 섞어 놓고 그것이 이각이 곽사를 죽이려는 음모라고까지 흉계를 꾸미게 됐다. 처음에는 의아하게 생각하던 곽사도 부인의 말을 믿고 격분한 나머지 드디어 부하 군사를 동원하여 이각을 쳐버리려고 했고, 이 소식을 알게 된 이각도 대로하여 부하의 군사를 거느리고 곽사를 습격했다.

마침내 장안성 안에서는 수만 명의 군사들이 일대 난투를 벌였으며 제멋대로 약탈을 했다. 이각의 조카 이섬(李暹)은 군사를 거느리고 궁중으로 침입하여 수레 두 채를 끌어내 가지고 한 채에는 천자, 또 한 채에는 황후를 태워서 싸움판을 헤치며 이각과 힘을 합하여 자기편 진중으로 납치하고 궁전에 불을 질러 버렸다.

곽사는 곽사대로 몇 번이나 이각의 진지에 나타나 천자를 내놓으라고 호통을 쳤으나 이각은 막무가내, 싸움만 점점 심해 가는 것이었다.

불집을 일으켜 놓은 양표는 사태를 수습하기 어려움을 깨닫고, 곽사·이각이 각각 진지로 돌아간 틈을 타서 주전과 함께 조정의 관료 60여 명을 거느리고 우선 곽사의 진지로 가서 서로 화해하도록 권고해 봤으나, 곽사는 도리어 그 자리에서 관료들을 전원 감금해 버리고 말았다.

"우리들은 공을 생각하고 왔는데 왜 이런 난폭한 짓을 하시오?"

이렇게 말하는 관료들 앞에서 곽사는 도리어 호통을 쳤다.

"이각은 천자를 겁탈해 갔다! 내가 공경(公卿)들을 감금하는 게 어쨌단 말이냐!"

이리하여 이각과 곽사 사이에 매일같이 싸움이 계속되기를 50여 일. 이 싸움판에 목숨을 버린 자 부지기수였다.

이각은 평소부터 좌도요사지술(左道妖邪之術)을 즐겨하여 항시 무녀를 진중에 동반하고 북을 치게 해서 강신(降神)케 한다고 야단이었다. 가후가 여러번 권고했지만 통 말을 듣지 않았다. 이때 시중 양기(楊琦)가 아무도 몰래 헌제에게 아뢨다.

"소신이 보옵건대 가후가 비록 이각의 심복이기는 하오나, 망군(忘君)의 위인은 아니오니 폐하께서는 그와 일을 도모하십시오."

이런 말을 하고 있는데, 마침 가후가 그 자리에 나타났다.

헌제는 측근자들을 물러가라 분부하고 눈물을 흘리며 가후에게 말했다.

"경은 한나라 조정을 가엾게 여기고 짐의 목숨을 구해줄 수 없겠는고?"

"이는 본래부터 소신의 원하는 바로소이다. 폐하께서는 아무 말씀도 마소서. 소신이 요량껏 하오리다."

얼마 안 되어서 이각이 나타났다.

허리에 칼을 찬 채로 뚜벅뚜벅 걸어 나오자 헌제의 얼굴은 흙빛이 되었다. 이각이 헌제에게 말했다.

"곽사는 신하의 본분을 저버리고 공경들을 감금하고 다시 폐하를 겁탈하려고 하였으니 소신이 아니었더면 폐하께서는 포로가 되셨을 것이옵니다."

헌제, 두 손을 맞잡고 감사의 뜻을 표하니 그제서야 이각은 묵묵히 자리에서 물러나갔다. 이때 황보력(皇甫酈)이 또 나타났다. 헌제는 황보력이 화술이 능란하고 이각과 동향 사람임을 알고 있어서 이각과 곽사 둘을 화해하게 하라고 명령했다. 황보력은 헌제의 명령을 받들고 곽사에게 가서 설복시키려고 했다. 그랬더니 곽사가 하는 말이,

"만약에 이각이 천자를 돌려보낸다면, 나도 공경들을 풀어주겠소!"

하니 황보력은 그 즉시 이각을 찾아가서 이렇게 말했다.

"이번에 천자께서는 내가 서량(西凉) 사람이요, 공과 동향 사람으로서의 친분이 있다는 것을 아시고 특히 나를 보내셔서 두 분 사이를 화해시키도록 분부하셨소. 그래서 곽공은 이미 그 뜻에 응하셨는데 공께서는 어찌하실 의향이시오?"

"나는 여포를 격파한 큰 공로가 있고, 정사를 보필하여 이미 4년, 가지가지 공적이 현저한 것은 천하가 다 아는 바요. 곽아다(郭亞多—곽사)는 말 도둑놈밖에 안 되는 놈이 제멋대로 공경을 감금했으니 나는 그놈과 대결해서 반드시 죽여 버리고야 말테요! 우리 편에 책사가 얼마나 많은가 보시오! 곽아다쯤은 문제없다고 생각지 않으시오?"

"그건 그렇지 않소. 옛적 하(夏)나라 때 유궁국(有窮國)의 후예(后羿)는 자신이 활을 잘 쏘는 것만 믿고 화가 미치는 것을 생각지 못했기 때문에 멸망했고, 근자에 동탁이 강대했었음은 공께서도 잘 아실 것이오. 여포는 은혜를 원수로써 배반했기 때문에 하마터면 목이 잘려 국문(國門)에 매달릴 뻔했소. 강하고 세다는 것만 믿어서는 안 되오. 장군은 상장(上將)의 몸으로서 지월장절(持鉞仗節)하고 정사에 참여하며 자손과 종족이 모두 현위에 계시니 국은이 두텁다 아니할 수 있으리요. 이제 곽아다가 공경을 감금한 것과 장군께서 지존(至尊)을 겁탈하신 것과 죄가 어느 편이 경하고 어느 편이 중하겠소?"

이 말을 듣더니 이각이 대로하여 칼을 뽑아들고 꾸짖었다.

"천자는 그대를 보내셔서 나를 욕되게 하시려는 건가? 나는 먼저 네놈의 목을 베어야겠다!"

기도위(騎都尉) 양봉(楊奉), 그리고 가후가 가까스로 말리고, 황보력을 밖으로 끌어냈더니 그는 분을 참지 못하고 고함을 질렀다.

"이각은 천자의 칙명도 거역하고, 천자를 없애고 제놈이 대신 서려는 것이다!"

시중 호막(胡邈)이 당황하여 얼른 황보력을 제지했다.

"말조심 하시오! 아마 신상에 불리하실 거요!"

했더니, 황보력이 도리어 호막을 꾸짖었다.

"호경재(胡敬才—호막)야! 너도 역시 조정의 신하의 몸으로서 어찌 역적을 부추기느냐? 임금이 욕을 보면 신하가 죽어야 한다고 했으니, 나는 이각에게 죽는 것이 나의 본분이다!"

하며, 끊임없이 욕설을 퍼부어댔다. 헌제는 이런 사실을 알고, 황보력에게 명령하여 서량으로 돌려보냈다.

이각의 군사의 태반은 서량 사람이었고 강족(羌族)의 병사들도 거들러 와 있었는데, 황보력은 서량 사람들에게 가서 이런 말을 했다.

"이각은 모반자다. 그놈을 따르는 자는 적당(賊黨)이 되어서 후환이 적지 않을 것이다."

서량 사람들은 황보력의 이런 말을 듣자 사기가 점점 저하됐다. 이각은 이런 소문을 듣고 노발대발, 호분중랑장(虎賁中郞將) 왕창(王昌)에게 뒤를 쫓으라고 명령했다. 왕창은 황보력이 충의 것을 잘 알고 있으니 뒤를 적당히 쫓아가는 체하다가 빈손으로 돌아와서, 황보력은 어디론지 행방을 감추어 버렸다고 보고했다.

한편, 가후도 강족들에게 이런 말을 했다.

"천자께서는 그대들의 충의와 오랫동안 진지에서 고생한 노고를 모르실 리 없소. 그대들을 고향으로 돌려보내라는 밀조(密詔)가 내렸으니 추후에 후하신 상을 베푸실 거요."

강인(羌人)들은 이각이 상을 베풀지 않고 있는 것을 원망하고 있던 중이어서 가후의 말을 믿고 병사를 거느리고 돌아가 버렸다. 가후가 또다시 헌제에게 밀주(密奏)하여 이각에게 중

요한 벼슬자리를 주면 당장에 달려오리라고 제의했더니 헌제
는 당장에 이각을 대사마(大司馬)에 임명했다.

"이야말로 무녀가 기도를 드려서 강신(降神)한 힘이다!"

이각은 이렇게 말하고, 기뻐하면서 무녀에게는 상을 주고
부하 장수들에게는 모른 체했다.

이각의 이러한 태도에 격분한 기도위 양봉과 송과(宋果) 두
사람이 결탁하고 진중에 불을 질러 역적을 죽여 버릴 계획을
세우고 밤 2경에 거사를 했다. 그러나 사전에 이 소식을 이각
에게 밀고한 자가 있어서 송과의 목이 당장에 달아났고, 양봉
혼자서 밤이 4경이 될 때까지 이각의 군사와 난투를 계속했으
나 결국 감당하지 못하고 서안으로 몸을 피했다.

그러나 이각의 병력도 이때부터 차츰차츰 수효가 줄기 시작
했고, 거기다 또 곽사가 끈덕지게 공격을 가해 오는 통에 사
상자가 날로 늘어났다.

이 무렵에,

"장제가 대군을 거느리고 섬서(陝西)로부터 나타나서 곽공
·이공 두 분의 화해를 도모하겠다고 합니다. 만약에 이 뜻을
받아들이지 않는 자가 있다면 쳐부수겠다고 합니다."
하는 보고가 날아들었다. 이각은 이를 기회로 먼저 장제의 군
중으로 사람을 파견하여 화해를 승낙하겠다 했고, 곽사도 어
쩔 수 없이 화해를 승낙했다.

장제는 이렇게 해놓고 상주문을 올려 천자가 홍농군(弘農
郡)으로 옮겨가도록 권고했다.

"짐은 오래 전부터 동도(東都—낙양)를 그리워하고 있었다.
차제에 거기로 돌아갈 수 있다면 기쁜 일이로다!"

헌제는 이렇게 기뻐하며 장제를 표기장군(驃騎將軍)에 임명
했다. 곽사는 공경들을 석방하고 헌제를 태운 왕가(王駕)는
패릉현(覇陵縣)에 도착했는데 난데없이 고함소리가 들려오더
니 수백 명의 병사들이 다리 위로 덤벼들며 왕가 앞을 가로막
았다.

"뭐하는 사람들이냐?"

시중 양기(楊琦)가 다리 위로 말을 달려 올라오며 말했다.

"무슨 소리냐? 성상께서 거동하심도 몰라보고 길을 가로막
는 자가 누구란 말이냐?"

저편에서 두 사람의 장수가 나서더니 그것이 헌제의 왕가임
을 확인하자 두말 없이 통과시켰는데, 이 두 장수는 알고 보
면 곽사의 부하였다.

곽사는 도중에서 왕가를 탈취하여 미읍(郿邑)으로 뺏어 가
려는 흉계를 품고 있어서 왕가를 통과시킨 두 부하 장수를 당
장에 목을 베고 군사를 거느리고 추격했다.

왕가가 화음현(華陰縣)에 이르렀을 때 난데없이 뒤에서 고
함소리가 요란했다.

"그 수레를 멈추어라!"

곽사의 적군이 습격해 온 것이었다. 위태로운 순간에, 또
어디선지 북소리가 요란스럽게 들려오더니 '대한양봉(大漢楊
奉)'이라는 넉 자를 쓴 깃발을 선두로 1천여 기가 산 속에서
내닫더니 곽사의 대군을 순식간에 무찔러서 30여 리 밖으로
후퇴시켰다. 이는 바로 이각의 군사에게 패퇴한 이래 종남산
(終南山) 기슭에 주둔해 있던 양봉이 왕가가 도착한다는 소문
을 듣고 보호하러 달려온 것이었다.

그리고 이번 싸움에서 제일 큰 공로를 세운 사람은 곽사 편의 적장 최용(崔勇)의 목을 벤 하동군(河東郡) 양현(楊縣) 사람 서황(徐晃)이었다.

헌제는 서황을 불러 후히 상을 베풀어 주었고, 양봉은 왕가를 보호하고 화음현 성으로 들어가 헌제를 그의 본진에서 하룻밤 모셨다.

곽사는 싸움에 패하기는 했지만, 그 이튿날 또다시 군사를 수습해 가지고 양봉의 진지를 습격해 왔다. 이날도 서황이 제일 먼저 진두에 섰는데, 곽사의 대군이 사면팔방에서 몰려들어서 천자와 양봉을 포위해 버렸다. 옴쭉도 할 수 없게 된 위기일발의 찰나에, 별안간 동남쪽에서부터 고함소리가 천지를 진동하더니 대장 한 사람이 군사를 거느리고 말을 달려 쳐들어왔다. 적군이 사방으로 흩어지는 것을 서황이 힘을 얻어 육박해 들어가니 곽사의 군사는 완전히 퇴각하고 말았다. 이 대장은 바로 천자의 외척인 동승(董承)이었다.

이리하여 일행은 밤을 새워 가며 왕가를 간신히 홍농군으로 모셨다.

곽사는 패잔병을 거느리고 돌아가는 길에 이각을 만나게 됐다.

"양봉과 동승은 천자를 모시고 홍농군으로 갔소. 만약에 산동으로 나가서 지반을 견고히 하게 되면 제후를 시켜서 우리를 토벌할 것은 뻔한 일이오. 이렇게 되면 우리 일족은 무사하지 못할 거요."

"지금 장제의 군사는 장안에 앉아서 쉽사리 움직이지는 않을 것이니 이 틈을 타서 부하를 규합해 홍농군을 습격하고 천자를 죽여 없앤 후 천하를 우리 둘이 분배하는 게 어떻겠소?”

곽사는 기뻐하면서 그 의견대로 부하를 규합하기에 눈이 뒤집혀서 가는 곳마다 강탈을 일삼았으니, 그들이 지나간 자리에는 풀 한 포기도 남아 있는 것이 없었다.

양봉과 동승은 도적의 무리들이 다시 먼곳에서 쳐들어온다는 소식을 듣자, 군사를 거느리고 되돌아서서 동간(東澗)에서 한바탕 격전을 했다.

“우리 편은 수효가 많고 적은 얼마 안 되니, 그대로 무작정 밀고 나가면 그만이다!”

이런 생각으로 곽사는 오른쪽에서, 이각은 왼쪽에서 산과 들을 뒤덮으며 쳐들어갔다. 양봉과 동승도 좌우 양편으로 갈려서 미칠 듯이 그들과 대적하여 간신히 헌제와 황후의 왕가만은 구출할 수 있었다. 그런데 문무백관·여관(女官) 들과 중요한 서류 등속은 포기하는 도리밖에 없었다.

곽사는 군사를 거느리고 홍농군으로 들어가서 마음대로 약탈을 했고, 동승·양봉이 왕가를 보호하고 섬북(陝北) 지방으로 피해가자, 이각·곽사는 군사를 나누어서 그것을 또 추격했다.

동승과 양봉은 사람을 파견하여 이각·곽사에게 화해를 구하는 한편, 비밀리에 하동군(河東郡)으로 칙령을 내려 본래 백파적(白波賊)의 두목이던 한섬(韓暹)·이낙(李樂)·호재(胡才)의 3군에게 빨리 달려와서 싸움을 거들어 달라고 했다.

이낙이란 자는 본래 산적이었는데, 이번 경우에 어쩔 수 없이 부르게 된 것이었다. 그들은 천자께서 옛 허물을 사해 주고 관직을 맡기겠다고 하니 싫다고 할 리가 없었다. 전군을 총동원해서 달려들어 동승과 합류해 가지고 다시 홍농군을 탈환했다.

그러나 이각과 곽사는 끈덕지게도 싸움을 단념하지 않고, 백성 가운데서 힘이 센 장정들을 징발하여 감사군(敢死軍)이란 명목으로 앞장을 세워 끝까지 항거했다.

이낙의 군사는 마침내 이 감사군을 물리치지 못하고 패배해 버렸다. 양봉과 동승도 더 지탱하지 못하고 왕가를 보호하며 북쪽으로 몸을 피했으나 적군은 거기까지 추격해 왔다.

이낙이 하는 수 없이,

"사태는 급박하옵니다. 폐하께서는 말을 타시고 먼저 피하소서!"

했으나 헌제가,

"짐은 백관을 버리고 혼자만 몸을 피할 수는 없다!"

하여서 일행은 엉엉 울면서 눈물에 젖어서 수행하는 도리밖에 없었다.

호재는 분란통에 어떻게 죽었는지 알 수도 없었고, 양봉과 동승은 적군의 추격이 급박해지자 헌제에게 왕가를 버리도록 하고 도보로 황하 강기슭까지 도착하여, 이낙이 나룻배 한 척을 구해서 헌제를 건너게 하려고 했다.

헌제와 황후는 엄동설한에 간신히 강가에까지는 왔으나 비탈진 언덕길을 내려갈 수 없어서 배를 타지 못하고 있는데 추격해 오는 적군은 벌써 눈앞에 박두해 왔다.

"말 고삐줄을 풀어서 기다랗게 이어라! 폐하의 허리를 묶어 배로 내려보내서 타시도록 하겠다!"

양봉이 고함을 지르니 사람 틈에서 국구(國舅) 복덕(伏德)

이 나서며 흰 비단 열 필을 내놓으면서 싸움판에서 얻은 것인데 그것으로 허리를 묶도록 하라고 했다. 비단으로 허리를 묶이고 고삐 줄에 매달려서 헌제와 황후는 간신히 배를 탔다. 강기슭에 떨어져 있던 사람들이 앞을 다투어 닻줄을 손으로 잡고 매달리니, 뱃머리에 서 있던 이낙이 그것을 모조리 칼로 쳐버렸다. 헌제와 황후를 건네다 놓고 배는 다시 되돌아와서 다른 사람들을 태우고 건너갔는데 배를 못 타고 뱃전만 붙잡고 아우성을 치던 사람들은 모두 손가락이 잘라졌고, 통곡 소리 하늘 높이 메아리쳤다.

강을 건넌 헌제의 일행은 그날밤 어떤 조그마한 기와집에서 하룻밤 신세를 지게 됐다. 시골 노인 하나가 조밥을 갖다가 헌제와 황후에게 올렸는데 도저히 입 속으로 넣을 만한 것이 못 됐다. 그 이튿날 헌제는 이낙을 정북장군(征北將軍), 한섬을 정동장군(征東將軍)에 임명했다.

일행이 또 길을 떠났을 때 뒤를 쫓아오며 통곡하는 두 대신이 있었다. 태위(太尉)·양표(陽彪), 태복(太僕)·한융(韓融)이었다.

특히 한융은 이각과 곽사는 자기 말을 잘 듣는 편이니, 자기가 찾아가서 권고해 보겠다고 하며 일행과 헤어졌다.

왕가는 안읍현(安邑縣)에 도착했다. 집이라곤 변변한 것이 한 채도 없어서 헌제와 황후는 어떤 초가집 한 채를 얻어서 거처하게 되었고, 울타리도 없이 벌판 같은 곳에서 임금과 대신들은 국사를 의논하곤 했다.

산적의 두목이었던 이낙은 여기까지 와서도 그의 근성을 버리지 못하는 모양이었다. 그는 자기에게 주어진 권세만 믿고 횡포한 짓을 하기 일쑤였다. 그리고 문무백관 중에서 말 한 마디만 잘못해서 제 비위에 거슬리는 사람이 있으면 헌제의 앞이건 황후의 앞이건 거리낌없이 욕지거리를 퍼부었으며, 헌제와 황후에게 고의로 맛없는 낙주와 거친 음식을 올렸다. 그러나 헌제는 이런 꼴도 참고 견디는 수밖에 없었다.

이낙과 한섬은 또 무뢰한 노복(奴僕)·무녀·하인배등, 닥치는 대로 2백여 명을 천거해서 교위(校尉)니 태사(太史)니 하고 벼슬자리를 함부로 주었다. 관인(官印)을 새길 만한 겨를도 없이 나무에다 송곳으로 파서 사용하게 되니 모든 질서가 극도로 문란해져서 정신을 차릴 수 없었다.

한융이 찾아가서 극력 설복시킨 결과, 이각·곽사는 그들이 납치해 간 문무백관과 여관들을 석방했다. 그해에는 굉장한 기근으로 백성들은 대추를 따먹고 풀을 삶아 먹으며 목숨을 간신히 유지했는데, 굶어 죽은 사람들의 시체가 땅을 뒤덮을 지경이었다.

하내 태수 장양은 쌀과 고기를 바쳤고, 하동 태수 왕읍(王邑)은 비단을 바쳐서 헌제는 가까스로 극도의 곤경을 면할 수 있었다.

동승과 양봉은 서로 상의한 결과, 사람을 낙양으로 파견하여 궁전을 수축하게 하고 왕가를 받들어 동도(東都—낙양)로 모시려고 했으나 이낙이 극력 반대하고 말을 듣지 않았다.

동승은 끝까지 설복시키려고 했다.

"낙양은 본래가 천자의 도읍이었소. 안읍같이 협착한 고장은 천자께서 계실 만한 곳이 못 되오. 낙양으로 모시는 것이 이치에 맞소."

이낙은 화를 벌컥 냈다.

"그대들이나 천자를 모시고 가시구려! 나는 혼자서 여기 남겠소!"

동승과 양봉이 왕가를 모시고 출발하자, 이낙은 비밀리에 사람을 파견해서 이각·곽사와 결탁하고 왕가를 탈취할 음모를 했다.

동승·양봉·한섬은 이런 동정을 재빨리 탐지하고 그 즉시 군사를 대비시켜 왕가를 든든히 호위하며 기관(箕關)을 향하여 걸음을 빨리 했다.

이낙은 이런 사실을 알게 되자, 이각과 곽사의 군사가 도착하기를 기다리지도 않고, 단독으로 부하를 거느려 왕가의 뒤를 추격했다.

밤이 4경이나 됐을 때, 기산(箕山) 산기슭까지 쫓아온 이낙이 호통을 쳤다.

"거기 가는 수레를 당장 멈추어라! 이각·곽사 예 왔다!"

이낙은 엉뚱하게 이각과 곽사가 추격해 온 것처럼 협박을 하는 것이었다. 헌제가 대경실색했을 때는, 벌써 산 위에서 횃불이 훤하게 비치어 왔다.

처음에는 두 적도(賊徒)가 둘로 갈라졌으나, 이번에는 세 적도가 하나로 합쳐진 셈이다.

14. 실컷 마시고 보니

曹孟德移駕幸許都
呂奉先乘夜襲徐郡

"저게 정말 이각이란 말인고?"
헌제는 당황하여 물었다.
"아니옵니다. 이낙이란 놈이 미친 짓을 하고 있사옵니다."
양봉은 옆에서 이렇게 헌제를 안심시키는 한편 서황(徐晃)을 시켜서 물리쳐 버리도록 명령했다. 서황이 말을 달려서 뛰어 나가나 보다 하는 순간, 불과 1합도 싸우지 못해서 이낙은 서황의 도끼를 맞고 말 위에서 거꾸로 떨어졌으며, 나머지도 흩어져서 도주해 버렸다.

헌제는 낙양으로 돌아왔다.

궁전은 잿더미로 변했으며 잡초만이 무성했고, 다난하던 과거지사가 눈앞에 되살아나는 것만 같았다. 양봉에게 명을 내려 궁전을 개축하는 한편, 연호를 건안 원년(西紀 196年)이라 고쳐 부르기로 했다.

낙양의 주민은 불과 수백 호인데도 먹을 것이 없어서 나무껍질과 풀뿌리로 연명하는 판이었고, 상서랑(尙書郞) 이하 백관들도 성 밖으로 나가서 나무를 해들여야만 했다. 그러니 한나라 최후의 쇠락한 기상이 극도에 달해 있는 것 같았다.

어느 날, 태위 양표는 산동에 가 있는 조조를 불러서 황실을 보필케 하자는 제의를 했다. 헌제, 이를 쾌히 승낙하고 그날로 산동에 칙사를 파견했다. 조조는 순욱과 상의한 끝에 날을 택하여 곧 낙양으로 올라가기로 결정했다.

그런데 낙양에서는 산동으로 파견한 칙사가 돌아오기도 전에 이각·곽사의 무리가 또다시 침범해 온다는 정보가 날아드니, 동승은 헌제에게 권하여 왕가를 모시고 산동으로 가서 난을 피하기로 했다.

헌제가 낙양을 떠난 지 불과 몇 시간 만에 북소리·징소리가 요란하게 울리며 수많은 군사들이 달려들더니 선두에서 말을 탄 무사 하나가 헌제 앞으로 달려들었다. 그가 바로 산동에서 보냈던 칙사였으며, 조조가 대군을 거느리고 낙양으로 올라오리라는 소식에 헌제도 적이 안심하고 있을 때, 또 동쪽에서부터 대군이 진격해 온다는 정보에 간담이 서늘해졌다. 그러나 알고 보니 조조가 선발대로 보낸 조홍·이전·악진의 군사들이었다.

이리하여 헌제도 흐뭇한 마음으로 가던 길을 되돌아서 낙양으로 다시 왔으며 바로 그 이튿날 조조는 과연 대군을 거느리고 도착했다.

헌제는 조조를 사례교위(司隷校尉)에 임명하고 월(鉞)과 절(節)을 내려 녹상서사(錄尙書事)의 직까지 겸임케 했다.

한편 이각과 곽사는 조조가 원로를 거쳐서 낙양까지 왔다는 소문을 듣자, 피곤이 풀리기도 전에 들이쳐 버려야겠다는 생각으로 부하 가후가 말리는 말도 듣지 않고 도리어 가후의 목을 베겠다고 날뛰니 가후는 그날밤으로 단기를 몰아 자기 고향으로 돌아가 버렸다.

드디어 그 이튿날, 이각의 군사는 그의 조카 이섬(李暹)·이별(李別)을 선두에 내세우고 쳐들어왔다. 그러나 이편에서는 허저·조인·전위 세 맹장들이 선두로 내달아 싸움을 정식으로 선포도 하기 전에 이섬·이별의 목을 베어 버렸다.

거기다 또 조조가 친히 하후돈·조인을 좌우 양쪽으로 거느리고 일시에 돌진해 들어가니 항복하는 자가 무수히 생겼고, 이각·곽사는 초상집 강아지처럼 풀이 죽어서 돌아설 곳도 없이 산적이 되어 버리는 수밖에 없었다.

낙양에 도착한 이래 첫 싸움에 혁혁한 공로를 세운 조조는 그대로 낙양성 밖에 주둔해 있었다. 한섬과 양봉은 조조가 큰 공을 세웠으니 권세를 잡게 되면 자기네들을 그대로 둘 리 없으리라는 두려움에, 이각·곽사를 추격한다는 명목을 내세우고 휴가를 얻어서 대량(大梁)으로 옮겨갔다.

하루는 30년 동안이나 육식을 하지 않고 채식으로만 살았다는 괴상한 사나이가 나타났다. 천하 만민이 기근으로 쪼들리고 있는 판인데도 이 사나이의 얼굴만은 생기가 넘쳐흐르며 살이 투실투실 쪄 있었다. 정의랑(正議郞)으로 있는 제음군(濟陰郡) 정도현(定陶縣) 사람 동소(董昭)였다.

그는 다른 일로 온 것이 아니라 조조에게 천도(遷都)를 권고하자는 것이었다. 낙양은 첫째 식량난이 심하니 왕가를 모시고 허도(許都)로 옮겨가면 이 지방은 노양(魯陽)에 가깝기 때문에 식량의 반입에 편리할 것이라고 극력 주장했다.

조조는 이날부터 막료를 모아 놓고 천도에 관해서 여러 모로 협의를 거듭했다. 결국, 그곳으로 가면 반드시 흥하리라는 순욱의 의견을 받아들여서 조조는 허도로 천도할 결심을 했고, 헌제 또한 조조의 처사에 반대할 수는 없었다. 여러 대신들도 조조의 권세를 두려워하여 반대 의사가 있다손치더라도 입 밖에도 내놓지 못했다.

드디어 길일을 택하여 왕가는 허도를 향하여 출발했다. 며칠을 가다가, 하루는 높직한 언덕길에 접어들었을 때, 별안간 고함소리가 요란하게 일어나더니 양봉·한섬의 군사가 앞길을 가로막았다. 말을 달려 선두로 나서며 호통을 치는 것은 바로 서황이었다.

"조조! 도대체 천자를 탈취해 가지고 어디로 가겠다는 거냐?"

조조가 괘씸한 생각에 성미가 발끈 치밀어서 선두로 말을 몰고 나섰다. 그러다가 조조는 깜짝 놀랐다. 선두에 턱 버티고 서 있는 서황의 위풍당당한 모습이 비록 적이긴 하지만 마음 끌리는 바 있었기 때문이다.

조조는 두 눈을 끔쩍끔쩍.

혼자만의 생각을 가슴 속에 간직해 두고, 대뜸 허저에게 출마를 명령하여 서황과 대결시켰다. 허저, 저편의 칼과 도끼를 막아내며 싸우기를 30여 합. 그러나 좀처럼 승부가 나지 않았다. 조조는 징을 치게 했다. 막료들을 불러들여 상의했다.

"양봉이나 한섬은 보잘것없는 위인들이지만, 서황은 드물게 보는 맹장이오. 나는 힘으로써 그를 정복하느니보다는 계책을 써서 그를 나의 수중에 넣고 싶소!"

이 말을 듣자 선뜻 앞으로 나선 것이 행군종사(行軍從事) 만총(滿寵)이었다.

"공, 걱정하실 것은 없습니다. 이 총은 일찍이 서황과 일면식이 있는 터이니 오늘밤 병졸 속으로 휩쓸려 들어가 언변으로써 그의 마음을 움직여 반드시 우리 편으로 오도록 하겠습니다."

조조는 그 즉시 만총을 파견하기로 결정했다. 그날밤, 만총은 자기 말대로 병졸 틈에 섞여서 슬쩍 서황의 진지로 접근해 들어가서, 투구도 벗지 않은 채 촛불을 대하고 앉아 있는 서황의 앞에 불쑥 나타났다. 점잖게 두 손을 맞잡고 절을 했다.

"그동안 별고 없으셨습니까?"

서황은 깜짝 놀라 몸을 일으키며 노려보더니 말했다.

"공은 산양(山陽)의 만백녕(滿伯寧—만총) 아니오? 어찌하여 여기까지?"

만총은 솔직하게 말을 꺼냈다. 조조가 오늘 그대의 용맹에 탄복하여 차마 맹장을 내보내어 목숨을 빼앗기 아까워 싸움도 중지시킨 것이니 그대도 암주(暗主)를 버리고 명군(明君)을 섬겨서 대업을 완수하도록 하라고 그럴듯하게 유혹을 했다.

서황도 물론 양봉이나 한섬을 훌륭한 인물이라고 생각하는 것은 아니었으나, 역시 그들에 대한 의리를 생각하고 한동안 주저하지 않을 수 없었다. 그러나 만총이 그대로 돌아설 리 없었다.

"좋은 날짐승은 나무를 가려 앉고, 현신(賢臣)은 주인을 택해서 섬긴다 하오. 마땅히 섬길 만한 주인을 만나고도 그것을 포기한다는 것은 대장부의 마땅한 처사가 아니오!"

이렇게 말하면서 만총은 당장에 한섬·양봉의 목을 베어 가지고 조조에게로 가자고 했다. 그러나 서황은 그런 불의의 짓만은 하지 못하겠다고 완강히 거절하며, 부하 수십 기를 거느리고 만총과 함께 조조의 진중으로 귀순했다.

이 소식을 알게 된 양봉은 노발대발하여 경각을 지체치 않고 친히 1천여 기를 거느리고 만총과 서황의 뒤를 추격했다. 그러나 조조가 한번 진두에 나서자 양봉의 군사쯤은 대적할 상대도 되지 않았다. 양봉·한섬의 군사들은 순식간에 포위를 당해서 그 과반수는 항복해 버렸다. 양봉은 하는 수 없이 패잔병을 수습해 가지고 원술에게 찾아가 의탁해 보려고 도주해 버렸다.

싸움에 승리를 거둔 조조는 서황까지 수중에 넣고 진지로 돌아와서 다시 왕가를 허도로 모셨다.

궁전을 건축하고, 영묘(靈廟)·사직을 자리잡고, 아문(衙門)을 세우고, 성벽·국고(國庫)를 수복시켰으며, 한편 논공행상과 죄인의 처벌을 임의대로 했으니, 조조 자신은 대장군(大將軍) 무평후(武平侯)이고, 정비된 문무제신(文武諸臣)의 직위는 다음과 같았다.

시중상서령(侍中尙書令)―순욱(荀彧)

사마제주(司馬祭主)―곽가(郭嘉)

군사(軍師)―순유(荀攸)

사공전조(司空椽曹)―유엽(劉曄)

전농중랑장(典農中郞將)―모개(毛玠)·임준(任峻)

동평국상(東平國相)―정욱(程昱)

낙양현령(洛陽縣令)―범성(范成)·동소(董昭)

허도령(許都令)―만총(滿寵)

장군(將軍)―하후돈(夏侯惇)·하후연(夏侯淵)·조인(曹仁)
·조홍(曹洪)

　교위(校尉)—여건(呂虔)·이전(李典)·악진(樂進)·우금
(于禁)·서황(徐晃)
　도위(都尉)—허저(許楮)·전위(典韋)
　이리하여, 천하의 온갖 권세는 조조의 수중으로 들어갔고, 조정의 대사도 우선 조조가 알고 나서야 천자에게 계주하도록 되었다.
　조조는 대업을 완수한 셈이었다.
　성대한 주연을 베풀어 놓고 막료들을 초청한 자리에서 그는 이런 말을 꺼냈다.
　"유현덕은 서주에 군사를 주둔시켜 놓고 스스로 주(州)를 다스리고 있는데, 근래에 여포가 싸움에 패하여 그에게 몸을 의탁했더니, 현덕은 소패에 여포를 자리잡게 했소. 만약에, 이들 둘이서 합심 협력하여 쳐들어온다면 이는 큰 화근이 아닐 수 없소. 무슨 묘한 계책들이 없겠소?"
　허저가 선뜻 대답했다.
　"정예 5만 명을 주실 수 있다면 유현덕과 여포의 목을 잘라 승상께 올리리다."
　순욱이 말했다.
　"허도에 자리 잡은 지 얼마 되지도 않고 이때에 경솔히 군사를 움직이는 것은 부당합니다. 이 욱에게 묘계가 한 가지 있습니다. 이름하여 이호경식지계(二虎競食之計)라 합니다. 현재, 유현덕이 서주를 점령했다고는 하지만 아직 칙령을 받은 것도 아닙니다. 승상께 아뢰서서 유현덕에게 서주목의 임무를 정식으로 맡기시는 동시에 밀서를 보내시어 여포에게 손을 대도록 하시면 됩니다. 이 계책이 성공하는 날에는 유현덕

이 의지할 만한 맹장을 상실하게 될 것이니 그를 쓰러뜨리기 용이할 것이며, 성공하지 못할 경우라도 여포가 현덕을 죽이게 될 것은 뻔한 노릇입니다. 이것이 범 두 마리를 싸움붙여서 서로 잡아 먹게 하는 계책이 아니겠습니까?"

조조는 이 계책을 받아들여 그 즉시 조서를 내리게 해 가지고, 사람을 서주에 파견하여 유현덕을 정동장군(征東將軍)의 성정후(宜城亭侯)에 봉하고 서주목으로 임명하는 동시에 밀서 한 통을 보냈다.

유현덕은 서주에 있으면서 헌제가 환도했다는 소문을 듣고 축하의 상주문을 올리려던 참이었는데, 난데없이 칙사가 내려왔다는 말에 성 밖까지 나가서 영접했다.

칙사를 위하여 베풀게 된 연석에서 현덕은 밀서를 받아 보고 어둔 밤중에 홍두깨 같은 일에 당황하지 않을 수 없었다. 선뜻 대답을 못하고,

"신중히 고려해 볼 시간의 여유를 주시오."

해놓고, 연석이 끝나자 칙사를 객사에서 쉬도록 하고, 수하 여러 사람을 모아 상의했다.

장비가 대뜸 말했다.

"여포는 본래가 의리를 모르는 위인이오. 거침없이 깨끗하게 처치해 버립시다!"

"그는 올 데 갈 데 없어서 우리를 찾아온 사람일세. 그런 사람에게 손을 댄다는 것은 의리상……."

"사람이 너무 좋기만 해도 탈이오!"

그러나 현덕은 완강히 거부했다.

그 이튿날 여포가 축하하러 왔는지라, 현덕은 아무런 눈치

도 뵈지 않고 그를 안으로 맞아들였다.

 "공에게 이번에 칙명이 내리셨다 하기에 축하하러 왔소이다."

 별안간, 장비가 칼을 뽑아 들고 덤벼들었다. 여포를 찔러 죽이려는 것이다. 현덕이 당황하여 가로막으니 여포가 물었다.

 "장공은 어찌하여 나를 죽이려 드시는 거요?"

 "조조가 그대를 의리부동한 놈이라 하고 우리 형님더러 처치해 버리라고 했소."

 장비가 이렇게 소리를 지르는 것을 현덕이 또 호통을 치며 꾸짖어서 밖으로 내보내고, 여포를 조용한 방으로 데리고 들어가서 여태까지의 경위를 말해 주고 조조가 보낸 밀서를 여포에게 내보였다. 그것을 읽고 난 여포가 눈물을 흘렸다.

 "이것은 조조가 우리들 사이를 이간질하려는 간계요."

 "노형, 조금도 섭섭히 생각지 마오. 내 맹세코 이런 의리에 배반되는 일은 하지 않을 것이니……"

 여포가 돌아간 다음에 관운장·장비 두 사람은 현덕에게 추궁했다.

 "형님은 어째서 여포를 죽이지 않으시는 거요?"

 "이것은 조조가 나와 여포가 힘을 합하여 자기를 공격할 것을 겁내고 꾸며낸 계교일세. 우리 두 사람에게 싸움을 붙여 놓고 자기는 어부지리를 얻자는 수작이니까 이런 잔꾀에 넘어가서는 안 되지."

 현덕의 말을 듣자 관운장은 일리가 있는 말이라고 수긍했지만, 장비는 그래도 펄펄 뛰며 흥분했다.

 "어찌됐든 나는 그자를 처치해서 후환을 없앴으면 좋겠소!"

 이튿날, 현덕은 칙사가 돌아가는 마당에서 천자의 은혜에 감사한다는 상주문을 쓰고, 조조에게 전달해 달라는 답장도 써주었는데, 그 속에는 여포에 관해서는 서서히 손을 쓰겠다고 했을 뿐이었다. 허도로 돌아온 칙사는 현덕이 여포를 죽이려 들지 않는다는 실정을 보고했다. 조조는 순욱과 또 상의했다.

"이번 계획이 틀어졌다면 어떻게 해야 좋겠소?"

"또 한 가지 계책이 있습니다. 이것은 바로 호랑이를 시켜서 이리를 잡아먹게 하는 계책(驅虎呑狼之計)입니다.

"그 계책이란 어떻게 하는 계책이오?"

"원술에게 밀사를 파견해서, 유현덕에게서 남군(南郡)을 공격하겠다는 상주문이 올라왔다고 하는 겁니다. 이렇게 하면 원술은 대로하여 반드시 유현덕을 공격하려고 할 것이니까, 그때에 승상께서 현덕에게 원술을 토벌하라는 조서를 내리시면 그만입니다. 둘이 싸우게 되면 여포는 반드시 배반하고 싶은 마음이 생길 것입니다."

조조는 이 계책을 받아들여서 그 즉시 사람을 원술에게 파견하고 나서, 가짜 조서를 꾸며 서주로 사신을 보냈다.

현덕은 칙사가 내려왔다는 보고를 받고 성 밖에 나와서 영접했다. 조서를 펼쳐서 읽어보니 바로 원술을 토벌하기 위해서 군사를 일으키라는 내용이었다. 현덕은 칙명을 수락하고 사신을 돌려보냈다. 미축이 말했다.

"조심하십시오! 이것도 또한 조조의 잔꾀에서 나온 일 같습니다!"

현덕은 고개를 끄덕이면서 침통하게 말했다.

"그야 나도 잘 알고 있지만, 칙명을 거역할 수는 없지 않소?"

이리하여 군사를 정비하는 한편 기일을 정해 가지고 떠나기로 작정했다.

이때 손건이 말하기를,

"우선 성을 지킬 사람을 결정해야 되겠소."

라고 하니, 현덕의 말이,

"두 아우들 중에 누가 남아서 성을 지키겠나?"

하니 관운장이 대답했다.

"나에게 명령해 주시오!"

"자네는 조석으로 나와 상의할 일이 많으니까 내 곁을 떠날 수는 없네."

장비가 불쑥 나섰다.

"내가 성을 지키고 있도록 해주시오!"

"자네는 지키기 어려울 걸세. 술버릇이 고약해서 술만 마시면 병졸들을 두들겨 패고 또 하는 일이 경솔한데다가 남의 권고라곤 통 듣지 않으니, 섣불리 맡겼다가는……."

"앞으로는 술을 마시지 않고 병졸들도 때리지 않고, 모든 일에 여러 사람의 권고를 들으면 되지 않겠소?"

장비가 이렇게 말하니까 미축이,

"입으로만 떠들지 말아 줬으면 좋겠는데."

하니 장비가 화를 불끈 냈다.

"나는 다년간 우리 형님을 모셔 오는 동안에 한 번도 신의에 어긋나는 짓을 한 일이 없는데, 네놈은 어째서 나를 업신여기는 거냐?"

현덕이 가로막았다.

"아무리 화를 내도 역시 믿음직스럽지 못하니까, 진공(陳登)이 같이 이곳에 남으셔서 아침 저녁으로 술을 마시지 못하도록 해주시고 실수가 없도록 돌봐 주시오.”

진등이 쾌히 승낙하자 현덕은 제반사를 적당히 수배해 놓고 보병·기병 3만을 거느리고 남양(南陽)을 향하여 서주를 떠났다.

원술은 이 소식을 알자 대로하여 상장(上將) 기령(紀靈)에게 명령하여 10만 대군을 거느리고 서주를 들이치게 했다. 기령은 산동 사람으로 중량이 50근이나 되는 삼첨도(三尖刀)를 잘 쓰기로 유명한 장수였다.

현덕과 기령은 우이현(盱眙縣)에서 대결하게 됐는데, 관운장이 선두에 나서서 30여 합이나 격투을 했으나 승부가 나지 않은 채, 기령은 잠시 휴식을 선포하고 대신 부장 순정(荀正)을 출마시켰다. 관운장은 한칼에 순정의 목을 베어 던졌다. 현덕이 또 군사를 지휘하며 돌격해 들어가니 기령의 군사는 산산이 흩어져서 패퇴해 가지고 가끔 야습을 해오다가는 번번이 패하기만 했고, 이래서 양군은 한동안 대치 상태에서 노려보고만 있게 되었다.

장비는 현덕이 떠나간 뒤에, 모든 잡무는 진등에게 맡기고 자기는 군사상의 용무만 맡아보고 있었는데, 하루는 주연을 성대히 베풀어 놓고 여러 사람을 초청했다. 이 자리에서 장비가 말했다.

“우리 형님은 떠나갈 때 날더러 술을 조심하고 실수가 없도록 하라고 신신당부하고 갔지만, 여러분, 오늘 하루만은 마음껏 마시고 내일부터는 술을 끊고 나를 잘 도와서 성을 지키도록 해주시오! 자, 오늘밤은 통쾌하게 마시기로 합시다.”

이렇게 말하더니 자리를 떠서 한 사람 한 사람마다 술을 따라 주면서 돌아다니다가 조표(曹豹)의 차례가 되어서 그의 앞으로 갔다.

"저는 금주를 했는지라 마시지 못하겠습니다."

"이런 변변치 못하게, 못 마시겠다고? 무슨 일이 있어도 마셔야 된단 말야!"

조표는 부들부들 떨면서 한잔을 받아 마셨다. 장비는 자기도 큰 잔에다가 술을 가득 따라서 수십 잔을 단숨에 마셔 버리고 또 한번 돌아다니며 두 차례나 여러 사람의 술잔에 술을 따랐다. 또 조표의 차례가 됐을 때 조표가 말했다.

"저는 사실 술을 마실 줄 모릅니다!"

"아까도 한 잔 마셨는데, 마실 줄 모르다니, 그게 무슨 소리야? 대장의 명령을 거역하는 거냐? 매를 백 대만 때려라!"

술기운이 벌써 거나해진 장비는 병졸에게 명령하여 조표를 때리려고 밖으로 끌어냈다. 진등이 달려들어서 말려도 장비는 막무가내. 조표는 할 수 없이 용서해 달라고 빌었다.

"장장군! 제 사위의 체면을 생각하시더라도 한 번만 용서해 주십시오!"

"그 사위란 건 누구냐?"

"여포입니다!"

장비가 대로했다.

"나는 당초에 네놈을 때릴 생각은 없었지만, 여포를 끄집어내 가지고 나를 겁내게 하려는 소행이 미워서 참을 수 없다!"

하면서, 기어이 조표를 채찍으로 50대 때렸을 때 간신히 여러 사람들이 뜯어 말렸다. 원한이 뼈에 사무친 조표는 그 즉시 사람을 소패에 있는 여포에게 파견하여 장비의 무례함을 낱낱이 설명하고, 장비가 술만 퍼먹고 있으니 현덕이 성을 빈 틈을 타서 군사를 거느리고 서주를 습격하라고 했다.

여포가 이런 서신을 받고 진궁을 불러서 상의해 보았더니, 서주를 점령할 절호의 기회니 놓치지 말라고 권하는 것이었다.

여포는 당장에 갑옷 투구로 몸을 단단히 차리고 말 위에 올라 5백 기를 거느리고 앞장을 섰다. 뒤로는 진궁이 대군을 거느리고, 또 그 뒤를 고순(高順)이 따랐다.

소패는 서주에서 불과 4, 50리. 순식간에 다다랐다. 여포가 성 아래 당도했을 때는 밤도 4경이 됐을 무렵. 싸늘한 달빛이 뒤덮인 성 안에 이것을 아는 사람이라곤 하나도 없었다.

여포가 성문으로 달려들며,

"유장군한테 기밀이 있어 성 안으로 들어오라 하신 사람이다!"

하고 소리를 지르니 조표, 순식간에 정보를 입수하고 병졸에게 성문을 열게 했다.

"전진해라!"

여포의 호통소리에 대군이 함성을 지르며 조수같이 밀려드는데, 그때 장비는 술이 잔뜩 취해서 침실에 누워 있었다.

여포가 쳐들어온다는 소식에 격분한 장비, 갑옷을 몸에 걸칠 겨를도 없이 1장 8척의 사모(蛇矛)를 움켜잡고 아문 밖으로 나와서 막 말 위에 올랐을 때, 쳐들어오는 여포의 군사와 맞닥뜨렸다.

장비는 술이 아직도 덜 깨서 몸을 맘대로 못 쓰지만, 여포도 장비의 용맹을 잘 아는지라 섣불리 덤벼들지 못하고 멀리서 대치하고 있을 때, 측근의 18기가 장비를 호위하고 동문으로 빠져나왔는데, 현덕의 가족은 아문 안에 남겨 둔 채 손을 쓸 만한 겨를이 없었다.

장비는 당돌하게 뒤를 쫓는 조표를 강가에서 등을 찔러 말과 함께 물 속에 처박아 버리고, 간신히 빠져나온 병사들을 거느리고 회남으로 몸을 피했다. 여포는 성 안으로 들어가서 백성들을 안정시키고, 병사 백 명을 풀어서 현덕의 관저에 함부로 손을 대지 못하도록 보호했다. 장비는 수십 기를 거느리고 우이(肝眙)로 가서 현덕을 만나 보고 야습을 당하게 된 전말을 자세히 보고했다. 현덕이 말했다.

"수중에 넣었댔자 과히 탐탁지도 않은 곳이었으니 잃어버렸다고 해서 서운할 것도 없네."

관운장이 물었다.

"형수님은 무사하신가?"

"성 안에 계신 채, 미처 돌볼 사이가 없어서……."

관운장이 화가 치밀어서 소리쳤다.

"자네가 성을 지키겠다고 했을 때 형님이 뭐라고 하셨나? 성도 뺏기고 형수님마저 적의 수중에 넣어 놓고 나서 무슨 낯짝으로 여길 왔나?"

그러나 현덕은 묵묵히 말이 없었다.

장비는 너무나 부끄러워서 후닥닥 칼을 손에 잡더니 자기 목을 베어 버리려고 했다.

술잔을 들어 통쾌하게 마신 것이야 어떠하리요만, 칼을 뽑아 목을 베고 후회해도 때는 이미 늦었다.

15. 옥새의 기구한 운명

太 史 慈 酣 鬪 小 霸 王
孫 伯 符 大 戰 嚴 白 虎

　자기 목을 자기 칼로 베겠다는 장비의 팔목을 벌컥 움켜잡
은 유현덕은 그 칼을 재빨리 빼앗아서 땅바닥에 동댕이쳤다.
　"형제는 수족과 같고, 처자는 의복과 같다고 옛사람도 말했
는데 이게 무슨 짓인가! 의복은 찢어져도 꿰맬 수가 있지만
수족이란 한 번 잘라지면 도로 붙일 수 없는 걸세! 우리 세
사람은 도원에서 의형제를 맺고 같은 날 태어나지는 못했을망
정 같은 날 죽기를 맹세한 사이가 아닌가. 이제 비록 성을 빼
앗기고 처자를 잃어버렸다고 하지만 형제를 이만한 일로 죽일
수가 있단 말인가? 하물며 그 성이란 것도 처음부터 우리의
것이 아니었고, 처자가 붙잡혔다고는 하지만 여포가 결코 손
을 델 사람이 아니고 보면 다시 구출할 길이 없는 것도 아닌
데, 자네는 한때 실수를 범했다고 해서 목숨을 끊을 것까지야
없지 않은가?"
　유현덕이 이렇게 말하며 흐느껴 우니, 관운장·장비도 감격
의 눈물을 금치 못했다.
　원술은 여포가 서주를 습격했다는 사실을 알게 되자, 그 즉
시 사람을 여포에게 보내어 군량 5만 석, 말 5백 필, 금은 1

만 냥, 옷감 1천 필을 보내 줄 것이니 유현덕을 협공하자고
제의했다.

여포는 기뻐하며 고순에게 명령하여 병력 5만을 거느리고
유현덕의 배후를 습격하게 했다. 그러나 현덕은 이런 소식을
미리 알아채고 우이를 포기하고 동쪽에 있는 광릉(廣陵)을 점
령하려고 했다.

고순의 군사가 도착했을 때에는 이미 현덕이 떠난 뒤였는지
라, 고순은 기령(紀靈)을 만나 약속한 물건을 달라고 했다.

그러나 고순은 주인이 없어서 맘대로 못하겠다는 기령의 말
만 듣고 빈 손으로 돌아왔으며, 나중에 원술의 편지를 보니,
유현덕을 처치한 뒤라야 약속을 이행하겠다는 것이었다.

여포는 대로하여 당장에 원술을 죽여 버리겠다고 했으나,
진궁의 권고를 듣고 먼저 유현덕을 불러서 소패에 주둔시켜
자기 편을 만들어 놓은 다음에 원술을 쳐부수고 천하를 수중
에 넣는 것이 현명하다는 판단을 내리고, 사람을 시켜서 현덕
에게 편지를 전달했다.

현덕은 광릉을 점령하려다가 원술의 야습을 받고 군사의 태
반을 잃은 채 되돌아오는 도중에 여포의 부하를 만나 편지를
받자 여간 기뻐하지 않았다.

관운장·장비의 권고도 물리치고 유현덕이 서주에 도착했을
때, 여포는 유현덕의 환심을 사려고 우선 가족들을 돌려보내
주었으며, 감(甘)·미(糜) 두 부인에게서 그동안 여포가 매우
고맙게 대접해 주었다는 사실을 알게 되었다.

현덕이 여포를 찾아가서 사례를 했더니, 여포는 마음에도
없는 것을, 서주를 다시 현덕에게 내주겠다고 했다. 현덕은 끝

까지 이를 사퇴하고 소패로 돌아갔다.

관운장·장비가 화가 나서 참지 못하는 것을 보고 유현덕이 말했다.

"몸을 굽혀 분을 지키고(屈身守分), 하늘이 주시는 때를 기다릴 것이지(以待天時), 운명하고 싸워서는 안 된다."

한편에서는 원술이 수춘(壽春)에서 장수들을 모아 놓고 성대한 주연을 베풀었을 때 손책이 표연히 나타났다. 원술은 자기에게도 손책만한 아들이 있다면 언제 죽어도 한이 없겠다 하며, 손책을 극진히 사랑했다.

그날, 손책은 연석이 파한 다음에 자기 영채로 돌아와서 원술의 오만한 태도를 생각하니, 내심 우울하기 비길 데 없었다. 교교한 달빛 아래 넓은 뜰을 혼자서 거닐자니 일대의 영웅이었던 망부(亡父) 손견의 생각이 나서 자신도 모르게 통곡을 하고 말았다.

이때 홀연 나타난 인물이 단양군(丹陽郡) 고장(故漳) 사람 주치(朱治). 손책이 안타까운 심정을 호소하자 그는 원술에게 청을 들여 군사를 빌려 가지고 강동으로 나가서, 양주 자사 유요(劉繇)에게 몰리고 있는 손책의 외숙을 구출하는 것이 상책이라고 권고해 주는 것이었다.

이야기를 하던 중에 또 한 사람이 뚜벅뚜벅 나타났는데 바로 원술의 막료인 여남군(汝南郡) 세양(細陽) 사람 여범(呂範)이었다. 그는 힘센 장정 백 명을 내주어 손책을 도와주겠다는 것이었다. 손책은 여기에 용기를 얻어서 그 이튿날 원술을 다시 찾아가서, 자기 외숙의 처지 때문에 불가피하다는 사정을 말하고 망부 손견의 유물인 전국의 옥새를 맡길 테니 수천의 병력을 빌려 달라고 했다.

옥새 말을 듣자 원술은 그것을 손에 받아 들고 금방 얼굴빛이 변했다.

"정 사정이 그렇다면 잠시 맡아 두기로 함세. 병사 3천 명과 말 5백 필을 빌려 줄 텐데 자네 관직을 가지고는 벅찰 일이어서 말인데, 내가 상부에 절충하여 교위 진구장군(殄寇將軍)을 봉해 줄 테니 날을 택하여 떠나 보게."

이리하여 손책은 군사를 거느리고 역양현(歷陽縣)에 도착하니, 도중에서 그를 따르게 된 사람으로 여강군(盧江郡) 서성(舒城) 사람 주유(周瑜)가 있었다. 또 주유의 천거로 팽성(彭城)의 장소, 광릉(廣陵)의 장굉, 막료로는 정보·황개·한당 등 쟁쟁한 여러 맹장들을 거느리게 되었다.

손책의 외숙 오경(吳景)을 핍박하고 있다는 유요는 양주 자사로서 수춘에 주둔해 있다가 원술에게 쫓겨 강동을 건너서 곡양(曲陽)으로 온 사람이다

손책이 쳐들어온다고 해서 부하들과 협의했을 때, 제일 먼저 나선 사람이 장영(張英)이었고, 그 다음으로 자기가 선봉에 나서겠다고 호통을 치고 내달은 사람은 바로 동래군(東萊郡) 황현(黃縣) 사람 태사자(太史慈)였다.

그러나 유요가,

"그대는 아직 나이가 너무 어려 대장감이 되기는 어려워!"
하는 바람에, 태사자는 투덜투덜 불평을 말하면서 뒤로 물러서고 말았다.

싸움은 시작되었다.

이편에서 손책이 말을 달려 나서니 저편에서는 장영이, 또 이편에서는 황개. 얼마 싸우지도 못했을 때, 장영의 진지에 불을 지른 두 사람이 있었으니, 그들은 본래가 강도의 두목 노릇을 하다가, 강동의 영걸(英傑) 손책이 현사(賢士)를 포섭한다는 소문을 듣고 부하 3백여 명을 거느리고 달려든 장흠(將欽)·주태(周泰)였다. 손책은 크게 기뻐하여 그들을 수하에 넣고 군사를 신정(神亭)으로 몰았다.

장영이 패하고 돌아가니 유요는 대로하여 목을 베라고 호령을 했다. 모사인 책융(笮融)·설례(薛禮)가 간신히 말려서 영릉성(零陵城)으로 보내 적군을 막고 있으라고 했다.

유요는 친히 군사를 거느리고 신정령 남쪽 기슭에, 그리고 손책은 북쪽 기슭에 진을 쳤다. 어느 날, 손책은 막료들이 말리는 말도 듣지 않고 묘(廟)를 구경하겠다고 높직한 언덕 위에 올라 남쪽 마을과 숲을 바라다보고 있었다.

이런 정보가 유요의 편에 날아들자 흥분을 참지 못하고 뛰어 내달은 사람이 바로 나이 어리다는 태사자였다. 그는 유요의 명령도 기다리지 않고 갑옷 투구로 몸차림을 든든히 한 다음 진두로 달려나가 손책에게 덤벼들었다. 30여 합을 싸워도 승부가 나지 않았다.

두 장수는 육탄전을 시작하여 서로 꽉 부둥켜 안은 채 말 위에서 땅으로 뒹굴었다. 말은 어디론지 뺑소니를 쳐버리고, 두 장수는 칼도 창도 집어던지고 서로 먹살을 움켜 잡고 주먹다짐을 하니 전포(戰袍)가 갈가리 찢어지는 꼴이 실로 가관이었다. 다행히 날이 저물고 사나운 바람이 일게 되어서 쌍방이 다같이 군사를 수습해 가지고 후퇴했다.

그 이튿날도 태사자와 손책 양군의 싸움은 끊임없이 계속되었다. 이날은 정보가 손책 편의 진두에 먼저 나서자 태사자가 호령을 했다.

"네깐 놈은 상대가 안 된다. 손책을 내보내라!"

바로 이때였다. 유요가 별안간 징을 쳐서 싸움을 중지하라는 신호를 보냈다. 태사자가 못마땅해서 투덜투덜하면서 영채로 돌아와서 그 까닭을 물었다. 이에 주유(周瑜)가 군사를 거느리고 곡아(曲阿)를 습격하고, 여강군 송자현(松滋縣)의 진무(陳武)가 내응하여 주유를 맞아 들였다는 정보를 입수했다는 것이었다.

"우물쭈물할 때가 아니다. 경각을 지체치 말고 말릉(秣陵)으로 가서 설례·책융의 군사와 합류해서 탈환하러 나서야만 되겠다!"

유요의 군사들이 사면팔방으로 흐트러진 뒤에도 태사자는 단기로써 버티어 봤지만 도저히 감당할 도리가 없어 10여 기를 거느리고 밤중에 경현(涇縣)으로 피해 버렸다.

손책은 진무라는 장수를 또 수하에 넣게 됐는데, 신장이 7척, 얼굴이 누런데다가 눈은 붉고 용모가 괴상한 사나이였다. 손책은 그를 굉장히 존경하고 교위 자리를 주어 설례와 대적하게 했다.

진무는 10여 기를 거느리고 적진에 돌입, 적수(敵首)를 50여 개나 베어 버렸다. 이에 설례는 문을 단단히 잠그고 나와 싸우려 들지 않았다. 손책이 일거에 적진을 쳐부술 생각을 하고 있을 때, 뜻밖에도 유요가 책융과 합류해서 우저(牛渚)를 점령하려 한다는 정보가 들어왔다.

손책은 격분하여 친히 대군을 거느리고 우저로 쳐들어갔다. 유요·책융, 둘이 말을 달려나와 대결하려 하니 손책이 호령을 했다.

"내가 왔는데 어째서 빨리 항복하지 않느냐?"

이때, 유요의 등덜미로부터 어떤 우락부락하게 생긴 장수 한 사람이 창을 휘두르며 뛰쳐나왔다. 이는 바로 부장 우미(于糜)였다. 그러나 손책은 3합도 싸우지 않고 우미를 산채로 잡아 가지고 말머리를 돌려서 진지로 돌아왔다.

유주의 부장 번능(樊能)은 우미가 잡혀가는 것을 보자, 창을 단단히 움켜잡고 뒤를 바싹 쫓았다. 그 창끝이 손책의 등덜미를 찌를 듯 찌를 듯하는 아슬아슬한 찰나에, 손책의 진중에서부터 어떤 병사가 소리를 질렀다.

"뒤에서 노리고 있습니다! 위험합니다!"

획 머리를 돌이킨 손책.

코끝까지 다가드는 번능의 말을 보고, 백 개의 벼락이 한꺼번에 내리치는 것 같은 무서운 음성으로 호통을 한 번 치니, 번능은 '아아앗!' 하는 처참한 비명을 지르고는 그대로 말 위에서 떨어져 두개골이 깨져서 죽어 버렸다.

손책이 문기(門旗) 아래까지 와서 잡아 가지고 온 우미를 땅바닥에 내동댕이쳐 놓고 보니 이자도 억센 힘에 못 이겨서 숨이 막혀 죽어 버리고 말았다. 순식간에 한 장수를 손으로 움켜잡아서 죽여 버렸고, 또 한 장수는 호통을 쳐서 죽여버리니, 이때부터 사람들은 손책을 '소패왕(小覇王)'이라 불렀다.

그날 유요의 군사는 형편없이 패하여 인마의 태반이 손책에게 항복했고, 전사자만도 만여 명이 되었다. 유요와 책융은 예장(豫章)에 있는 유표(劉表)를 의탁하고 떠나갔다.

손책은 군사를 뒤로 물려 또 다시 말릉(秣陵)을 공격하고 진지에 있는 하변(河邊)까지 말을 몰아 설례에게 항복하라고 권유했다. 이때 성 안에서 날아든 화살 한 개가 손책의 왼쪽 발에 꽂혀서 손책은 말에서 떨어졌다. 여러 장수들은 급히 손책을 부축해 일으켜 영채로 들어가서 화살을 뽑고 금창약(金瘡藥)을 발랐다.

손책은 자기편 사람들을 시켜서 대장이 화살을 맞아 죽어 넘어졌다는 소문을 퍼뜨리게 하고 진중에서는 슬퍼하는 통곡 소리를 내도록 해놓고 나서 일제히 퇴각했다. 설례는 손책이 죽었다는 소리를 듣자 그날밤에 성 안의 군사들을 동원해서 명장 장영·진횡(陳橫)과 함께 성문에서부터 일제히 추격해 들어왔다.

이때 복병이 사방에서 아우성을 치며 덤벼들고 손책이 말을 달려 선두에 나서며 고함을 질렀다.

"손책이 예 있다! 꼼짝 말아라!"

추격해 오던 군사들은 '아앗!' 하는 비명소리와 함께 모조리 땅에 꿇어 엎드렸고, 손책은 한 놈도 남기지 말고 죽었다.호통을 쳤다.

장영은 말머리를 돌려서 도망쳤지만, 진무의 창에 찔려 죽었고, 진횡도 장흠의 화살을 맞고 쓰러졌으며 설례는 분란통에 목숨을 빼앗겼다. 손책은 말릉에 입성하여 주민을 안정시키고, 군사를 경현으로 몰아서 태사자를 잡으려고 했다.

태사자는 나이 어린 몸으로 당돌하게도 유요의 원수를 갚겠다고 젊은 장정 2천여 명을 규합해 가지고 나섰지만, 결국 손책에게 산채로 잡혀서 영채로 끌려왔다. 그러나 손책의 관대한 태도와 후한 대접에 감격하여 드디어 태사자는 손책에게 항복하고 말았다.

이때부터 강동 백성들은 손책을 손랑(孫郎)이라고 부르게 됐다. 손책은 가족을 불러서 곡아로 돌려보내고, 아우 손권(孫權)과 주태에게 의성(宜城)의 수비를 명령하고, 친히 군사를 거느려 남쪽에 있는 오군으로 진출했다.

이때, 엄백호(嚴白虎)라는 사나이가 자칭 동오(東吳)의 덕왕(德王)이라 하며 오군을 근거지로 하고 부장을 내세워서 오정(烏程)·가흥(嘉興)을 지키게 하고 있었다.

손책은 즉시 출마하여 엄백호를 쳐부수려다가 장굉의 권고를 받아들여 대신 한당을 출마시켰다. 한당이 다리 위에 나서서 채 싸우기도 전에, 벌써 장흠·진무가 나룻배를 저어서 다리 밑에 이르러 공격을 가하는 바람에 엄백호는 견디지 못하고 패주했다.

손책은 적군이 성 안으로 도주하자 수륙 양면에서 사흘 동안이나 오성(吳城)을 포위했지만, 아무도 싸우러 나오지 않았다. 손책이 군사를 거느리고 창문성(閶門城)까지 습격해 들어갔을 때, 성 위에서 적군의 부장 하나가 아래를 내려다보고 왼손으로 손책을 가리키며 욕설을 퍼부었다.

이것을 본 태사자, 당장에 화살 한 자루로 그 부장의 왼손을 맞혀서 옴쭉도 못하게 하니, 엄백호도 혀를 내두르며 그 이튿날 엄흥(嚴興)을 손책의 진지로 보내서 화해를 구하게 됐다.

영채에서 손책이 엄흥에게 술을 한잔 냈을 때, 그는 오만불손하게도 자기편이 원하는 것은 손책과 강동 땅을 절반씩 나

누는 것이라고 하니, 손책은 어느 틈에 뽑았는지도 모르게 재
빨리 칼을 손에 잡고 엄흥을 찔러 죽여서 그 머리를 성 안으
로 돌려보냈다.

엄백호는 여항현(餘杭縣)으로 도주하면서 약탈을 일삼다가
능조(凌操)라는 토착민이 백성들을 거느리고 항거하는 바람에
회계(會稽)를 향하여 몸을 피했다. 능조 부자가 손책을 맞아
들이니 손책은 그에게 종정교위(從征校尉)의 직책을 주어서
함께 전당강(錢塘江)을 건너섰다.

이때, 회계의 태수 왕랑(王朗)이란 자가 엄백호와 합류해
가지고 산음현(山陰縣) 벌판에 진을 쳤다. 손책은 말을 멈추
고 왕랑에게 호통을 쳤다.

"내, 인의(仁義)의 군사를 일으켜서 절강 땅을 안정시키려
하는데, 네놈은 어찌하여 적군을 돕는 거냐?"

왕랑도 매도하며 덤벼들었다.

"네놈이야말로 지나친 욕심쟁이다! 오군(吳郡)을 손에 넣고
도, 또 우리 경계선을 침범함은 무슨 까닭이냐? 오늘은 엄씨
의 원수를 갚고야 말 테다!"

이리하여 싸움은 또 벌어졌다.

이쪽에서 태사자가 뛰쳐나가면, 저쪽에서는 왕랑이 말을 달
려나오고, 또 이쪽에서 황개가 내달으면, 저쪽에서는 부장 주
흔(周昕)이 덤벼들고, 또 손책의 편에서는 주유·정보까지 측
면에서 공격을 가하니, 왕랑은 드디어 손책의 군사를 당해 낼
도리가 없어 회계성으로 몰려들어가서 다시 나와 싸우려 들지
않았다.

손책은 며칠 동안 계속해서 공격을 가했으나 성공할 기미가

보이지 않자 여러 장수들과 타개책을 협의했다.

이때 손정(孫靜)이 말했다.

"왕랑이 이렇게 견고한 성을 사수하고 있는 이상, 조급히 함락시키기는 어려울 걸세. 회계의 군자금이나 군량은 대부분 사독(渣瀆)에 두었는데, 여기서 불과 수십 리 길이니, 우선 그 곳을 점령하는 것이 좋을 성싶군."

손책은 크게 기뻐했다.

"숙부님! 그거 정말 묘계입니다. 이제는 적군을 완전히 쳐 부술 수 있습니다!"

그 즉시 사방 문의 파수병들에게 횃불을 밝히게 하고 깃발을 꽂아 놓아서 군사가 주둔해 있는 것처럼 가장하라 명령해 놓고, 그날밤 중으로 포위진을 풀어서 남쪽으로 향하기로 했다.

"공께서 대군을 일거에 이동하신다면 왕랑이 쳐들어올 것은 뻔한 노릇이니 기병의 작전법으로 쳐부수시는 게 좋을 듯합니다."

주유가 이렇게 말했더니 손책은,

"다 좋도록 수배했소. 성은 오늘밤 안으로 우리 수중에 들어올 것이오!"

하면서, 군사들의 출발을 명령했다.

한편, 왕랑은 손책의 군사가 물러났다는 소식을 듣자, 친히 병사들을 거느리고 성 위에 올라서 내려다보았다. 성 아래에서는 여전히 횃불이 타오르고 수많은 깃발들이 휘날리고 있는지라 이상하게 생각하고 있을 때, 주흔이 말하기를,

"손책은 도망친 게 분명합니다. 그래서 일부러 저런 수법을 쓰고 있는 겁니다. 추격해 들어가는 게 마땅합니다."

엄백호가 말하기를,

"손책이 군사를 이동하는 것은 사독에 눈독을 들인 게 아닐까? 나도 부하를 내놓아 주장군과 함께 추격하게 하리다."

왕랑의 말이,

"사독은 우리 편의 군량을 쌓아 둔 곳이니 무슨 일이 있더라도 추격해야 되오. 공이 먼저 군사를 거느리고 쫓아가 주시오. 우리들도 뒤를 따라 나서리다."

엄백호와 주흔은 병력 5천을 거느리고 성 밖으로 추격했다.

밤이 1경쯤 됐을 때, 성 밖 20리쯤 되는 지점에서 별안간 밀림 속에서부터 요란한 북소리가 울리며 횃불이 훤하게 타올랐다.

엄백호가 깜짝 놀라 말머리를 돌려서 도망치려고 하는 순간에,

"이놈! 꼼짝 말고 게 있거라!"

하며 찌렁찌렁 울리는 호통소리와 함께 엄백호의 앞에 우뚝 서는 대장 한 사람.

그는 바로 손책이었다.

"아니꼬운 놈! 뭣이라고 주둥이를 놀리느냐?"

이편에서도 주흔이 대꾸를 하면서 칼을 휘두르고 덤벼들었다.

"하하하! 핫! 핫!"

통쾌한 웃음소리와 함께 손책의 창이 번쩍하고 시퍼런 광채를 발사했다.

"으흐흐흐읏!"

처참한 비명소리를 울리며 주흔이 말에서 떨어져 땅 위에 나뒹굴게 되니, 다른 놈들은 땅 위에 꿇어 엎드려 손책에게 항복하는 도리밖에 없었다.

왕랑은 선두로 나선 주흔이 이 꼴이 되는 것을 목격하고는

또다시 성으로 되돌아갈 형편도 못 된다고 판단하자, 재빨리 부하를 거느리고 바닷가로 뺑소니를 쳤으며, 엄백호는 간신히 쥐구멍을 찾아서 여항(餘杭)으로 몸을 피했다.

손책은 다시 대군을 불러들이고 나머지 군사들을 수습하여 성을 점령하고 백성들을 안정시켰다.

그 이튿날, 어떤 사람 하나가 엄백호의 목을 베어 가지고 와서 손책에게 바쳤다. 손책이 그 사람을 만나 보니, 그는 신장이 8척, 네모 반듯한 얼굴에 입이 큼직했다. 성명을 물으니 회계군 여요(餘姚) 사람인 동습(董襲)이었다. 손책은 기뻐하며 그를 별부사마(別部司馬)에 임명했다.

이때부터 동방의 각지는 평온해졌는지라, 손책은 숙부 손정에게 이 성을 지키도록 하고 주치(朱治)를 오군(吳郡) 태수로 두고, 군사를 거두어서 강동으로 돌아갔다.

손권이 주태와 함께 의성(宜城)을 지키고 있었는데, 별안간 산적들이 분란을 일으키고 사방에서 쳐들어왔다.

깊은 밤중의 일이라, 싸움에 응할 만한 준비도 겨를도 없었다. 주태가 손권을 부둥켜 안아 말 위로 올려 앉히려는데, 수십 명의 산적들이 덤벼들었다. 주태는 몸에 갑옷도 입지 못하고 도보로 걸어가면서 한 손에 잡은 칼로 10여 명을 베어 버렸다.

이때, 산적 하나가 말 위에서 창을 휘두르며 덤벼들었는데, 주태는 비호같이 그의 창을 자루째 움켜잡고 말 위에서 질질 끌어내렸다. 그러고는 날쌔게 창과 말을 빼앗아 가지고 살 길을 찾아 도망쳐서 간신히 손권을 구출했으며, 산적들도 그 놀라운 솜씨에 겁을 집어먹고 도주해 버렸다.

주태는 몸을 열두 군데나 창으로 찔려서 그 상처가 부풀어 올라 생명이 위독하게 되었다.

손책은 이 소식을 듣고 대경실색했다. 이때 막료인 동습이 이런 말을 했다.

"소생이 과거에 해적과 싸움을 했을 적에 몸에 여러 군데 창을 맞았습니다. 그런데 회계군리(會稽郡吏) 우번(虞翻)이란 사람이 의사 한 사람을 천거해 주어서 반 달 만에 완치된 일이 있습니다."

"우번이란 우중상(虞仲翔) 말인가?"

"그렇습니다."

"그 위인이 출중하다는 것을 잘 알고 있었는데 꼭 한 번 수고해 줬으면 좋겠소."

손책은 이렇게 말하고 장소에게 명령하여 동습과 함께 우번을 초청하러 보냈다.

우번이 나타나자 손책은 예의를 갖추어 그를 영접했고 공조(功曹)에 임명했다. 또 의사를 구하고 있다는 뜻을 표시했더니 우번은 서슴지 않고 패국(沛國) 초군(譙郡) 사람 화타(華陀)를 청해 왔는데, 그는 당대의 신의(神醫)라고 했다.

화타는 동안에 학같이 흰 머리로 표연히 나타나는 모습이 다른 세상 사람 같은 위엄 있는 풍채였다. 이 화타라는 신의의 약으로 주태의 상처는 한 달도 못 되어서 완치되자, 손책은 기뻐하며 군사를 몰아 산적의 무리들을 뿌리 뽑고 강남 땅을 진압했다.

손책은 장병을 배치하여 요로를 수비하게 하고, 조정에 상주문을 올려 보고를 끝내는 한편 조조와도 우의를 통하고, 원술에게 편지를 보내서 맡겨 둔 옥새를 돌려보내 달라고 했다.

원술은 남몰래 제위에 오르고 싶은 야심을 품고 있어서 다른 핑계를 대고 이를 거절했으며, 시급히 장사(長史) 양대장(楊大將)·도독(都督) 장훈(張勳)·기령(紀靈) 교수(橋蕤)·상장(上將) 뇌부(雷薄)·진란(陳蘭) 등 30여 명을 모아 놓고 상의했다.

"손책은 나의 군사를 빌려, 오늘날 강동의 땅을 모조리 수중에 넣었다 하는데, 그 은혜를 저버리고 옥새를 돌려보내라 하오. 실로 괘씸한 놈! 어찌했으면 좋겠소?"

이때 장사 양대장은, 먼저 까닭없이 공격해 왔던 유현덕을 토벌하고 나서 손책을 공격해도 늦지 않다고 주장하며, 자기에게 좋은 계교가 있으니 오늘이라도 그를 잡을 수 있다고 했다.

16. 여자 뒤에 오는 것

呂奉先射戟轅門
曹孟德敗師淯水

유현덕을 문제 없이 쳐부수겠다는 양장군의 계책이란 것은 첫째, 유현덕의 군사는 소패에 있으니까, 이것을 격파하기는 문제 없지만, 제일 걱정스러운 것은 여포가 서주에 있다는 것.

둘째, 여포에게는 먼저 금백과 군량과 말을 준다 해놓고, 지금까지 실행해 주지 않았으니, 자칫하면 유현덕에게 가담할지도 모른다는 것.

이런 관계를 고려하여 우선 사람을 파견해서 여포에게 군량을 보내 주며 구슬러서 군사를 움직이지 못하게 한다면, 유현덕은 쉽사리 이편 수중으로 들어올 것이니, 유현덕을 눌러 놓고 나서 다시 여포를 공격하면 서주를 장악하기는 힘들지 않다는 의견이었다.

원술은 이 계책을 쾌히 받아들여, 그 즉시 좁쌀 20만 석을 준비하고 한윤(韓胤)에게 밀서를 주어서 여포에게 보냈더니 여포는 크게 기뻐하며 한윤을 후히 대접했다. 한윤이 돌아와서 그 사실을 원술에게 보고하자 원술은 기령(紀靈)을 대장으로, 뇌부(雷簿)·진란(陳蘭)을 부장으로 삼고 수만의 병력을 주어서 소패를 공격케 했다.

이 소식을 알게 된 유현덕은 손건(孫乾)의 의견을 받아들여 당장에 여포에게 서신을 보내서 후원을 청했다.

여포는 진궁과 상의한 결과 군사를 정비해 유현덕을 도와 주러 떠나기로 작정했다. 그는 원술이 이제와서 군량을 보내고 편지를 보낸 것은 유현덕에게 가담치 못하게 하려는 계획임을 알아차렸고, 소패에 있는 유현덕보다는 유현덕을 누른 다음에 자기에게 미칠 원술의 압력이 더 크리라는 판단을 내렸기 때문이다.

원술이 파견한 기령의 군사는 패현(沛縣) 동남쪽에 진을 치고, 낮에는 수많은 깃발을 휘날리고 밤이 되면 횃불을 밝히고 북을 울리며 그 기세가 자못 가관이었다. 유현덕은 그때 성 안에 겨우 6천의 병력을 거느리고 있는데 불과했지만, 어쩔 수 없이 성 밖으로 나와서 진을 쳤다.

이때 여포가 군사를 거느리고 서남쪽 10리 지점까지 현덕을 도우려고 나타났다는 소식이 들리자, 기령은 급히 여포에게 사람을 파견해서 그 배신 행위를 추궁했다.

그러나 여포는 껄껄대고 웃기만 했다.

"나도 생각이 있어. 현덕도 원술도 다같이 나를 원망하지 않도록 일을 무사히 수습할 테니까."

이렇게 혼자 말을 하고 그 즉시 유현덕과 기령을 똑같은 시각에 자기의 영채로 초청했다. 현덕의 편에서는 물론 관운장과 장비도 따라갔다.

진을 쳐놓고 싸움을 시작하려는 원수와 원수가 한 자리에서 만나게 되니 피차간에 대경실색하는 수밖에 없었다.

"내 체면을 생각하시고 두 분은 당장 싸움을 중지해 주시오!"

이렇게 말하는 여포의 권고에, 유현덕은 대답도 없이 묵묵히 있었지만 기령은,

"주군의 명령을 받들고 10만 대군을 거느려 유현덕을 잡으러 왔는데 군사를 뒤로 물리다니 그게 어디 될 말이오?"
하며 완강한 태도를 굽히려 들지 않았고, 한편에서는 장비가 펄펄 뛰었다.

"우리들은 비록 수효가 적다지만, 네 따위 놈들쯤 발사이에 긴 때만큼도 안 여긴다! 네깟 놈이 황건적 백만 명을 쳐부술 수 있겠느냐 말이다! 우리 형님한테 손만 댄다면 네놈을 가만 두지는 않을 테니까!"

여포의 얼굴이 심각해졌다. 얼굴에 노기를 띠고 측근자에게 명령하여 화극을 가져오게 하더니 멀찍이 떨어져 있는 영채 문 밖에 꽂아 놓으라고 했다. 그리고 위엄 있는 음성으로 말했다.

"원문(轅門)은 여기서 백50보쯤 되는 거리에 있소. 내가 만일 화살 한 자루로 저 화극을 쏘아 맞힌다면 공들은 싸움을 중지하기로 하고, 만약에 화살이 빗나가서 맞히지 못한다면, 각기 진지로 돌아가서 대결하셔도 좋소. 이것은 내 개인의 의사가 아니고 하늘의 뜻을 따르자는 것이니, 이래도 두 분 중에 누구든지 응하지 않는다면, 나도 군사를 풀어서 그대들을 공격할 뿐이오!"

이 말을 듣자 기령은 백50보나 떨어진 곳에서 제아무리 활을 잘 쏜다 해도 화극을 맞힐 수 없을 것이니, 그때 들이치면 될 것이라 안심하고 있었으며, 유현덕은 제발 맞혀줬으면 하는 생각으로 내심 기도를 올리고 있었다.

쉬익!

여포의 활은 마치 가을 하늘에 떠 있는 둥근 달처럼 벌어지더니, 화살은 별이 흘러서 땅에 떨어지듯이 화극의 한편 가지에 보기 좋게 명중했다.

"와아!"

영채 안팎에서 모든 사람들이 두 눈이 휘둥그래지며 환호성을 터뜨렸다.

여포는 통쾌하게 웃으면서 활을 땅 위에 훌쩍 던지더니 유현덕과 기령의 손을 덥석 잡았다.

"이것은 두 분께서 싸움을 그만두시라는 하느님의 계시요!"

현덕은 내심 고마움을 금치 못했지만, 기령은 한참 동안이나 묵묵히 있더니 입을 열었다.

"장군의 말씀은 잘 알겠소이다만 나는 돌아가서 주군께 뭐라고 한단 말이오!"

"내가 편지를 써 올리리다."

기령이 편지를 가지고 돌아간 다음에 여포가 유현덕을 보고 말했다.

"내가 아니었더라면 위험할 뻔했소!"

유현덕은 깊이 사례하고 관운장·장비와 함께 소패로 돌아갔으며, 다음날 3군은 다같이 군사를 거둬들였다.

기령이 회남으로 돌아가서 이런 사실을 보고했더니 원술은 격분해서 펄펄 뛰고 야단을 쳤다. 자기에게서 군량을 많이 받고 나서 이따위 눈가리고 아옹하는 짓을 하는 여포가 괘씸해서 견딜 수 없다는 것이었다.

이 자리에서 기령이 한 가지 계책을 생각해 냈다. 그것은 덮어 놓고 서주를 들이쳐서 여포와 유현덕을 도리어 손을 잡게 하는 것이 능사가 아니고 여포의 부인 엄씨(嚴氏)에게 묘령의 따님이 한 분 있으니 원술의 아들과 혼사를 성립시켜 놓으면 반드시 여포가 유현덕을 가만두지는 않을 것이라는 기발한 제안이었다.

그날로 한윤이 선물을 가지고 서주로 향했다. 여포의 둘째 부인인 조표(曹豹)의 딸은 일점 혈육도 낳아 보지 못하고 세상을 떠났으며, 첩으로 맞이한 초선의 몸에서도 소생이 없었고, 이 묘령의 딸이란 첫째 부인 엄씨의 무남독녀로서 여포가 애지중지하는 딸이었다.

엄씨는 여포가 딸의 문제를 상의하자, 원술이 장차 천자의 위치에 오를지도 모르는 사람이요, 그것이 설사 불가능하다손 치더라도 적어도 서주만은 편안하게 지킬 수 있으리라는 점에서 혼사를 쾌히 승낙했고, 한편 진궁이 한윤과 둘이서 짜 가지고 여포에게 권고하여 그 이튿날로 딸을 떠나 보내기로 작정했다.

하룻밤 사이에 만반의 준비를 갖추고 혼사도구도 마련해서, 송헌(宋憲) · 위속(魏續)을 파견하여 한윤과 함께 떠나 보내고 여포 자신이 성 밖까지 전송해 주었다. 꽃마차도 찬란했거니와 울리는 풍악소리 또한 천지가 떠나갈 것만 같았다.

이때 진등의 노부 진규(陳珪)가 집에서 휴양하고 있던 중에, 울려 오는 풍악소리를 듣고 그 사연을 동네 사람들로부터 들어 알게 되자 벌떡 자리에서 뛰어 일어났다.

"허어, 이건 유현덕 장군에게 위험천만한 일인걸!"

그는 혼자 이렇게 중얼거리며 여포에게로 달려가서 미묘한 관계를 사실대로 설명하고 혼사를 중지시키도록 권고했다.

"먼저 원술은 공께 금백을 보내어 유현덕을 없애 버리려는 계교를 썼습니다. 공께서 화극을 쏘아서 화해를 시키셨더니 이제 와서 어둔 밤중의 홍두깨격으로 혼담을 꺼낸다는 것은 댁의 따님을 인질로 삼고 유현덕을 공격해서 소패를 자기 수중에 넣자는 야심 때문입니다. 소패가 망하면 서주도 위태로워집니다. 또 원술은 제위를 노리고 있는 인물이니, 이는 분명히 모반입니다. 이렇게 될 때에는 공께서는 역적의 친척이 되셔서 몸 두실 곳도 없게 되시지 않는다고 누가 장담하겠습니까?"

여포는 무릎을 탁 치고, 하늘을 우러러보며 자기의 경솔한 처사를 뉘우쳤다.

"진궁의 말만 듣다가 큰일날 뻔했구나!"

그 즉시 장요에게 명령하여 군사를 거느리고 꽃마차의 뒤를 쫓게 하여 딸을 되찾고 한윤까지 데리고 오도록 했다. 한윤은 감금을 해두고 원술에게는 사람을 보내서 혼인 준비가 되는 대로 떠나 보내겠다고 적당히 대답해 두었다.

이러고 있을 무렵에 이상한 정보가 날아들었다. 그것은 유현덕이 소패에서 병정을 모집하고 있는데 무슨 의도인지 알 수 없다는 것과, 산동 지방으로 말을 구하러 나섰던 여포 편의 송헌·위속이 말 3백 필을 구해 가지고 패현 경계선까지 왔을 때, 산적을 만나 말을 절반이나 빼앗겼다는데 알고 보니 그것은 유현덕의 아우 장비가 산적이라 사칭하고 행한 짓이라는 것이었다.

여포가 대로하여 군사를 거느리고 소패로 달려가 장비를 붙잡고 도전하니, 장비는 태연자약하게 말하는 것이었다.

"내가 그대의 말 몇 필을 빼앗았다고 그다지 화낼 거야 없잖아? 그대도 우리 형님의 서주를 먹어 버리지 않았어?"

여포는 두 말이 없이 선뜻 화극을 휘두르며 장비에게 덤벼들었고, 장비 역시 창을 움켜잡고 무시무시한 육박전을 전개하기 백여 합, 도무지 승부가 나지 않았다. 유현덕이 사람을 여포의 진지로 보내서 말을 돌려줄 테니 군사를 물려 달라고 했다. 그랬더니 여포는 승낙했으나 진궁이 반대하며 차제에 유현덕을 처치해 버리지 않으면 두고두고 화근이 되리라는 것이었다.

또 한편에서 유현덕도 미축·손건과 상의한 결과, 조조가 여포를 몹시 미워하고 있으니 이번에 성을 버리고 허도로 피해 가지고 일단 조조에게 의탁한 후 군사를 빌려서 여포를 쳐부수자는 데 의견이 일치했다.

이리하여, 유현덕은 장비를 선두에 세우고 관운장을 후군에, 자기는 가운데 가족들을 지키면서 그날밤 3경을 기하여 밝은 달빛 아래 북문에서부터 진격을 개시했다. 제일 먼저 여포 편의 송헌·위속과 충돌했으나 장비가 힘 안 들이고 물리쳤으며 뒤를 쫓는 장요는 관운장이 막아내면서 포위진을 돌파했다.

여포는 유현덕이 몸을 피하는 것을 알고도 더 추격하려 들지 않고 그대로 성 안으로 돌아와서 백성들을 안정시키고, 고순에게 명령하여 소패의 수비를 견고히 해놓고 서주로 돌아오도록 했다.

허도로 몸을 피한 유현덕은 우선 성 밖에 군사를 주둔시켜 놓고 손건을 조조에게 보내어 여포에게 쫓겨왔다는 소식을 전달시켰다.

조조 편에서는 의견이 구구했다. 유현덕을 받아들이느냐. 물리치느냐. 순욱과 정욱은 차제에 없애 버리자고 하였고, 곽가는 의리를 지킬 줄 아는 유현덕 같은 영웅적 인물을 해친다는 것은 천부당 만부당한 소리라고 그들의 의견에 반대했다. 조조도 호걸다운 태도를 보였다.

"이제야말로 영웅을 등용해야 할 때다. 이런 인물을 죽여서 천하의 인심을 잃어버릴 수는 없다!"

하면서, 이튿날 상주문을 올려 유현덕을 예주목(豫州牧)으로 천거하고, 병졸 3천, 군량 1만 석을 주어서 그곳으로 부임케 하고, 소패로 군사를 파견하여 흩어진 부하들을 수습해 가지고 서서히 여포를 토벌하자고 약속했다. 예주에 도착한 유현덕은 곧 출전할 시일까지 미리 통지했다.

이때 또 시끄러운 정보가 조조에게 날아들었다. 그것은 장제가 관중(關中)으로부터 군사를 거느리고 남양으로 쳐들어왔는데, 그 자신은 화살을 맞고 쓰러졌지만, 그의 조카인 장수(張繡)가 군사를 통솔하고 가후가 막료가 되어서 유표와 결탁하고 완성에 주둔하면서 천자를 탈취하려고 중앙으로 쳐들어오리라는 것이었다.

조조는 대로하여 당장에 토벌군을 일으키려고 했으나, 이 틈을 타서 여포가 허도를 습격할까 겁내고 망설이는 데 순욱이 의견을 제출했다. 그것은 우선 서주로 사람을 보내서 여포의 관직을 올려주고 유현덕과 화해를 시켜 놓으면 거기 만족해서 앞일을 더 생각지 않으리라는 것이었다.

조조는 마침내 봉군도위(奉軍都尉) 왕측(王則)을 사신으로, 임관의 칙명과 화해의 권고장을 주어서 서주에 있는 여포에게 보내 놓고, 한편 15만 대군을 동원하여 친히 장수를 토벌하러 나섰다.

하후돈이 선봉으로 나서서 육수(淯水)에 진을 쳤다. 그러나 저편에서는 조조는 대적하기 힘들다는 판단을 내리고 가후가 권고해서 장수는 그 즉시 항복하고 말았다. 조조는 가후와 장수까지 수하에 거느리고 일부 병력을 동원해서 완성에 입성하여 며칠 머무르게 됐고, 장수는 연일 주석을 베풀고 조조를 대접했다.

어느 날 밤, 조조가 술이 취해서 잠자리로 돌아오더니 넌지시 측근자에게 물었다.

"이 성 안에 기녀는 없느냐?"

조조의 형의 아들인 조안민(曹安民)이 그 뜻을 재빨리 알아차리고 가만히 귓전에다 속삭였다.

"제가 어젯밤에 객사 근처에서 여자 하나를 봤는데, 제법 미인이길래 누군가 물어 봤더니 바로 장수의 숙부인 장제의 아내라더군요."

조조가 당장에 조안민에게 명령하여 무장을 갖춘 병사 50명을 보내서 그 여자를 데려다 놓고 보니 과연 뛰어난 미모였다. 성을 물으니 추씨(鄒氏).

"나는 그대를 생각했기 때문에 장수의 항복도 두말 없이 받아들인 거요. 그렇지 않았다면 그대들 일족은 지금쯤 하나도 남아 있지 못했을 거요."

조조의 협박적인 언사에 추씨부인은 그저 감지덕지해서 조조와 하룻밤 자리를 같이하는 도리밖에 없었다.

조조는 이날부터 연일 추씨부인과 재미를 보기에 골몰해서 중앙으로 돌아갈 생각도 잊은 채 세월이 가는 줄도 모르고 있었다.

이런 소문이 장수의 귀에 안 들어갈 리 없었다.

"이런 죽일 놈! 조조란 놈! 사람을 멸시해도 분수가 있지!"

격분한 장수는 가후와 결탁하고 부장 호거아(胡車兒)와 계교를 짜서 깊은 밤중에 조조의 진지에다 불을 질러 버리고 말았다. 그날밤에도 조조는 추씨부인을 옆에 앉히고 술을 마셔 가며 그 미모에 도취하여 시간이 가는 줄도 모르고 있었다.

난데없이 일어나는 아우성 소리와 함께 군량을 싣고 있는 차에서 불이 났다는 보고에 조조는 그제서야 부둥켜 안고 있던 추씨부인을 밀쳐 버리고 고함을 질러 전위(田葦)를 불렀다. 전위도 술이 취해서 정신을 못 차리고 있었다. 꿈인지 생시인지 분간하기 어려운 가운데서 북소리, 아우성 소리를 듣고 벌떡 뛰어 일어난 전위는 대뜸 그의 유일한 무기인 철극을 더듬어 찾아봤으나 철극이 온데간데 없었다. 이는 미리부터 전위에게 술을 마시도록 계책을 꾸며 놓고, 장수의 부장 호거아가 훔쳐낸 것이니, 제 자리에 있을 리 없었다.

전위는 미칠 것만 같았다.

벌써 적병이 영채 문 밖에 육박해 들어오고 있지 않은가! 전위가 손에 잡히는 대로 부하의 무기를 움켜잡고 나섰을 때에는 무수한 기마병들이 긴 창을 휘두르며 쇄도해 들어왔다.

전위는 갑옷도 몸에 걸치지 못한 채 미친 듯이 날뛰며 닥치는 대로 찌르고 휘두르고 단숨에 20여 명을 거꾸러뜨렸다. 몸에는 벌써 상처투성이다. 칼날이 무뎌져서 소용이 없게 됐을 때, 전위는 그것을 팽개쳐 버리고 맨 주먹으로 8, 9명을 때려잡아서 땅바닥에 거꾸러뜨렸다. 그러나 워낙 수효가 많은 적병을 어찌 일일이 대적해 낼 수 있을 것이냐. 비가 퍼붓듯이 화살이 날아 들었다.

"아앗!"

전위의 등덜미에 꽂히는 화살 한 자루.

힘이 세기로 천하에 당할 사람이 없는 명장 전위도 처참한 비명소리를 지르며, 용솟음쳐 쏟아지는 선혈 속에서 목숨을 잃고 말았으니, 그가 숨진 뒤에도 감히 그 문 안으로 들어서려는 자가 없었다.

조조는 전위가 영채 문을 막고 싸우는 틈을 타서 뒷문으로 말을 타고 빠져나왔는데, 단지 조안민 혼자만이 걸어서 그 뒤를 따랐다. 조조는 오른팔에 화살을 맞고, 말도 세 번이나 화살을 맞았는데, 다행히 그 말이 대완(大宛)의 양마(良馬)였기 때문에 아픔을 견디고 달릴 수 있었다. 육수(淯水) 근처까지 왔을 때, 적병의 추격을 받아 조안민은 칼에 찔려 목숨을 빼앗겼고, 조조가 간신히 말을 몰아 강물을 헤치고 저편 언덕으로 건너갔을 때에는 날아드는 화살이 말의 눈에 꽂혀 말마저 거꾸러졌으며, 장남 조앙(曹昻)이 타고 가던 말을 내주는지라 다시 바꿔 탔는데, 조앙은 마침내 빗발치듯 하는 화살을 피할 도리가 없이 맞아 죽고 말았다.

조조는 구사일생, 간신히 생명을 유지하며 도중에서 도망친 여러 장수들을 만나게 되어 다시 패잔병들을 수습할 수 있었다.

이런 분란 통에 하후돈이 거느리는 청주(靑州)의 병사들이 점령 지역의 백성들에게 약탈을 마음대로 강행하게 된 것을 평로교위(平虜校尉) 우금(于禁)이 부하를 거느리고 토벌했는데, 청주의 병사들이 조조에게 도망쳐 와서 도리어 우금의 비행을 고발하는 바람에 조조도 일시 오해를 품고 격분했지만, 우금은 역시 조조를 위해서 다시 청주로 쳐들어오는 장수의 군사를 무찔러 큰 공로를 세웠다.

우금에게 패한 장수의 군사는 병력의 태반을 잃어버리고, 하는 수 없이 패잔병들을 수습해 가지고 유표를 찾아가서 의탁하게 됐다.

조조가 군사를 정비하고 부장들을 점호하고 있을 때, 우금이 나타나서 청주의 병사들이 제멋대로 강도질을 하고 백성을 약탈했기 때문에 참다못해서 그들을 쳐부순 것이라고 보고했다.

조조가 말하기를,

"내 허락도 없이 진을 치고 싸움을 한 것은 무슨 까닭인가?"

하자 이런 힐문을 받자 우금이 대답했다.

"승상의 말씀도 당연하십니다만, 만약에 청주 병사들 때문에 어지러워지고 동요를 일으키려는 민심을 우선 수습하지 않았다면, 사태는 매우 위태로울 뻔했습니다. 장수의 군사가 곧 뒤를 치고 있었습니다. 아무런 준비도 없이 이를 대적했다면 패할 것은 뻔한 노릇이었기 때문에, 먼저 질서를 유지하기 곤란한 청주병들을 진압시키고 나서 적을 무찌르자는 계획에서 그리 된 것입니다."

조조는 그 경위를 듣고 보니 우금에게 도리어 고마워해야 할 형편이었다.

"장군이 위급할 때에 병사를 정비하여 질서를 유지하고 진지를 견고히 하여 다른 사람들의 비방도 무릅쓰고 장수의 군사를 물리쳐 승리를 거둔 것은 옛날의 명장들도 쉽사리 할 수 없는 일이었소."

조조는 이렇게 말하며 우금에게 금기(金器) 한 쌍을 상으로 주고 익수정후(益壽亭侯)에 봉했으며, 하후돈의 감독이 주도하지 못했음을 꾸짖었다.

그리고 전위를 위하여 장례식을 거행하고 조조, 친히 제물을 바치면서 눈물 섞인 음성으로 그의 죽음을 슬퍼했다.

"나는 이번 싸움에 나의 장남과 귀중한 조카를 잃어버렸지만, 이것을 그다지 슬퍼하지는 않소. 다만 우리의 힘세고 용감무쌍하던 용사 전위 장수를 위하여 애도의 눈물을 금할 수 없을 따름이오!"

모든 사람들이 감격하지 않는 이 없었다. 장례를 치른 다음, 조조는 그 이튿날로 본진인 허도로 돌아가도록 명령을 내렸다.

한편, 조조가 파견한 왕측(王則)은 조서를 받들고 서주에 도착했다.

여포가 그를 아문에서 영접하여 조서를 펼쳐보니 평동장군(平東將軍)에 봉하기로 인수(印綬)를 특사한다 했으며, 조조의 편지 한 장도 동봉해 있었다.

"우리 승상께서는 여장군을 얼마나 존경하고 계신지 모릅니다."

옆에서 왕측이 입이 닳도록 여포를 칭찬해 주니, 여포도 자못 만족해서 만면에 웃음을 띠고 있을 때, 난데없이 날아드는 급보가 있었다.

원술에게서 사람이 왔다는 것이다.

여포는 당장에 앞으로 불러들였다.

"원공께서는 불원간 왕위에 오르시게 된다 하오며 아드님을 동궁으로 세우실 것이므로 비가 되실 따님을 시급히 회남으로 보내 주십사 하는 것입니다."

"이런 천하의 역적 놈아! 또 무슨 수작이냐?"

여포는 격분한 나머지, 서신을 가지고 온 자를 당장에 목을 베어 버렸다. 혼사를 연락하러 왔다가 붙잡혀 있던 한윤에게는 목에 칼을 씌워 진등에게 호송하게 하여 왕측과 함께 허도로 올라가서 사례의 인사를 하도록 했다. 그와 동시에 조조에게 답장을 보내서 정식으로 서주목에 임명해 달라고 부탁했다.

조조는 여포가 원술과의 혼담을 중지했다는 사실을 만족하게 여기고, 한윤을 거리에 내놓고 목을 벴다. 진등이 넌지시 조조에게 권하는 말이 있었다.

"여포는 시랑(豺狼)과 같은 위인입니다. 용감하지만 꾀가 없고 거취를 경솔히 하는 인물이니 일찌감치 처치해 버리는 게 좋을 겁니다."

"여포가 엉뚱한 야심을 품고 있어서 오래 상종할 위인이 못 된다는 것은 나도 평소부터 잘 알고 있소. 공과 공의 아버지가 아니면 능히 그 점을 살필 길이 없으니 공이 마땅히 나를 위해서 일을 도모하도록 해주시오!"

"승상께서 손을 쓰시기만 하신다면 물론 내응해 드리겠습니다."

조조는 기뻐하며 진규에게 치중(治中) 2천 석의 녹을 주고 진등을 광릉(廣陵) 태수로 봉했다.

진등이 조조와 이런 밀약을 하고 서주로 돌아와서 여포를 만나 봤더니, 여포는 격분해서 펄펄 뛰는 것이었다.

진등 부자가 조조 편이 되어서 자기와 원술과의 혼담도 중지시켜 놓고 부자만이 벼슬자리를 차지하려고 자기를 팔아 먹었다고 화를 냈다.

여포가 칼을 뽑아들고 찌르려고 하니 진등이 깔깔깔 웃으며 말했다.

"장군은 어째서 이다지도 벽창호시오?"

"나더러 벽창호라니?"

"나는 조공을 보고 말하기를, '장군을 기르는 것은 비유하자면 범을 기르는 것 같아서, 항시 고기를 배불리 먹여 놓아야지, 배를 주리게 되면 사람을 물어 덤빌 겁니다.' 했더니 조공이 웃으시며 하는 말이, '나는 여포를 기르기를 매를 기르듯 하는 터이니, 여우나 토끼가 아직 남아 있을 때는 먹이를 많이 줄 수도 없소. 매란 놈은 배가 고프면 사냥을 하지만, 배가 부르면 달아나기 일쑤니까.' 하며, 그 토끼나 여우란 바로 회남의 원술, 강동의 손책, 기주의 원소, 형양의 유표, 익주의 유장, 한중의 장로 등이라고 하더군요."

"과연 조조가 나를 잘 알고 있군!"

여포가 칼을 던지고 웃음을 참지 못할 때, 원술의 군사가 서주로 쳐들어온다는 보고가 날아들었다. 이야말로 혼담도 성사 안 되고 그것 때문에 또 싸우게 되는 셈이다.

17. 목 대신 머리털을 자르다

袁公路大起七軍
曹孟德會合三將

　원술은 회남에 있으면서, 점령한 땅이 넓고 식량이 풍부한 데다가 손책에게서 맡은 전국의 옥새까지 지니고 있어서 제호를 참칭(僭稱)해 보겠다는 엉뚱한 야심을 품고 드디어 부하들을 일당에 모아 놓고 의견을 타진했다.

　주부(主簿) 염상(閻象) 같은 사람은 그 부당함을 지적하고 극력 반대했다. 그러나 원술은 제 고집을 굽히려 들지 않고 대로하여 자기는 이미 결심했으니 자기의 의사에 복종하지 않는 사람은 참(斬)할 따름이라고 횡포를 부리며, 연호를 중씨(仲氏)라 고치고 제멋대로 조정 안에 여러 관직을 설정했다. 그리고 용봉련(龍鳳輦)을 타고 남북쪽 교외에서 제신(諸神)에게 제사를 지내고, 풍방(馮方)의 딸을 황후로 삼고 아들을 동궁으로 세웠다.

　한편 여포에게 사신을 파견하여 그의 딸을 데려다가 동궁의 비로 삼고자 했는데, 뜻밖에도 여포가 이미 한윤을 허도로 보내어 조조로 하여금 목을 베게 했다는 소식을 들었다.

　원술은 대로하여 즉시 장훈(張勳)을 대장군에 임명해 20만 대군을 통솔시켜 서주 토벌에 나서게 했으니, 7로군(七路軍)

으로 나눈 진용은 다음과 같았다.

　제1로군—대장 장훈(張勳)—본진.

　제2로군—상장 교수(橋蕤)—좌군.

　제3로군—상장 진기(陳紀)—우군.

　제4로군—부장 뇌부(雷薄)—좌군.

　제5로군—부장 진란(陳蘭)—우군.

　제6로군—항장 한섬(韓暹)—좌군.

　제7로군—항장 양봉(楊奉)—우군.

　이 밖에 연주 자사 김상(金尙)을 태위로 삼아서 7로군 전체의 전량운수(錢糧運輸)의 감독 책임을 맡기려고 했으나, 이에 응하지 않는지라, 원술은 자기의 명령에 거역한다고 대로하여 당장에 목을 베어 죽여 버리고, 기령(紀靈)을 7로도구응사(七路都救應使)로 임명했고, 원술 자신은 3만의 병력을 거느리고 이풍(李豐)·양강(梁剛)·악취(樂就)를 최진사(催進使)로 삼아서 7로군 전체의 독전(督戰) 책임을 맡겼다.

　여포에게 원술이 서주 토벌을 나섰다는 정보가 날아들었다. 또 보고에 의하면, 장훈의 군사는 일로 서주로 직행했으며, 교수의 군사는 소패를, 진기의 군사는 기도(沂都)를, 뇌부의 군사는 낭야(瑯琊)를, 진란의 군사는 갈석(碣石)을, 한섬의 군사는 하비(下邳)를, 양봉의 군사는 준산(浚山)을 목표로 7만의 병사가 하루 50리 길을 달리면서 도중에서 닥치는 대로 약탈을 하며 밀고 들어온다는 것이었다.

　여포는 한동안 어리둥절.

　그러나 곧 정신을 가다듬어 가지고 여러 모사들과 상의했다. 그 자리에는 진궁과 진규 및 그의 아들 진등도 합석했다.

"이번 서주가 위태로운 지경에 빠지게 된 것은 모두가 진규 부자가 이렇게 만든 것이오. 이 두 사람은 조정에 아첨하여 녹을 받아먹고 있으면서도 장군에게 화가 돌아오게 한 것이니 이 둘의 목을 베어서 원술에게 바치면 그도 군사를 뒤로 물릴 것입니다."

대담한 발언을 한 사람은 바로 진궁이었다. 여포는 진궁의 말이 과연 일리있다 생각하고 당장에 진규·진등 부자를 체포하라는 명령을 내렸다. 이때 진등이 호탕하게 웃어젖히며 말했다.

"이 무슨 변변치 못한 말씀이십니까? 내가 보건대 그들의 소위 7로군이라고 떠드는 것쯤은 일곱 다발의 썩은 풀과 마찬가지니 개의할 만한 게 못 된다고 생각합니다."

"그대에게 만약 적군을 쳐부술 만한 계책이 서 있다면 죽을 죄를 용서해 주겠노라."

"장군께서 이 우부(愚夫)의 말을 받아들이신다면 서주는 아무 염려도 없을 겁니다."

"말해 보라!"

"원술의 군사는 비록 그 수효가 많다고는 하지만 모두가 오합지졸입니다. 서로 신뢰하고 모여든 군사들이 아닙니다. 우리 편에서 정병(正兵)으로써 수비를 든든히 하여 지키고, 기병 전술을 써서 승리를 거두도록 하면 성공 못할 것이 없습니다. 또 한 가지 서주의 안전을 보장할 수 있을 뿐더러 나아가서는 원술을 산채로 잡을 수 있는 계책도 있습니다."

"그건 어떤 계책이오?"

"한섬과 양봉은 다같이 본래가 한나라 조정을 섬기던 자들로서, 조조를 두려워하여 몸을 피했으나 의탁할 만한 곳이 없어서 부득이 원술을 의지하러 온 자들이니, 원술은 반드시 이 두 인물을 소원히 할 것이오, 그들도 또한 만족해서 있는 것은 아닐 겁니다. 서신을 보내어 그들과 내통을 상약하고, 한편 유현덕에게 거들어 달라고 부탁한다면 원술을 수중에 넣기란 지극히 쉬운 노릇입니다."

"그렇다면 그대가 즉시 한섬·양봉에게 서신을 전달하도록 해주시오."

진등은 쾌히 승낙했다.

여포는 허도로 상주문을 올리고, 예주(豫州)에 있는 유현덕에게 서신을 보내는 한편, 진등에게 몇 기를 딸려 보내서 하비로 통하는 길목을 지키면서 한섬이 나타나기를 기다리도록 했다.

얼마 안 되어서 한섬이 군사를 거느리고 나타나 진을 쳐 놓자 진등이 찾아갔다.

"그대는 여포 편의 사람이 아닌가? 뭐하러 여기 나타났는고?"

"나는 대한(大漢) 나라의 공경(公卿)인데, 어째서 여포의 사람이라 하시오? 장군 역시 본래는 한나라 조정의 신하로서 이제 역적을 섬기시게 됐으니 이는 예전에 관중(關中)에서 천자를 구출해 올린 큰 공로가 오유(烏有)로 화하여 아무런 보람도 없게 된 것입니다. 나는 장군을 위하여 심히 섭섭하게 여기는 바이며, 또 원술이란 분은 본래가 남을 못미더워하는 성품인지라 장래에 반드시 피해를 입게 되실 것이니, 일찌감치 다른 마련을 보셔야지 그렇지 않으면 후회막급이실 겁니다."

"나 역시 한나라 조정으로 되돌아가고 싶지만, 주선해 주는 사람이 없어서……."

한섬이 한숨 짓는 것을 보고 진등은 선뜻 여포의 서신을 꺼냈다. 한섬이 그것을 다 읽고 나더니,

"잘 알았소! 그대는 먼저 돌아가 주시오. 내 양장군과 상의하여 내응할 것이니, 불길이 일어나면 그것을 신호로 알고 여장군도 즉시 공격을 개시하도록 해주시오."

한섬에게서 돌아온 진등은 이런 사연을 보고하자, 여포는 군사를 다섯 갈래로 배치시켰다. 즉, 고순(高順)의 군사는 소패로 진출하여 교수(橋蕤)와 대적하게 하고, 진궁의 군사는 기도로 진출하여 진기(陳紀)와 대적하게 하고, 장요(張遼)·장패(臧覇)의 군사는 낭야로 진출하여 뇌부(雷薄)와 대적하게 하고, 송헌(宋憲)·위속(魏續)의 군사는 갈석으로 진출하여 진란(陳蘭)과 대적하게 했다. 그리고 여포 자신은 정면으로 나서서 장훈(張勳)과 대결하기로 하고 각각 병력 1만 명씩을 거느렸으며, 나머지 군사로 성을 지키도록 했다.

여포는 성 밖 30리 지점에 친히 진을 쳤다. 쳐들어온 장훈의 군사는 여포를 두려워하여 20리를 후퇴한 지점에다 진을 치고, 각군이 싸움을 도우러 도착하기만 기다리고 있었다.

그날밤, 2경쯤 될 무렵.

과연, 한섬과 양봉이 군사들을 분산시켜 버리고 닥치는 대로 불을 질러서 여포의 군사를 진중으로 끌어들여 장훈의 군사들은 갈팡질팡 일대 혼란을 일으켰고, 이 틈을 타서 여포가 힘차게 밀고 나가니 장훈의 군사는 순식간에 지리멸렬하게 되어 패주하고 말았다.

여포가 날이 샐 무렵까지 추격해 가고 있는 데, 장훈을 도

우러 기령이 원군을 거느리고 달려들어서 양군은 정면충돌을 면치 못했다. 처참한 혈투가 시작되려는 아슬아슬한 순간에, 한섬과 양봉이 좌우 측면에서 덤벼드니 기령의 군사, 우수수 낙엽처럼 흩어지는 것을 여포가 또 줄기차게 쳐부수면서 돌진했다.

바로 이때.

앞으로 바라다뵈는 산비탈로부터 무수한 군마가 나타나더니 일대의 인마가 용봉일월(龍鳳日月)의 비단 깃발에 사두오방(四斗五方)의 표지를 뚜렷이 하고, 마치 천자의 행렬처럼 다가왔다. 황금 갑옷으로 위풍당당하게 몸차림을 든든히 한 원술, 두 손에 칼을 움켜잡고 진두에 나서는 것이었다.

"주인을 배반하는 못된 놈!"

무서운 음성으로 여포를 매도했다. 격분을 참지 못하는 여포, 당장에 화극을 번쩍거리며 내달으니 원술의 부장 이풍(李豐)이 창을 휘두르며 덤벼들었다. 3합도 못 싸우고 이풍은 여포의 날카롭고 매서운 화극 끝에 견디다 못하여 창을 던지고 도망쳤다. .

여포, 부하를 지휘하면서 그대로 밀고 나가니 원술 편의 군사들이 우수수 흩어지며 혼란을 일으키는 바람에 여포는 이를 깡그리 쫓아 버리고 무수한 말과 무기를 빼앗았다.

원술이 패잔병을 거느리고 몇 리 길도 가지 못했을 때, 산비탈로부터 1군의 군마가 조수처럼 밀려들더니 퇴로를 차단해 버렸다. 진두에 떡 버티고 선 사람은 관운장.

"역적 놈아! 아직도 죽지 못하고 남아서……"

하고 호통을 치니, 원술은 당황하여 허둥지둥 회남 지방으로 뺑소니를 쳐버렸고, 관운장은 통쾌하게 사면팔방으로 갈팡질팡하는 적군을 무찔러 버렸다.

여포는 싸움에 크게 승리하고 관운장·한섬·양봉을 맞이하여 서주로 돌아간 다음 성대한 주연을 베풀어 그들을 위로했고, 병사들에게도 빠짐없이 상을 주었다. 그 이튿날 관운장이 돌아간 뒤에, 여포는 한섬을 기도목(沂都牧), 양봉을 낭야목(瑯琊牧)으로 천거하는 한편, 이들을 서주에 오래 머물러 있도록 하고 싶어서 진규를 불러서 상의했다.

"그건 부당합니다. 한섬과 양봉을 산동(山東)으로 보내 두면 1년도 못 가서 산동 땅은 장군의 수중으로 들어오게 될 겁니다."

여포는 과연 일리 있는 의견이라 생각하고 두 장군에게 잠시 기도·낭야에 주둔하도록 명령을 내리고 관직이 결정되기를 기다리라고 했다. 진등이 넌지시 그의 부친에게 물었다.

"어째서 두 사람을 서주에 머물러 있게 해서 여포를 죽이는 일을 돕도록 하시지 않았습니까?"

"만약에 두 사람이 여포에게 협조하게 된다면 도리어 그것은 범에게 이빨과 발톱을 제공해 주는 격이 될 테니까."

진등은 부친의 고명한 견해에 탄복했다.

회남으로 몸을 피해 온 원술은 사람을 강동에 있는 손책에게 보내어 복수를 하고 싶으니 군사를 빌려 달라고 했다. 손책이 노발대발했다.

"네놈은 나의 옥새를 믿고 제호를 참칭하여 한나라 황실을 배반한 대역 무도한 놈이다. 내가 마침 군사를 풀어서 네놈의 죄를 따지려고 하던 판인데 도리어 반적(叛賊)을 도우라니 이게 될 말이냐!"

하고, 답장을 써 보내서 거절해 버렸다. 답장을 받아 본 원술은 새파랗게 질리며 격분을 참지 못했다.

"요런 젖비린내 나는 어린 녀석이 감히 이런 버릇 없는 수작을……. 그렇다면 먼저 네놈을 처치해야겠다!"

펄펄 뛰는 원술을 장사(長史) 양대장(楊大將)이 가까스로 권고를 해서 말렸다.

한편, 손책은 답장을 보내 놓고 원술의 공격에 대비하여 군사를 수습해서 장강(長江) 어귀를 단단히 지키고 있었다. 이때 조조에게서 사신이 와서 손책을 회계(會稽) 태수로 봉할 것이니 원술 토벌의 군사를 일으키라는 조서를 전달했다. 손책이 조서를 받고 즉시 군의(軍議)를 열어 군사를 일으키려고 했더니 장사 장소가 의견을 제시했다.

"원술은 싸움에 패한 지 얼마 안 된다 하지만, 아직도 풍부한 병력과 군량을 지니고 있습니다. 경솔히 대적하지 않으시는 게 좋겠습니다. 차제에 조조에게 서신 연락을 해서 남쪽을 치도록 권하고 우리는 북쪽으로 공격해 올라가겠다고 하심이 마땅한가 합니다. 이렇게 되면 남북의 사이에 끼여서 원술이 패할 것은 필연의 형세고, 만일에 우리 편이 설사 패한다 할지라도 조조의 구원을 받을 수 있을 게 아닙니까?"

손책은 이에 동의하고 사람을 보내서 이런 뜻을 조조에게 전달했다.

조조는 허도로 돌아와서도 전위를 생각하는 간절한 마음을 버리지 못하고 사당을 세워서 그 영혼을 모시고, 그의 아들 전만(典滿)을 중랑(中朗)에 봉하여 측근에 두었다.

이때, 별안간 손책의 사람이 서신을 가지고 와서 그것을 막 읽고 났는데, 또 한 가지 뜻하지 않은 보고가 날아들었다. 원술이 식량이 궁해져서 진류(陳留)로 약탈을 하러 나왔다는 것이다. 조조는 이 틈을 타서 남쪽 토벌을 실행할 생각으로 조인에게 허도의 방비를 명령하고, 그밖의 군사를 전부 거느리고 보병·기병 도합 17만, 양식치중(糧食輜重) 천여 수레를 거느리고 허도를 떠났다.

또 한편으로는 손책과 여포·유현덕에게 사람을 보내서 출진하도록 전달해 놓았다. 그랬더니 예장군(豫章郡) 경계 지대에 도착했을 때, 유현덕이 재빨리 군사를 거느리고 영접해 주는지라, 조조는 즉시 본진으로 인도하도록 명령했다.

현덕은 인사를 마치자마자 수급(首級) 두 개를 내놓았다. 조조가 깜짝 놀라며 물었다.

"이게 누구의 머리요?"

"한섬·양봉의 두 머리요!"

"어떻게 해서 이것들을 얻으셨소?"

유현덕의 말에 의하면 한섬과 양봉에게 기도·낭야의 두 현을 맡겨서 그들의 군사를 주둔시키게 했더니 약탈만을 일삼아서 그대로 내버려둘 수 없어서, 주연을 베풀어 그들 둘을 초청해 놓고 술을 마시게 해서 관운장·장비를 시켜 목을 베고, 그 수하 병사들을 모조리 항복시켰다는 것이었다.

조조는 유현덕이 나라를 위해서 화근을 뿌리 뽑아 버린 데

대해서 치하를 하고, 군사를 합쳐 가지고 함께 서주 경계선에 이르렀다. 영접하러 나온 여포를 좋은 말로 비위를 맞추어 주며 좌장군(左將軍)에 봉하고, 허도로 돌아가서 관인(官印)까지 맡겨 주겠다고 하니 여포도 대단히 기뻐했다.

이리하여 조조는 여포를 좌장군으로, 유현덕을 우장군으로 삼아 좌우 양익을 담당하게 하고, 친히 대군을 중군으로 거느리고 하후돈·우금을 선봉으로 삼았다.

원술은 조조의 군사가 쳐들어온다는 것을 알자, 대장 교수에게 병력 5만을 맡겨서 선봉으로 내세웠다. 양군은 수춘현(壽春縣) 경계 지대에서 맞닥뜨려, 교수가 먼저 말을 달려 덤벼들었으나 하후돈과 3합도 못 싸우고 감당하지 못하여 원술의 군사는 대패하여 성 안으로 달아나 버렸다.

이때 손책이 수군(水軍)을 거느려 장강 물줄기를 서쪽에서부터 쳐올라오니, 여포는 군사를 거느려 동쪽에서 합세하고, 유현덕·관운장·장비는 남쪽에서, 조조는 친히 14만 대군으로 북쪽에서 노도같이 밀고 들어가니 원술은 대경실색. 문무백관을 소집하여 협의한 결과, 양대장의 제안을 받아들여, 차라리 농성을 하고 싸우지 않으면, 상대편이 식량이 모자라서 소동을 일으킬 것이니, 이 틈을 타서 원술은 어림군(御林軍)을 거느리고 회수(淮水)로 건너가서 적을 피하자는 데 의견이 일치되었다.

원술은 이 의견대로 이풍·악취·양강·진기 네 장수에게 10만 병력을 주어서 수춘을 지키도록 하고, 그밖의 장병들을 거느리고 창고에 넣어 두었던 금은 보물들을 거두어 가지고 회수로 건너갔다.

조조의 17만 대군은 나날이 군량의 위협을 받게 되었고, 이풍은 농성을 하고 좀처럼 싸움을 하려 들지 않으니 빨리 결말이 나기 어려웠다. 손책에게 편지를 보내서 쌀 10만 석을 꾸어다 보충도 해봤으나 이는 새 발의 피요, 창관(倉官) 왕후(王垕)는 속수무책이었다.

조조는 종전 분량을 절반으로 줄여서 공급하라고 명령하니 병사들의 원성이 자자했다.

조조는 꾀가 많은 반면 지극히 잔인한 인물이었다. 병사들의 원성을 억누르기 위해서, 그것이 창관 왕후의 잘못인 양, 왕후의 목을 베어서 장대 위에 높이 매달아 놓고,

'왕후가 고의로 되질을 적게 하여(王垕故行小斛) 관량을 훔친 까닭으로(盜竊官糧) 삼가 군법대로 처리한다(謹按軍法).'라는 방문을 내붙여서 효시(曉示)케 했다. 그리고 사흘 안에 이 성을 함락시킬 것이며, 협력하지 않는 자는 모조리 목을 베겠다고 각영의 장령들에게 명령을 전달했다.

결국 조조의 강권 발동으로 이풍·진기·악취·양강은 모조리 산채로 잡혔으며, 조조는 그들을 장터로 끌어내어 목을 치라고 명령했다. 그리고 원술이 도읍을 모방하여 지은 궁전이며 건물을 모두 불질러 버렸고, 수춘성 안은 병사들에게 약탈당하여 폐허로 변하고 말았다.

조조는 그대로 계속해서 군사를 이끌고 회수를 건너서 원술을 추격하려고 했으나, 순욱이 봄에 보리라도 충분히 입수한 다음에 싸움을 하는 것이 좋겠다고 반대했다. 조조가 어떻게 해야 좋을지 망설이고 있는 데 급보가 하나 날아들었다.

장수가 유표와 결탁해서 또다시 군사를 수습하여 남양·강

릉의 두 현을 탈환했으며 조홍은 적군에게 몰려서 패전을 거듭할 뿐, 극도의 위기에 빠져 있다는 것이었다.

조조는 그길로 손책에게 서신을 보내어 장강을 건너가 진을 쳐서 유표를 견제해서 발을 묶어 놓도록 명령하고, 자신은 그날로 진을 걷어들이고 장수를 토벌할 계획을 세우기로 했다. 떠나기 전에 예전과 같이 유현덕에게 소패를 지키도록 하고 여포와 의형제의 정리를 맺어 앞으로는 서로 협조하고 다시 싸우는 일이 없도록 잘 일러두었다.

여포가 군사를 거느리고 서주로 되돌아간 다음에 조조가 유현덕에게 말했다.

"유장군을 소패에 머무르도록 한 것은 함정을 파고 호랑이를 기다리자는 계책(堀坑待虎之計)이었소. 유장군은 진규 부자와 상의해서 실수 없도록 해주시오. 나도 장군을 위해서 간접적으로라도 도와 드리도록 하겠소."

말을 마치자 서로 헤어졌다.

조조가 군사를 거느리고 허도로 돌아가니, 단외(段煨)는 이각을 죽였고, 오습(伍習)이 곽사를 죽여서 각각 수급을 바치러 왔다는 보고가 있었다. 그뿐만 아니라 단외는 이각의 일족 남녀노소 2백여 명을 모조리 허도로 압송해 왔다는 것이다.

조조가 그들을 장안의 각 성문에다 분배해서 목을 베어 높이 매달고 호령하니 백성들은 통쾌하다고 아우성을 쳤다. 천자도 궁전에 나와서 문무백관을 소집해 놓고 태평천하를 경축하는 연회를 베풀고 단외를 탕구장군(盪寇將軍), 오습을 진로장군(殄虜將軍)에 봉하고 함께 장안을 수호하도록 명령했다.

　이렇게 되자, 조조는 장수(張繡)가 반란을 일으킨 경위를 아뢰고, 토벌군을 일으켜야겠다고 했더니 천자는 친히 먼곳까지 나와서 조조의 출진을 전송해 주었다. 때는 건안 3년(서기 198년) 4월이었다.

　조조는 순욱을 허도에 남겨 장병을 지휘하도록 하고 친히 대군을 거느리고 출발했는데, 행군 도중에 가는 곳마다 보리가 익어서 고개를 축 늘어뜨리고 있으나 백성들이 병사들이 지나가는 것이 겁이 나서 감히 수확을 못하고 먼곳으로 피신해 버렸다는 사실을 목격하게 됐다. 조조는 사람을 시켜서 원근 여러 마을의 노인들과 지방의 관리들에게 통고했다.

　"본관은 천자의 어명을 받들고 역적을 물리치고 백성에게 해로운 것을 뿌리 뽑고자 하는 자로서, 이제 보리 수확을 해야 할 무렵에 부득이 군사를 이끌고 나섰으나, 장령에서 병졸에 이르기까지 누구나 보리밭을 지나갈 때 한 발자국이라도 보리를 짓밟는 자는 참형에 처할 것이므로 백성들은 겁내지 말고 집으로 돌아오라고 했다."

　백성들은 이런 소문을 듣자 조조의 덕을 찬양하지 않는 사람이 없었고, 멀리서 조조의 군사가 지나가는 것만 바라다봐도 땅바닥에 꿇어 엎드려 절을 할 지경이었다. 관군은 보리밭을 지나갈 때에는 모두 말을 내려서 손으로 보리 이삭을 잘 비켜 가면서 감히 짓밟는 사람이 없었다.

　그런데 일이 공교롭게 되느라고 조조가 말을 타고 지나가는 판에 비둘기 한 마리가 밭두둑 사이에서 푸드득하고 날아 달아났다. 그 바람에 깜짝 놀란 말이 밭 안으로 뛰어들어서 보리밭을 엉망진창으로 만들어 버렸다.

조조는 당장에 행군주부(行軍主簿)를 불러서 자기가 보리밭을 짓밟은 죄에 대해서 어떠한 처분을 받아야 할 것인가 물어봤다. 주부가 대답했다.

"승상을 벌하는 법이 어디 있겠습니까?"

조조가 또 말하기를,

"나는 내 스스로 법을 마련해 놓고 그것을 내 자신이 지키지를 않았으니 다른 사람들을 어떻게 복종시킬 수 있단 말인가?"

하며 칼을 뽑아 자기 목을 쳐버리려고 했다. 여러 사람들이 당황해서 달려들며 가로막았다.

"옛날 ≪춘추(春秋)≫ 속에는 법이란 존자에게는 가하는 것이 아니라(法不加於尊)는 뜻이 있습니다. 승상께서는 대군을 통솔하시는 몸으로 자진하셔야 할 까닭이 없지 않습니까?"

곽가가 이렇게 말하자 조조는 한참 동안이나 묵묵히 있더니 문득,

"≪춘추≫에 그런 뜻이 있다면, 나는 잠시 죽는다는 것은 그만두기로 하지."

하면서, 자기 머리털을 잘라 땅에 내동댕이쳤다.

그리고는 그 머리털을 3군에 돌려서 보이며 말했다.

"승상께서 보리밭을 짓밟으신 까닭에 참수하여 모범을 보이셔야 할 일이지만 머리털을 잘라서 대신하시는 것이다."

이런 사실을 눈앞에 보자, 3군의 병사들은 부들부들 떨며 군율을 지키지 않는 자가 없었다.

한편, 장수는 조조가 군사를 거느리고 쳐들어온다는 소식을 듣자, 시급히 유표에게 서신을 보내어 후원을 청하는 동시에 뇌서(雷敍)·장선(張先) 두 장수와 더불어 부하 장병을 이끌

고 성 밖으로 출진했다.

양군이 진을 치고 나자, 장수는 말을 몰아 진두에 버티고 서서 손가락질을 하면서 매도했다.

"조조! 네놈은 인의의 가면을 쓴 몰염치한 놈이다! 금수와 뭣이 다르단 말이냐!"

조조는 노발대발하며 허저에게 출마를 명령했고 장수는 장선을 시켜서 대결하도록 했으나 그는 3합도 싸우지 못하고 말 위에 앉은 채로 목이 달아났다. 우수수 흩어지는 장수의 군사를 조조는 남양성 아래까지 밀고 나갔다.

장수는 성 안에 틀어박혀 문을 잠그고 나오려 들지도 않는지라, 조조는 성을 포위하고 공격을 가했으나, 성호(城壕)가 매우 넓고 물이 깊어서 쉽사리 접근하기 어려웠다. 병사들을 동원해서 흙으로 메우고, 흙부대·나뭇단·짚더미를 쌓아 올려서 발디딜 자리를 만들어 성 안의 동정을 살피게 했다. 조조는 친히 말을 타고 성 주위를 세밀히 살피고 돌아다니다 사흘째 되는 날에는 서쪽 성문 한곳에 나뭇단을 쌓아 올리고 여러 장수들에게 성으로 기어올라가도록 명령했다. 성 안에서는 가후가 이 광경을 바라보며 장수에게 말하기를,

"조조의 의도를 이미 알았습니다. 이제는 우리도 조조보다 더 묘한 계책을 써서 대결해 봅시다."

라고 했다.

18. 눈에 꽂힌 화살

賈文和料敵決勝
夏侯惇拔矢啖睛

"조조는 사흘 동안 성의 주변을 돌면서 살펴본 결과, 동남각(東南角)의 벽돌 빛깔이, 새것과 낡은 것이 다르고 녹각(鹿角—나무를 사슴뿔처럼 삐죽삐죽 꽂아 놓은 방어선)이 태반이나 부서진 것을 보고서 이리로 쳐들어올 작정을 하고 있는 것입니다. 그런 까닭에 서북쪽으로 풀더미를 쌓아서 기세를 올려 우리 편을 서북쪽으로 집중시키려 하고 있습니다. 밤중에 살며시 동남각으로 쳐들어올 것이 뻔한 노릇입니다."

가후가 장수에게 이런 의견을 말했다.

"그렇다면 어찌해야 좋겠소?"

"내일 힘이 센 병사들을 배불리 먹이고 몸차림을 가볍게 시킨 다음, 동남쪽에 있는 민가에 잠복시켜서 백성들에게도 병사의 몸차림과 같이 해가지고 서북쪽을 견고히 지키는 것처럼 보이면서, 밤중에 저편에서 동남쪽에서 덤벼들어도 상대를 하지 말다가, 성벽을 넘어서는 기색이 있을 때 일성포향(一聲礮響)과 함께 복병이 일제히 일어나면 조조는 그대로 잡을 수 있습니다."

장수는 기뻐하며 이런 계책대로 만반의 준비를 갖추었다.

탐마(探馬)가 이런 눈치를 재빨리 알아차리고 즉시 조조에게 보고하기를, 장수가 성 안의 병사를 몽땅 서북쪽으로 집중시켜서 기세를 올리고 동남쪽은 텅 비어 놓고 있다고 했다.

"내 계책에 떨어진 것이구나!"

조조는 이렇게 말하면서, 성에 올라갈 연장을 비밀리에 준비하라는 명령을 내리고, 낮에는 군사를 시켜서 서북쪽만 공격케 하고, 밤 2경쯤 됐을 무렵에 정병을 이끌고 동남쪽의 성호(城壕)를 기어 넘어서 녹각을 찍어 헤쳤다. 그래도 성 안에서는 잠잠하기만 하고 아무 소리도 없었다.

조조의 군사들이 일제히 몰려 들어가고 있을 때, 일성포향, 복병이 사방에서 덤벼들었다. 조조가 당황해서 군사를 뒤로 물리니, 장수가 친히 정병을 이끌고, 추격해 오는 바람에 조조의 군사는 꼴사납게 패배하여 성 밖으로 수십 리나 도주했다.

장수는 새벽녘까지 밀고 나가다가 그제서야 군사를 수습해 가지고 성 안으로 돌아왔다. 조조가 손해를 조사해 보니 꺾여버린 병력이 5만 이상, 잃어버린 치중(輜重)이 무수했고 여건·우금까지 부상을 입었다.

한편, 가후는 조조가 패주한 것을 알자 유표에게 사람을 보내서 그 퇴로를 막아버리라고 장수에게 권고했다. 유표가 편지를 받아 보고 그길로 출마하려는데, 손책이 호구(湖口)에 군사를 내세우고 있다는 급보가 날아들었다.

"손책이 호구에 군사를 집결시킨 것은 조조의 계책에서 나온 겁니다. 이제 조조가 패전한 틈을 타서 쳐부수지 않는다면 반드시 후환을 면치 못할 겁니다."

괴량이 이렇게 말하니 유표는 황조에게 명령하여 장강으로 통하는 도로를 든든히 지키도록 했다. 그리고 친히 군사를 이끌고 안중현(安衆縣)으로 출진하여 조조의 퇴로를 가로막기로 하고, 이런 의도를 장수에게 통지했다. 장수는 유표가 출진했다는 것을 알자 가후와 함께 군사를 거느리고 조조를 추격했다.

이때, 조조의 군사가 서서히 후퇴하고 있었는데 양성현(襄城縣)에 도착하여 육수에 접어들었을 때, 조조가 갑자기 말 위에서 소리를 내며 흐느껴 우는 것이었다. 여러 사람이 깜짝 놀라서 그 까닭을 물어 보니 조조가 대답했다.

"작년에 여기서 목숨을 잃은 대장 전위를 생각하고 나도 모르게 눈물이 복받쳐 오른 것이오!"

진군을 멈추고 추도 제사를 성대히 지냈는데, 조조가 친히 향불을 피우고 눈물을 흘리며 절하는 광경을 보자, 모든 병사들도 감격하여 마지않았다.

전위의 제사가 끝난 다음 조카 조안민(曹安民)과 장자 조앙(曹昻) 그리고 전사한 장병들을 위해서도 제물을 올리고 화살을 맞고 죽은 그 대완마(大宛馬)에게도 제사를 지냈다.

이튿날 갑자기 순욱에게서 연락이 왔다. 유표가 장수에게 가담하여 군사를 안중에 집결시켜서 이편의 돌아가는 길을 차단하려 한다는 것이다. 조조는,

"내가 하루에 몇 리 길도 진군을 하지 않는 것은 적군이 추격해 온다는 것을 몰라서 그러는 것은 아니오. 달리 생각이 있어서 하는 일이니까 안중에 도착하면 반드시 장수의 군사를 쳐부수고 말 테니 걱정할 것은 없소."

하고 답장을 주어서 돌려보내고, 군사를 급히 몰아 안중현으로 접어들었다. 이때, 유표의 군사는 이미 요새지대를 견고히 해

놓았으며, 배후에서는 장수의 군사가 추격해 오고 있었다. 조조는 깊은 밤을 이용해서 산길을 헤치고 복병을 숨겨 놓았다.

동녘 하늘이 훤히 밝아 올 무렵에 유표와 장수의 군사들은 합류했는데, 조조의 군사 수효가 얼마 안 되는 것을 보자 조조가 어디로 뺑소니를 쳐버린 줄로만 알고 군사를 몰아 산곡간이 좁은 길로 쳐들어갔다.

이때, 조조는 복병을 일제히 동원시켜서 적군을 모조리 쳐부수고 안중현 경계선의 요새지대를 돌파한 후 다시 평지에 진을 쳤다. 유표와 장수는 각각 패잔병을 수습해 가지고 다시 뭉쳐졌다.

"분하게도 조조의 간계에 빠져 버리고 말았는걸!"

유표의 말에 장수가,

"조급히 굴 건 없소. 서서히 또 해봅시다!"

하니 양군은 안중으로 집결했다.

순욱은 원소가 군사를 일으켜 허도를 침범하려는 사실을 탐지하고는, 시급히 조조에게 이를 통지했다. 조조는 그 서신을 보고 당황하여 그날로 군사를 물리기로 했다. 장수에게도 이런 정보가 날아 들었는지라 당장에 조조를 추격하려 했더니 가후가 말렸다.

"뒤를 쫓으면 안 됩니다. 추격하면 반드시 패할 것입니다."

라고 했다. 이에 유표는,

"오늘 추격하지 않다니 이렇게 좋은 기회를 그대로 놓칠 수는 없소!"

하면서 장수를 권유해 1만여 명의 병력을 이끌고 함께 뒤를 추격했다. 10리 남짓하게 쫓아가서 조조의 후군을 잡기는 했지만, 뜻밖에도 조조의 군사들이 어찌나 용감히 싸웠던지, 추격해 간 양군은 고배를 마시고 대패하여 되돌아왔다.

장수가 가후에게 말했다.

"공의 말을 듣지 않았더니 무참하게 패하고 돌아오게 됐소!"

가후가 말했다.

"이제야말로 군사를 다시 정비해 가지고 추격하시오."

"패하고 돌아온 이때에 또다시 추격하라는 것이오?"

"이번에 추격하면 기필코 승리할 겁니다. 승리하지 못한다면 내 목을 바치리다!"

장수는 그 말을 믿었지만, 유표가 의아하게 생각하고 움직이려 들지 않아서, 장수 혼자서 군사를 몰고 추격했더니, 과연 조조의 군사는 형편없이 쫓겨서 달아나 버렸다. 장수가 그대로 계속해서 추격하려고 했을 때, 저쪽 산비탈로부터 일군의 군마가 몰려 들어오는 바람에 추격을 단념하고 안중으로 군사를 철수시켰다.

유표가 가후에게 물었다.

"지난번에는 정병을 가지고 후퇴하는 군사를 추격했는데도 공은 반드시 패할 것이라 했고, 다음번에는 패잔병을 가지고 승리한 군사와 대결하는데도 공은 반드시 승리할 거라고 했는데 과연 그 말대로 됐으니 모두 역리(逆理)가 들어맞은 셈이니 그 까닭을 좀 가르쳐 주시오."

"이것은 아주 쉬운 이치입니다. 장군은 전략에는 능하시다지만 내가 뵙기에는 조조의 적수가 못 되시겠습니다. 조조는 싸움에 패했다고는 하지만 맹장들을 후군에 밀어서 추격하는 군사를 막아낼 것은 뻔한 노릇이니 이편이 아무리 세다 해도 대적하기는 힘이 듭니다. 그러니까 기필코 패하리라고 생각했습니다. 또 조조가 급히 진을 걷어가지고 돌아갈 때는 반드시 허도에 무슨 변고가 생긴 것이니까, 우리 편에서 추격하는 군사를 한 번 격퇴시킨 다음에는 후군의 방비도 소홀히 하고 앞으로만 달아날 것이 뻔한 노릇입니다. 이 허를 찌르고 다시 추격했으니까 승리할 수 있었던 겁니다."

장수·유표 다같이 그의 탁월한 견해에 탄복했는데, 가후가 또 권고하기를 유표는 형주로 돌아가고, 장수는 양성을 지켜서 이와 입술처럼 서로 협력하라고 하는지라 양군은 각각 헤어졌다.

조조는 앞으로만 말을 달리다가, 후군이 추격을 받고 있다는 소식을 듣고 싸움을 거들려고 달려왔더니 이미 장수의 군사가 철수한 뒤였다. 어떤 패잔병이 말했다.

"만약에 산 뒤로부터 밀려 내려온 군사들이 도와 주지 않았다면 우리는 고스란히 붙잡힐 뻔했습니다."

조조가 당장에 산 뒤에서 나타났다는 장수를 불러들이니, 창을 한옆에 끼고 말에서 내리며 조조와 대면하는 그 장수는 바로 진위중랑장(鎭威中郞將) 강하군(江夏郡) 평춘(平春) 사람 이통(李通—字는 文達)이었다.

조조가 고 연유를 물어 보았다.

"소생은 여남을 지키고 있었는데 이번에 승상께서 장수·유표와 싸움을 하신다는 소식을 듣고 힘이 돼 드릴까 하여 달려온 길입니다."

조조가 한층 더 기뻐하여 그를 건공후(建功侯)에 봉해서 여

남군의 서쪽 경계 지대를 든든히 하게 하고, 유표·장수를 지
키도록 명령했더니, 이통은 감사하다 인사하고 즉시 떠나갔다.

　조조는 허도로 돌아와서 손책의 큰 공로를 칭찬하고 토역장
군(討逆將軍)에 봉했으며, 오후(吳侯)의 작위를 하사하도록
상주문을 올리고 칙사를 강동으로 내려보내서 유표를 토벌하
라는 조서를 전달했다. 조조가 승상부로 돌아와서 여러 장수
들과 인사를 마치고 있을 때, 순욱이 나타났다.
　"승상께서 안중까지 철수했을 때, 일부러 진군을 천천히 하시
면서 반드시 승리하리라고 말씀하신 것은 무슨 까닭입니까?"
　"그때엔 앞뒤로 가로막혀서 나갈 길이 없었고, 사느냐 죽느
냐 양단간에 하나밖에 없는 싸움이었기 때문에 기묘한 수법을
써 보려고 일부러 적군을 유인해 낸 것이오. 그래서 반드시
승리하리라고 말한 것이었소."
　순욱이 조조의 말에 감탄하고 있을 때 곽가가 문안을 드렸다.
　"무슨 일로 이렇게 늦었소?"
하는 조조의 말을 듣더니 편지 한 통을 내놓았다. 원소에게서
사람이 왔는데 공손찬을 공격하기 위해서 군사와 군량의 편의
를 좀 봐 달라는 내용이었다. 그런데 그 편지투가 오만불손하
기 짝이 없었다.
　"이런 무례한 놈이 천하에 어디 있단 말인가? 이놈을 처치
해 버려야겠는데 힘이 모자라니, 어찌하면 좋겠소?"
　곽가가 말했다.
　"유방(劉邦)이 항우(項羽)의 적이 아니었다는 것은 승상께
서도 잘 아실 겁니다. 유방은 지(智)로써 승리를 한 것이니

항우와 같이 힘이 센 사람도 마침내 그의 손아귀에 들고 말았습니다. 이제 따져 보자면 원소에게는 열 가지의 패인(敗因)이 있지만, 승상께서는 열 가지의 승인(勝因)이 있습니다. 원소가 제아무리 수많은 병력을 지니고 있다손치더라도 무서울 것은 없습니다. 원소는 예의와 형식에만 치중하지만, 승상께서는 무슨 일이나 자연의 형세대로 하시니 이것이 도(道)에 있어서 승리하시는 길이요, 그는 천하에 거역하는 행동을 하는데 승상께서는 백성의 희망을 따라서 천하가 나를 따르도록 하시니 이것이 의(義)에 있어서의 승리요, 환(桓)·영(靈) 두 임금께서 정사에 실수가 있으신 점에 그는 관대하게 임하고 있지만, 승상께서는 추호도 법을 소홀히 하심이 없으시니 이는 치(治)에 있어서의 승리요.

그는 너그럽게 포섭하는 체하면서도 속으로는 깊은 질투를 감추고 사람을 기용하는데도 연고자만을 치중하는데, 승상께서는 일견 일을 거칠게 하시는 듯하면서도 사실은 탁월한 식견을 가지시고 사람을 쓰는데도 그 재간을 제일로 삼으시니, 이는 도량에 있어서의 승리입니다. 또 그는 궁리가 많고 결단성이 부족하지만, 승상께서는 계책이 서면 즉시 실천으로 옮기시니 이는 모(謀)에 있어서의 승리요, 그는 명성만을 생각하고 사람을 보지만 승상께서는 진심으로 사람을 대하시니 이는 덕(德)에 있어서의 승리입니다, 그리고 그는 눈앞에 보이는 곤궁한 사람을 구할 줄 아나 눈에 보이지 않는 사람은 생각지 못하는데, 승상께서는 이런 사람들에게 샅샅이 마음을 쓰시니 이는 인(仁)에 있어서의 승리입니다. 또 그는 하잘것 없는 아랫사람들의 아첨하는 말에도 현혹되지만, 승상께서는 남의 말에 빠지시는 일이 없으시니 이는 명(明)에 있어서의 승리요, 그는 시비곡직을 명백히 하지 않는데, 승상께서는 법을 굽히는 일이 없으시니 이는 문(文)에 있어서의 승리요, 그는 허세를 부리기 좋아하며 용병(用兵)의 기술을 모르지만 승상께서는 능히 적은 수효로 많은 수효를 제압하시며 그 용병이 신(神)과 같으시니 이는 무(武)에 있어서의 승리입니다. 승상께 이 열 가지 승인이 있으신 이상, 원소를 격파하기는 아주 수월한 일입니다."

조조는 빙그레 웃으면서 말했다.

"나는 그대가 말하는 것 같은 위인도 못 되는데……."

순욱이 말했다.

"곽공의 십승십패의 말씀에 대해서는 나도 이의가 없소. 원소의 군사쯤을 두려워할 게 없습니다."

이때, 곽가는 서주의 여포야말로 가장 거추장스러운 인물이니, 이제 공손찬을 토벌하기 위해 북쪽으로 올라가는 기회에 우선 여포를 토벌해서 동남 각지를 진압하고 그 다음에 원소를 토벌하러 나서는 것이 상책이요, 그렇지 않고 이편에서 원소와 맞붙는다면 그 틈을 타서 여포가 허를 찌르고 허도를 습격할 것이 틀림없으니, 이리 되면 사태가 시끄럽게 될 것이라고 제안했다.

조조가 그 말대로 여포를 토벌할 대책을 협의했더니, 순욱이 말했다.

"우선 유현덕에게 사람을 보내셔서 상의해 보시고 그 답장을 받고 나서 출진하는 것이 지당할까 합니다."

조조가 유현덕에게 편지를 보내는 한편 원소가 보낸 사람을

후히 대접하고, 원소를 대장군(大將軍) 태위에 봉해서 기(冀)
·청(靑)·유(幽)·병(幷) 4주(州)의 도독(都督)을 겸임 시
키도록 천자께 상주문을 올렸다. 그리고 원소에게는,

'공은 곧 공손찬을 치라. 내 군사를 보내서 도우리라.'

라는 내용의 밀서를 보냈다. 원소는 이 밀서를 보고 크게 기
뻐하며 그 즉시 공손찬 토벌에 나섰다.

여포는 서주에 있으면서 가끔 막료들을 모아 놓고 연석을
베풀었는데, 이럴 때마다 진규 부자가 입이 닳도록 여포가 덕
망 있는 인물이라 찬양하는 바람에 진궁은 이것이 항시 비위
에 거슬려서 어떤 기회에 여포에게 이런 말을 했다.

"진규 부자가 장군께 아첨을 하는데는 무슨 야심이 있는지
도 모르니 조심하시는 게 좋을 겁니다."

"무슨 소리야? 죄 없는 사람을 무고하려는 건가?"

여포가 이렇게 호통을 치리라고는 꿈에도 생각지 못한 진궁
은 밖으로 나와서 혼자 중얼거리며 한숨을 내쉬었다.

"충고도 받아들이지 않는데, 여기 있다가는 나의 목숨도 위
태롭겠다."

여포를 버리고 떠나가고 싶은 생각이 간절했지만 그것도 용
이한 노릇이 아니고, 그렇다고 사람들의 웃음거리가 될 수도
없고, 이 궁리 저 궁리 하면서 하고 많은 날 우울하게 지내고
있었다. 어느 날, 말 몇 필을 끌고 소패성 안으로 울적한 기분
도 풀 겸 사냥을 나갔다가, 관도(官道)를 나는 듯이 지나쳐
가는 역마(驛馬) 한 필을 보았다.

이상한 생각이 들어서 진궁은 사냥도 집어던지고 말을 달려

지름길로 쫓아가서 물어봤다.

"그대는 어느 곳에서 사명을 띠고 온 사람인가?"

그 사람은 진궁이 여포의 부하라는 것을 알아채고 당황해서 대답도 못하고 우물쭈물하고 있었다. 몸을 뒤져 보니 유현덕에게서 조조에게 보내는 밀서가 나왔는지라, 진궁은 그 사람을 잡아 가지고 밀서를 가지고 여포 앞으로 끌고 나갔다.

바른 대로 대라고 야단을 쳤더니 그 사람의 말이, 조승상이 예주에 있는 유현덕에게 보내는 편지를 전하고 그 답장을 받아 가지고 가는 길인데 자기는 답장의 내용은 전혀 모른다는 것이었다.

편지를 빼앗아서 읽어보니, 여포를 치라는 명령을 받고 기회만 노리면서도, 군사력이 부족해서 경거망동도 못하고 있던 중, 조승상이 대군을 일으킨다면 선봉에 서서 나갈 명령만 기다리고 있겠다는 것이었다.

"조조, 요 발칙한 놈! 감히 이따위 괘씸한 짓을 하다니!"

여포는 격분을 참지 못하고 당장에 사람을 파견하여 진궁·장패에게 태산의 산적 손관(孫觀)·오돈(吳敦)·윤례(尹禮)·창희(昌豨) 등과 결탁해서 산동·연주 각 군을 즉시 공격하도록 명령했다. 또 한편으로는 고순·장요를 패성으로 보내서 유현덕을 습격하게 하고, 송헌(宋憲)·위속(魏續)을 서쪽으로 파견해서 여남(汝南)·영주(潁州)를 공격케 했다. 그리고 여포 자신은 중군을 통솔하고 이 3군이 위급할 경우에 대비하기로 했다.

고순이 군사를 거느리고 서주를 떠나 소패로 접어들 무렵,

벌써 이 사실을 현덕에게 알려주는 사람이 있었다. 현덕이 여러 사람을 모아 놓고 대책을 강구하던 중 손건이 말했다.

"시급히 조승상께 급보를 띄우는 것이 좋겠습니다."

"허도에 가 줄 사람은 없는가?"

"소생을 보내 주십시오!"

섬돌 아래서 내닫는 사람이 있었다. 이는 현덕과 동향 사람 간옹(簡雍―字는 憲和)으로 현덕의 막빈(幕賓)으로 있었다. 현덕은 즉시 편지를 써서 간옹에게 주고 빨리 허도로 가서 싸움을 거들어 달라고 했다. 현덕 자신은 남문, 손견이 북문, 관운장이 서문, 장비가 동문을 각각 지키고, 미축과 그 아우 미방에게 중군을 지키도록 했다. 본래 미축에게는 누이동생이 하나 있었는데 현덕의 둘째부인이 되었으므로 이 형제들과 남매지간이니 중군의 수비를 명령해서 가족을 지키도록 한 것이다.

고순의 군사가 도착되자 현덕은 적루(敵樓) 위에서 외쳤다.

"나는 여포와 아무런 원한도 맺은 일이 없는데 어째서 쳐들어온 건가?"

"네놈은 조조와 결탁해서 우리 주군을 해치려고 하다가 일이 이미 탄로났으니 어째서 네놈을 잡지 않겠느냐?"

고순이 호통을 치며 군사를 몰고 성을 공격했으나 현덕은 문을 잠그고 나오지 않았다. 장요가 군사를 거느리고 서문으로 쳐들어왔을 때, 관운장이 성 위에서 말했다.

"그대는 의표(儀表)가 그리 속되지 않은 사람인데 어찌하여 적군에 끼여서 몸을 망치고 있는가?"

이 말을 들은 장요, 머리를 수그리고 묵묵부답이었다. 관운장은 이 사람이 충의의 기개가 있는 사람임을 잘 아는 까닭에 그 이상 욕설을 퍼붓지 않고 또 대적하여 싸우지도 않았다.

장요가 군사를 끌고 동쪽 문으로 돌자, 장비는 당장에 덤벼들어서 싸움을 했다. 이 소식을 재빨리 안 관운장은 얼른 동쪽 문으로 달려갔다. 그러나 그때에는 이미 장요가 장비에게 몰려서 후퇴한 뒤였다. 장비가 또 뒤를 추격하려고 했더니 관운장이 급히 장비를 성 안으로 도로 불러들였다.

"그놈이 겁을 내고 달아나고 있는데 어째서 추격하지 못하게 하는 거요?"

장비가 펄펄 뛰니 관운장이 말했다.

"그는 제법 훌륭한 무인일세. 내가 정의로써 설복시켰더니 자기도 수치스러워서 우리들과는 싸우려 들지를 않는 걸세."

장비는 그 말의 뜻을 깨닫고 병사들에게 성문을 든든히 지키라 명령하고 공격을 가하려고 하지 않았다.

한편 간옹은 허도에 도착하자마자 조조를 만나보고 사정을 자세히 전달했다. 조조는 즉시 막료들을 불러 놓고 대책을 강구했다. 여포를 공격했을 때, 원소가 손을 뻗칠 것은 차치하고라도 유표와 장수가 빈 틈을 쳐들어오지 않을까 그것이 걱정이라는 조조의 말을 듣고, 순유가 말했다.

"그들 둘은 싸움에 패한 지 얼마 안 되니 경솔히 나서지는 못할 겁니다. 여포는 용감한 장수니 만약 원술과 결탁해서 회수·사수 일대에 손을 뻗친다면 사태는 점점 더 시끄러워집니다."

조조는 이 의견을 받아들여서 당장에 하후돈·하후연·여건·이전에게 병력 5만을 주어서 선발대로 내보내고 자기는 친히 대군을 거느리고 그 뒤를 쫓았다. 간옹도 조조를 수행했다.

고순에게도 이런 정보가 날아들게 되니, 그는 여포에게 급보를 띄웠다. 여포는 급한 대로 후성·학맹·조성에게 2백 기를 주어서 싸움을 거들러 보내고 소패성에서 30리쯤 떨어진 지점에서 조조의 군사와 대결하도록 명령하고 자신은 대군을 거느리고 후군을 책임졌다.

유현덕은 소패성 안에서 고순이 후퇴하는 것을 보자 조조의 군사가 들어온 줄 알았는지라 손건에게 성을, 미축·미방에겐 가족을 맡기고, 자기는 관운장·장비와 함께 성 안의 전군을 이끌고 성 밖으로 나와서 조조의 군사와 호응하려고 좌우 양편으로 갈라져서 진을 쳤다.

군사를 거느리고 돌진해 오던 하후돈은 고순의 군사와 맞닥뜨렸다. 말과 말이 뛰고 으르렁대고, 쫓고 쫓기고 4, 50합이나 치열한 격전이 계속됐다.

고순이 감당해 내지 못하고 자기 진지로 뺑소니를 치려고 했을 때, 하후돈이 짓궂게도 저편 진지 근처까지 추격해서 달려들어갔다. 이때 여포의 진지에서 조성이 쏜 한 자루의 화살.

그것은 처참하게도 하후돈의 왼쪽 눈에 꽂혔다.

하우돈은 비명소리와 함께 대뜸 그 화살을 손으로 뽑았다. 이 처참한 광경이 보는 사람을 소름끼치게 했다. 꽂혔던 화살은 활촉에 눈동자를 물고 나온 것이었다.

"이것은 부정모혈(父精母血)이니 버릴 수 없다!"

하후돈은 이렇게 외치면서 그 눈동자를 입에 넣고 꿀떡 삼켜 버렸다. 그리고 쏜살같이 창을 휘두르며 말을 달려 쳐들어가니 조성은 방심하고 있던 차인지라, 피할 겨를도 없이 얼굴 한복판에 정통으로 창끝을 맞고 거꾸러져 버렸다. 양군의 병사들이 똑같이 마른 침을 삼키는 긴장된 순간이었다.

그러나 조조의 군사는 결국 대패했다.

하후연은 형 하후돈을 도와서 간신히 몸을 피했고, 여건과 이전도 패잔병을 거느리고 제북(濟北)까지 철수해 가지고 겨우 군사를 수습했다.

고순은 투지만만하여 기세를 올리며 그대로 계속해서 유현덕을 공격할 배짱이었다.

바로 이때 여포의 대군도 도착했다. 여포는 장요·고순과 더불어 3면으로 갈라져서 현덕·관운장·장비를 공격하며 덤벼든다. 눈동자를 삼켜 가며 싸움을 할 수는 있었지만 화살이 빗발치듯 하는 선봉의 위치를 오래 버티기는 어려웠다.

19. 주색을 엄금하라

下邳城曹操鏖兵
白門樓呂布殞命

고순이 장요를 이끌고 관운장의 진지를 습격하자, 여포는
또 장비의 진지를 습격했다. 관운장·장비, 각각 그들을 맞아
대결했고, 유현덕은 군사를 거느리고 양군의 뒷받침을 하고
있었으나 여포가 군사를 나누어서 배후로 습격해 오는 바람에
관운장·장비의 양군도 우수수 흩어졌고 유현덕도 불과 수십
기를 거느리고 패성으로 몸을 피하는 수밖에 없었다.

유현덕은 시급히 성 위의 군사들을 불러서 구름다리를 내려
보내도록 했는데, 그때 벌써 뒤쫓아온 여포가 바로 등뒤까지
육박해 들어오고 있었다.

성 안에서는 활을 쏘려 해도 유현덕에게 맞을까 겁이 나서
쏘지 못하고 허둥지둥하고 있는 데 여포가 단숨에 성문으로
쳐들어와서 문을 지키고 있던 병사들은 사방으로 몸을 피해
숨어 버렸고 여포는 쉽사리 자기 편 군사들을 성 안으로 몰아
들였다.

유현덕은 이제는 마지막이구나 하는 생각으로 집에 들를 것
도 단념하고 가족을 버린 채 성 안의 큰 길로 재빨리 빠져나
와 서문 밖으로 뛰쳐나온 다음 단기로 도주해 버렸다.

여포가 현덕의 집으로 달려갔을 때에는 미축이 그를 황망히 맞이했다.

"대장부는 남의 아내를 죽이지 않는다고 합니다. 이제 장군과 천하를 다투는 사람은 조조밖에 없습니다. 유장군께서는 옛날에 여장군께서 원문(轅門)에 화극을 꽂아 놓고 화살로 쏘시어 목숨을 건져 주신 은혜를 한시도 잊어버리신 일이 없습니다. 또 여장군께 거역한다는 것은 꿈에도 생각지 못하신 일이었는데 이번에 조조가 성화같이 조르니 마지못해 가담하신 겁니다. 한 번만 슬쩍 넘겨주시기 바랍니다."

"나도 현덕과는 친분이 있는데 어찌 그의 처자에게 해를 끼치겠소."

여포는 이렇게 말하고 미축에게 명령하여 현덕의 가족을 서주로 옮겨가서 살도록 했다. 또 여포는 고순과 장요에게 소패를 지키도록 하고, 자신은 군사를 거느리고 산동·연주의 경계지대로 출진했다.

이때, 한편에서 손건은 재빨리 성 밖으로 피신하였고, 관운장·장비도 각각 얼마간의 병력을 이끌고 산 속으로 숨어 버렸다.

유현덕은 혈혈단신으로 정처 없이 몸을 피해 다니고 있었는데, 누군가 뒤를 부지런히 쫓아오는 사람이 있기에 살펴보니 바로 손건이었다.

"두 아우의 생사도 모르고 집안 식구들도 어떻게 됐는지? 이제부터는 어찌하면 좋겠소."

"잠시 조조에게 몸을 의탁하시고 재기하실 계책을 세우시는 게 좋겠습니다."

유현덕은 손건의 말대로 지름길을 찾아서 허도로 향했다. 가는 도중에 식량이 떨어지면 마을로 나가서 얻어먹었는데, 어딜 가나 예주의 유현덕인 줄 알면 누구나 서로 앞을 다투어서 음식을 권해 주었다.

양성을 향하여 길을 걸어가고 있는데, 난데없이 하늘을 무찌를 것같이 모래와 먼지를 휘날리며 무수한 인마가 달려들었다. 현덕은 그것이 조조의 군사임을 알아차리고 본진의 깃발을 찾아내서 조조를 만나 보고, 패성을 잃게 된 사연과 두 아우와도 뿔뿔이 헤어졌고 가족까지 적군의 수중에 빼앗기게 된 형편을 자세히 알려 주었다. 이 슬픈 사정에 조조도 부지중 두 눈에 눈물이 글썽글썽했다.

조조의 군사가 제북까지 진출했을 때, 하후연이 영접해서 진중으로 안내하며 형 하후돈이 한쪽 눈이 없어진 채 자리에 누워 있다는 사정을 보고했다.

조조는 하후돈을 위문하고, 남보다 빨리 허도로 돌아가서 치료를 하도록 명령했다.

한편으로 사람을 파견하여 여포의 행방을 탐지해 봤더니 탐마가 돌아와서 전했다.

"여포는 진궁·장패와 함께 태산의 산적과 결탁하고 연주의 여러 군을 침범하고 있습니다."

조조는 그 즉시 조인에게 병력 3천을 주어서 패성을 공격하게 하고 친히 대군을 거느리고 유현덕과 함께 여포를 토벌하러 나섰다.

산동으로 진출해서 소관(蕭關)에 다다랐을 때, 태산의 산적 손관·오돈·윤례·창희가 3만여 명의 병사를 이끌고 앞을 가로막았다.

조조가 허저에게 출마를 명령하니 적군의 대장 네 사람도 말을 달려 내달았지만, 허저의 용감한 분투에 견디지 못하고 사방으로 흩어졌으며, 조조는 그대로 앞으로 앞으로 밀고 나가서 소관까지 육박해 들어갔다.

이때, 여포는 이미 서주로 되돌아가서 진등과 함께 소패를 구원하러 나서려고 진규에게 서주의 수비를 명령했다. 그러나 이것이 여포에게는 기막힌 화근이 될 줄은 몰랐다.

진등의 출진에 앞서서 아버지 진규가 이런 말을 아들에게 했다.

"전에 조승상께서는 동쪽 일이라면 모든 일을 나에게 맡기시겠다고 말씀하신 적이 있었다. 여포의 운명도 오늘 내일하고 있다. 너도 정신차려서 일을 해라!"

"다른 일은 제가 잘 알아차려서 처리하겠습니다만, 여포가 패하고 돌아오면 아버님께서는 미축과 성을 든든히 지키셔서 여포를 성 안에 들어놓지 마시도록 해주십시오. 그 때에는 저는 저대로 달아날 구멍이 있을 테니까요."

"그런데 여포의 가족들이 이곳에 있고, 심복의 부하들이 많으니 이는 어찌하면 좋겠느냐?"

"그 문제에 관해서는 저에게 따로 생각이 있습니다."

그들은 부자끼리 결탁하고 온갖 농간을 부렸으니, 우선 진등은 여포를 꾀어서 군자금과 군량을 하비(下邳)로 옮겨 놓게 하고, 조조 편과 내통하기 위해서 세 통의 편지를 써서 화살에 꽂아 밤중에 관 아래 조조의 진중을 향해 쏘았다. 그리고 진궁으로 하여금 군사를 거느리고 관을 버리고 달아나게 하는 등, 온갖 계교를 써서 여포를 골탕먹였다.

여포가 마지막 판에야 진등의 계책에 넘어간 줄 알고 격분해서 말을 달려 소패에 다다랐을 때에는 성벽에는 이미 조조의 군사가 꽂은 무수한 깃발들이 휘날리고 있었다. 이것은 조조가 앞질러서 조인에게 명령하여 점령시키고 농성하고 있도록 한 것이었다.

여포가 성 아래에서 격분하여 진등을 매도하니 진등은 성 위에서 여포에게 손가락질하면서,

"나는 한나라의 신하다! 너 같은 역적 놈의 밑에 있을 수 있겠느냐?"

하며 욕설을 퍼부었다. 여포가 대로하여 쳐들어가려고 하는 찰나에, 난데없이 등뒤에서 요란한 고함소리가 일어나더니 일군의 인마가 덤벼들었다. 선두에 나서는 대장은 다른 사람이 아닌 바로 장비였다.

고순이 말을 달려서 내달으며 도전했지만 도저히 감당해 내지 못했고, 여포 자신이 고순과 교대해서 격전을 전개하고 있는 판에 별안간 옆쪽에서 또 한번 요란스런 고함소리가 일어나더니 이번에는 조조 자신이 대군을 거느리고 쳐들어왔다.

여포는 대적하기 어렵다는 단정을 내리자 군사를 거느리고 동쪽으로 도주했고, 조조의 군사들은 놓치지 않으려고 뒤를 맹렬히 쫓았다. 여포는 기진맥진했고 말도 지쳐서 힘을 못 쓰게 된 판에 공교롭게도 또 일군의 인마가 달려들더니 여포의 퇴로를 막았다. 선두에 버티고 나서는 대장이 긴 칼을 한 손에 들고 호통을 쳤다.

"여포! 꼼짝 말고 게 있거라! 관운장 예 왔다!"

여포가 당황하여 선뜻 대결하려고 덤벼드는 찰나에, 장비가 재빨리 등뒤로 덤벼든다. 여포는 '이게 마지막이로구나' 하는 비장한 생각으로 간신히 살 구멍을 찾아서 하비를 향해 도주하니 후성이 군사를 거느리고 있다가 맞아들였다.

관운장과 장비는 또다시 서로 만나게 되어서 눈물을 흘리며 헤어진 뒤의 일들을 이야기했다. 이야기가 끝난 다음 함께 병사를 거느리고 현덕의 앞으로 나오자, 두 사람은 흑흑 흐느껴 울면서 땅바닥에 엎드렸다. 현덕은 희비가 교차되는 심정으로 두 아우를 조조와 만나게 하고, 그를 따라서 서주로 들어섰더니 미축이 맞아 주면서 가족들이 무사하다고 알려 주어서 현덕은 심히 기뻐했다.

진규 부자들도 조조와 대면했다. 조조는 성대한 주연을 베풀고 여러 장수들을 위로했으며 연회가 끝나자 조조는 진규 부자의 공로를 특히 표창해서 십현(十縣)의 봉록(封祿)을 물려주었고, 진등을 복파장군(伏波將軍)에 임명했다.

조조는 서주를 수중에 넣게 되자 기뻐서 어쩔 줄 모르며, 다시 하비를 공격할 대책을 강구했다.

그런데 정욱이 의견을 제시했다. 그것은 여포를 너무 혹독하게 공격하면 원술에게 몸을 의탁할 것이 분명하고, 만약 여포와 원술이 결탁하게 되면 만만치 않은 세력이 될 것이므로, 우선 유능한 인물을 시켜서 회남으로 통하는 요로를 견고히 지키게 하고 안으로는 여포를 방비하고 밖으로는 원술과 대적하는 것이 상책이라는 것이었다.

결국, 산동 방면의 요로는 조조 자신이 맡고, 회남 방면의 요로는 유현덕이 맡기로 결정했다.

이튿날, 유현덕은 미축과 간옹 두 장수를 서주에 남겨 두고, 손건·관운장·장비를 거느리고 회남 방면의 요로로 출진했으며, 조조는 친히 군사를 이끌고 하비 공격에 나섰다.

여포는 하비에 있으면서 충분한 군량을 믿었고, 또 사수(泗水)의 지리적인 요새도 있으니 농성을 하고 나오지 않으면 싸움에 패할 까닭이 없다고 안심하고 있었다.

이때, 조조의 군사가 바로 성 아래까지 육박해 들어가서 '여포야, 나오라!' 하고 호통을 치며 몰려드는 것이었다. 조조는 순순히 항복하라고 권고해 봤으나, 진궁이,

"간적(奸賊) 조조, 무슨 주둥아리를 놀리느냐?"

하면서 격분해 가지고 대뜸 활을 손에 잡고 쏘았다. 그 화살이 조조의 휘개(麾蓋)를 맞히니, 조조는 대로하여,

"내 맹세코 네놈을 죽이리라!"

하면서 즉시 군사를 지휘하여 성을 공격하게 했다.

사태가 급박해지는 것을 보자 여포도 집으로 달려가서 무장을 갖추고 몸차림을 단단히 하게 됐는데, 때가 마침 엄동설한이어서 부하들에게 솜옷을 많이 지니고 나가도록 분부했다. 이런 사실을 알게 된 부인 엄씨가 안에서 나오면서 물었다.

"어디를 가시려는 겁니까?"

여포가 싸우러 나간다는 말을 솔직하게 해주었더니, 부인 엄씨가 말했다.

"당신께서 성을 다른 사람에게 맡기시고 먼곳으로 떠나신다면, 만약에 변고가 생겼을 때에는 두 번 다시 당신을 만나 뵐

수 없게 되는 게 아닐까요?"

엄씨의 이런 말을 듣자, 여포는 사흘 동안이나 집안에 틀어박혀서 나오질 않았다. 이에 진궁이 나타나서 사태의 긴박함을 알렸다.

"조조의 군사는 이미 사방을 포위하고 있습니다. 지금 출진하시지 않는다면 빠져나갈 구멍도 없게 되기 쉽습니다."

"나는 멀리 출진하느니보다는 성을 더 견고히 지키는 게 좋을 것 같소."

"근래에 조조의 군사는 군량의 결핍을 느끼고 사람을 허도로 파견해서 근근히 군량을 운반해 올 것입니다. 장군께선 정병을 거느리시고 그들의 양도(糧道)를 끊어 버리시면 그대로 적군을 무찌르실 수 있습니다."

여포는 지당한 의견이라 생각하고 또다시 안으로 들어가서 부인 엄씨에게 이런 의사를 표시했다. 엄씨는 눈물을 흘리면서 슬픔을 참지 못하니, 여포는 역시 결단을 내리지 못하고 어지러운 마음으로 이번엔 애첩 초선을 만나 보았다. 초선도 역시,

"저를 위해서라도 경솔한 행동을 삼가 주세요."
하는 것이었다.

"그만둬, 그만둬! 걱정할 것은 없어. 나에게는 화극도 있고 적토마도 있으니까 감히 내게 침범할 놈은 없을 테니……."

이렇게 말하고는 밖으로 나와 진궁을 또 만났다.

"조조에게 군량이 도착한다는 것은 거짓말이오. 조조는 잔꾀를 부리는 놈이니까, 나는 그 꾀에 넘어가지 않겠소!"

진궁은 여포의 앞에서 물러나오자 혼자서 한탄하는 것이었다.

"이렇게 되면 나는 죽어서 몸을 파묻을 곳도 없게 되겠구나!"

이때부터 여포는 진종일 밖에도 나오지 않고 엄씨와 초선을 데리고 술을 마시며 심중의 고민을 덜려고만 했다.

하루는 허사(許汜)·왕해(王楷)가 나타나서 말했다.

"원술은 지금 회남에서 꽝장히 위력을 과시하고 있습니다. 장군께선 예전에 그와 따님의 혼담이 오가고 한 일이 있었는데, 어째서 결말을 보시지 않은 채로 내버려두십니까? 만약에 원술의 군사가 도착하여 안팎으로 협공을 해버리면 조조의 군사를 무찌르기도 쉬운 일이 아닙니까?"

여포는 그 계책대로 그날 중으로 편지를 써서 그들 두 사람을 파견하기로 했다. 그랬더니 곽사가 말했다.

"선봉을 서서 나서는 사람이 없으면 도저히 길을 떠날 수 없습니다."

여포는 장요·학맹 두 사람에게 병력 1천을 주어서 현덕이 견고하게 지키고 있는 산골짜기 저편까지 전송해 주도록 했다.

그날밤 2경쯤 됐을 무렵에 장요가 선두로 나서고 학맹이 후군을 지키며 허사·왕해를 보호하며 성 밖으로 군사를 몰았다. 현덕 편의 여러 장수들이 그들의 진지를 통과할 때 추격해 오는지라, 간신히 뿌리치고 산골짜기를 돌파했다.

학맹이 5백 명을 거느리고 허사·왕해와 함께 앞으로 달리고, 장요는 나머지 군사를 이끌고 되돌아섰는데, 산골짜기에 다다랐을 때 관운장이 길을 가로막았다. 하마터면 싸움이 벌어질 뻔했는데, 고순이 군사를 거느리고 나타나서 그를 성 안으로 맞아들였다.

한편, 허사·왕해는 수춘(壽春)에 도착해서 원술을 만나 편지를 전달했다. 편지를 뜯어보고 난 원술은 대뜸 이것은 여포가 조조의 공격을 감당 못해서 딸을 내놓겠다는 수작이라고 하면서, 여포의 말을 믿을 수 없으니 먼저 딸을 보내면 군사를 내놓겠다는 대답이었다.

허사·왕해·학맹 일행이 여포에게로 되돌아가는 도중에, 유현덕의 진지 근처에서 허사와 왕해는 먼저 교묘하게 뺑소니를 쳐버렸고, 학맹은 장비에게 산채로 잡혀서 조조의 앞에 끌려나가는 신세가 돼버렸다. 조조는 학맹의 목을 베어 버리고, 각진에 방비를 한층 견고히 하도록 분부하는 한편, 만약에 여포나 그 부하를 놓쳤을 경우에는 군율에 의하여 처단하겠다는 뜻을 전달시키자 진지의 모든 장병들은 부들부들 떨고 겁을 집어먹었다.

허사와 왕해가 여포에게 돌아와 원술의 회답을 전달하자, 하는 수 없이 여포는 마침내 딸을 내주기로 결심했다. 이튿날 밤이 2경이나 됐을 무렵에 여포는 딸을 비단옷으로 곱게 차려 입히고 겉에는 갑옷을 들씌워서 등에다 업고 화극을 한 손에 잡은 채 말에 올랐다. 성문이 활짝 열리자, 여포가 앞장을 서서 뚫고 나갔으며, 장요·고순이 그 뒤를 따랐다. 현덕의 진지 근처까지 접어들었을 때, 북소리가 한 번 울리더니 관운장·장비가 앞을 가로막았다.

"옴쭉 말고 게 있거라!"

호통 소리에 여포가 싸울 만한 정신도 없이 그대로 밀고 나가려 하는데 유현덕이 친히 군사를 거느리고 달려들어 양군 사이에는 일대 혼전이 벌어졌다. 맹장 여포도 딸이 등에 업혀 있으니 부상이라도 입게 될까봐, 열 겹, 스무 겹의 포위진을 미친 듯이 뚫고 나갈 수도 없는 형편이었다. 그러는 동안에 뒤로부터 서황·허저가 달려들더니 고함을 질렀다.

"여포를 놓쳐서는 안 된다!"

여포는 그 이상 도저히 앞으로 뚫고 나갈 수가 없어서 일단 성 안으로 되돌아오고 말았다. 성 안으로 돌아와서는 또 다시 답답한 심정으로 하고 많은 날 술만 마시고 시간을 보냈다.

조조가 성을 포위한 지도 2개월 가량, 도저히 함락시킬 가망이 보이지 않는지라, 하루는 모사들을 모아 놓고 여포를 포기하고 허도로 돌아가서 싸움을 일단 중지하고 좀 쉬고 싶다는 의사를 표시했다. 그랬더니 여러 모사들은 적극 반대하며 순욱이 한 가지 계책을 제공했다.

그것은 기수(沂水)·사수(泗水) 두 강의 제방을 끊어 놓아서 적을 물로 공격해 보자는 생각이었다. 조조는 크게 기뻐하여 그 즉시 병사에게 명령해서 두 강의 제방을 일시에 터놓았다. 하비의 성은 단지 한 군데 동쪽 문을 남겨 놓고 그 외에는 온통 물바다 속에 잠겨 버리고 말았다.

병사들이 여포에게 달려가서 이런 사태를 보고했더니, 여포가 말했다.

"내게는 물 속이든 육지든 달릴 수 있는 적토마가 있다. 그까짓 것쯤은 두려울 것이 없다!"

그리고는 연일 처첩을 옆에 앉히고 맛있는 술에만 도취해 있었다. 주색의 향락이 너무 지나쳐서 몸도 나날이 수척해 갔고 꼴이 말이 아니었다. 하루는 스스로 거울을 손에 들고 자기의 얼굴을 비쳐 보더니,

"나는 주색 때문에 몸을 망쳤다! 오늘부터 결단코 손을 대

지 않겠다!"

하면서, 누구든지 술을 마시는 사람은 목을 베어 버리겠다고 성 안에다 공포했다.

이런 억지의 처사에 실망하고 분개한 것이 위속(魏續)·송헌(宋憲)·후성(侯成) 세 사람이었다. 후성은 우선 적토마를 훔쳐내 가지고 조조에게 달려갈 계책을 꾸몄고, 위속·송헌을 시켜서 여포를 산채로 잡아 성을 빼앗기로 작정했다.

마침내 그날밤, 후성은 적토마를 훔쳐내 조조에게로 달려가서 그것을 바치고, 송헌과 위속이 백기(白旗)를 신호로 하고 성문을 열어 놓기로 하였다는 자세한 사정을 알려주었다. 조조는 그 말을 믿고 친히 서명을 해서 포고문 수십장을 작성하여 화살을 꽂아 성 안으로 쏘아 들여보냈다.

'대장군 조조, 이제 칙명을 받들고 여포를 토벌함. 만약에 관군에 항거하는 자 있다면 성이 함락되는 날 일족을 주멸할 것이다. 위는 장수들로부터 아래는 서민에 이르기까지 여포를 산채로 잡아서 바치거나, 혹은 그 목을 베어서 바치는 자 있다면 후히 상을 베풀 것이다.'

그 이튿날, 날이 밝을 무렵에야 여포는 성 밖에서 일어나는 천지를 뒤엎을 것 같은 함성을 들었다. 이에 대경실색하여 화극을 손에 잡고 성벽에 올라 성문을 시찰했으나 그때는 이미 아끼던 적토마도 없어진 뒤였다. 후성의 소행임을 알고 격분하여 마지않았으나 이미 아무 소용 없는 일이었다.

성 아래서는 조조의 군사들이 성벽에 꽂힌 백기를 신호로 일제히 덤벼드니, 여포도 이에 응하여 싸우는 도리밖에 없었다.

새벽녘부터 자정까지 싸우고 보니 조조의 군사가 다소 후퇴했고, 성 위에서 한숨을 돌리고 앉았던 여포는 어느 틈엔지 잠이 들고 말았다.

천재일우의 기회라고 생각한 송헌이 측근자들을 쫓아 버리고 위속과 함께 왈칵 달려들어 화극을 빼앗고 여포를 꽁꽁 묶어 버렸다. 꿈에서 깨어난 여포는 당황하여 측근자를 불렀으나, 위속·송헌은 그들을 물리쳐 버리고 미리 약속해 두었던 백기를 신바람 나게 휘둘렀다. 조조의 군사가 성 아래로 노도 같이 밀려들었고, 위속은 고함을 질렀다.

"여포를 산채로 잡았다!"

하후연이 아직도 의아하게 여기고 있을 때 송헌이 여포의 화극을 성 아래로 내동댕이치며 성문을 활짝 여니 조조의 군사가 일제히 조수처럼 몰려들었다.

서문을 지키고 있던 고순·장요도 물 때문에 도주하지 못하고 조조의 군사에게 붙잡혔으며, 진궁은 남문까지 달아났으나 서황에게 잡히고 말았다.

조조는 성 안으로 들어서자 동쪽 성문 위에 있는 백문루(白門樓)에 유현덕과 함께 자리 잡고 앉아서 관운장·장비를 좌우에 거느리고 산채로 잡은 적병들을 끌어내도록 했다.

대장부 여포도 손발을 꽁꽁 묶이고 보니 숨도 제대로 쉬지 못하고 큰 소리로 아우성을 쳤다.

"이건 견딜 수 없소! 묶은 걸 좀 늦추어 주오."

"호랑이를 묶는 데는 그쯤은 해둬야지!"

조조는 이렇게 말하면서 상대도 하려 들지 않는다. 여포는 후성·위속·송헌이 조조 옆에 나란히 서 있는 것을 보자 이런 말을 했다.

"나는 그대들을 소중히 여겨 왔는데 어째서 이렇게 배반하는가?"

"여편네나 첩의 말에 혹해서 대장들의 말도 듣지 않은 주제에 소중히 여겼다니 어처구니없는 소리다!"

송헌이 이렇게 말하자 여포는 대답할 말이 없는 판인데, 병사들이 고순을 끌어냈다. 조조가 무슨 할말이 없느냐고 물었더니, 고순은 묵묵부답이다. 조조는 노발대발, 당장에 목을 베라고 명령했다.

서황이 진궁을 끌어내자 조조가 물었다.

"그 후 별일은 없었나?"

"그대가 심술이 부정해서 나는 그대를 버린 것이다!"

"내가 심술이 부정하다면 그대는 어찌하여 여포를 섬긴 것인가?"

"여포에게는 꾀가 없다 하지만, 그대와 같이 궤사간험(詭詐奸險)하지는 않다!"

"그대는 스스로 지혜가 풍부하고 꾀가 많다(足智多謀)고 하더니 오늘은 이게 어찌된 셈인가?"

진궁이 여포를 돌아다보며 말했다.

"이자가 내 말을 듣지 않았기 때문에 오늘날 이 꼴이 된 거요!"

진궁은 대장부답게 죽음을 각오하고 있었다. 노모나 처자에 대해서 어떻게 생각하느냐는 조조의 질문에도, 그것은 조조의 마음 여하에 맡긴다고 태연히 말하면서 자진해서 목을 내밀고 형을 받았다. 조조는 진궁의 노모와 처자를 허도로 보내서 안락하게 살도록 하라고 엄명을 내렸다.

여포는 최후의 발악이나 하듯 소리를 질렀다.

"그대의 속을 썩이던 것은 바로 나였는데, 나도 이제는 이렇게 항복했으니 그대가 대장이 되고 내가 부장이 되면 천하를 다스리기 어렵지 않겠는데."

조조가 현덕을 돌아다봤다.

"어쩌면 좋겠소?"

"정건양(丁建陽) 동탁의 경우를 잊어버리셨습니까?"

현덕이 이렇게 대답하니, 여포가 현덕을 노려보았다.

"가장 신의를 모르는 놈아! 이 귀가 무지하게 큰 놈아! 원문(轅門)에서 내가 화극을 쏘았던 때 일을 저버렸느냐?"

"여포는 역시 필부로구나! 죽을 때는 죽는 것뿐이다! 무슨 두려움이 그다지 많으냐?"

이렇게 소리를 벌컥 지르는 것은 참형수(斬刑手)들에게 끌려나온 장요였다. 드디어 조조는 여포의 목을 졸라서 죽여 버렸다. 끌려나온 장요는,

"복양성 안에서 만났을 적에 불이 적어서 너 같은 국적을 태워 죽이지 못한 게 한이다!"

조조가 대로하여 칼을 뽑아 들고 장요의 목을 치려고 하는 아슬아슬한 찰나에 한 사람이 위에서 그 팔을 꽉 잡고, 또 한 사람은 조조의 앞으로 나와서 꿇어앉아 말했다.

"승상! 잠깐만 참으십시오!"

20. 황제의 혈서

曹阿瞞許田打圍
董國舅內閣受詔

장요를 죽이려고 칼을 뽑아든 조조의 오른쪽 팔을 덥석 붙잡은 것은 유현덕이었고 그 앞에 무릎을 꿇고 앉은 것은 관운장이었다.

유현덕이 말하기를,

"이렇게 참되고 곧은 사람은 남겨 두시어 잘 쓰는 것이 옳다고 생각합니다."

관운장이 말하기를,

"이 운장은 평소부터 문원(文遠—장요)이 충의지사임을 잘 알고 있습니다. 목숨만은 살려 주시기 바랍니다."

하니 조조가 칼을 집어던지고 껄껄 웃었다.

"문원이 충의지사임은 나도 잘 알고 있소. 일부러 한 번 그래 본 것뿐이오!"

친히 묶은 것을 풀어 주고 자기가 입고 있던 옷을 벗어서 장요에게 입혀 주며 상좌로 데리고 가서 앉혔다.

장요가 조조의 후의에 감격하여 항복하겠다는 의사를 표명하니, 조조는 그를 중랑장에 임명하고 관내후(關內侯)의 작위를 주어서 장패도 무마시켜 안전한 길로 이끌도록 하라고 명령했다.

여포가 죽고 장요가 항복했다는 소식을 듣고, 장패 역시 부하를 거느리고 투항해 왔는데 조조가 후히 상을 베풀어 주었더니, 그가 또다시 손관(孫觀)·오돈(吳敦)·윤례(尹禮)에게 항복을 권고했는지라, 남은 것은 단지 창희(昌豨) 한 사람뿐이었다.

조조는 장패를 낭야상(瑯琊相)으로 봉해 주고, 손관과 그 밖의 사람들에게도 벼슬자리를 주어서 청주·서주의 연해(沿海) 지방을 지키도록 했다.

조조는 또 여포의 처자를 허도를 돌려보내고 삼군(三軍) 병사들을 충분히 위로해 준 다음 진지를 철수하고 돌아왔다. 도중에 서주를 지났을 때 백성들은 거리에 향불을 피우고 그를 영접했으며, 유현덕을 서주의 목(牧)으로 유임하게 해 달라고 애원했다.

조조가 말했다.

"유장군은 나라를 위하여 큰 공을 세우셔서 우선 천자께 배알하고 작위를 받으신 다음에 다시 서주로 돌아오실 것이다."

이 말을 듣고 백성들은 모두 머리를 조아리며 기뻐했고, 조조는 거기장군(車騎將軍) 차주(車冑)에게 잠시 서주를 다스리도록 명령했다. 그리고 허창(許昌)에 개선하여 출정 인원들을 봉상(封賞)하고, 유현덕은 승상부 근처에 있는 관제에 머무르게 하여 쉬도록 했다.

그 이튿날 헌제가 조정에 나오자, 조조는 유현덕의 공로를 표주(表奏)하고 앞으로 불러내어 헌제에게 배알하도록 했다. 현덕이 예복을 갖추어 입고 섬돌 아래 꿇어앉으니, 헌제는 전

(殿) 위로 올라오라 하며 현덕의 조상이 누군가 물었다.

"소신은 중산정왕(中山靖王)의 후예로, 효경황제각하(孝景皇帝閣下)의 현손(玄孫) 유웅(劉雄)의 손자 유홍(劉弘)의 아들이옵니다."

헌제가 황실의 종족세보(宗族世譜)를 가져오게 하며 종정경(宗正卿)에게 읽어 보라 했더니, 유현덕은 헌제의 숙부뻘이 되는지라, 크게 기뻐하며 편전으로 청해 들이고 숙질의 예의를 갖추어 새삼스럽게 인사를 치렀다.

그리고 헌제는 내심 이런 생각을 하고 있었다.

'조조가 권력을 장악하고 국가의 정사가 모두 나의 뜻대로 되지 않는 이때에 이렇게 믿음직한 숙부를 얻게 된 것은 정말 다행한 일이다.'

그 자리에서 헌제는 유현덕을 좌장군(左將軍) 의성정후(宜城亭侯)에 봉했다. 연석이 필한 다음 현덕은 천은에 감격하여 자리를 물러났는데, 이때부터 사람들은 유현덕을 유황숙이라고 부르게 되었다.

조조가 관저로 돌아오니 막료 순욱이 이런 말을 했다.

"천자께서 유현덕을 숙부뻘이 된다고 인정하신 것은 승상께 불리한 점이 되지나 않을까 합니다."

"황숙이라는 인정을 받은 이상에는, 내가 천자의 칙명이라 하고 명령하는 일에 그는 더 한층 거역할 수 없게 될 것이오. 또 그를 허도에 잡아 둔다면 명목상으로는 천자께 접근해 있는 게 되지만, 사실상 나의 수중에 들어 있는 것이니까 추호도 두려워할 것은 없소. 도리어 내가 꺼림칙한 것은 태위 양표(楊彪)가 원술의 친척이라는 점이오. 만약에 그가 원술·원소하고 내통하는 일이라도 생긴다면 중대한 문제니까 일찌감치 처치해 버려야겠소."

조조는 마침내 비밀리에 사람에게 명령하여 양표가 원술과 내통하고 있다는 무고를 꾸며내서 그를 잡아 옥에 가두고, 만총에게 명령하여 적당히 다스리도록 했다. 이때 마침 북해 태수 공융(孔融)이 허도에 올라와 있었는데, 이런 사실을 알고 조조에게 간했다.

"양공은 4대나 걸쳐서 청덕(淸德)을 지켜온 분인데 원씨 일 때문에 죄를 받아서야 되겠습니까?"

"이는 조정의 뜻이오."

"성왕(成王)을 시켜서 소공(召公)을 죽이게 하고 주공(周公)이 나는 모르는 일이라고 할 수 있겠습니까?"

조조는 어쩔 수 없이 양표를 관직에서 파면시켜서 고향으로 쫓아 버렸다.

조조의 횡포한 꼴을 보고 의랑(議郞) 조언(趙彦)이 격분을 참지 못하고 조조가 칙명도 받지 않고 제멋대로 대신을 투옥시킨 죄를 천자께 상소하여 탄핵했다. 그랬더니 조조는 대로하여 조언을 잡아들여 죽여 버렸다. 이에 백관들이 겁을 집어먹고 공포에 떨지 않는 사람이 없었다.

하루는 모사 정욱이 조조에게 말했다.

"이제 공의 위명은 나날이 천하에 떨치게 됐는데, 이 기회에 왕패(王霸)의 대사를 이룩하심이 좋지 않겠습니까?"

"조정에는 아직도 팔다리 같은 충신들이 많아서 경솔한 행동을 할 수는 없소. 내 한번 천자를 전렵(田獵)에 청하여 동정을 살펴보겠소."

이리하여 조조는 좋은 말과 사냥 잘하는 매와 개를 고르고 활과 화살을 준비하고 먼저 성 밖에 병사들을 집결시켜 놓았다. 그리고 나서, 궁중으로 들어가 천자께 사냥 나가기를 청했다.

"전렵이란 아마 정도(正道)가 아닌 성싶소."

"옛날의 제왕은 춘수(春蒐)·하묘(夏苗)·추선(秋獮)·동수(冬狩)라 해서 사시로 교외에 나가 천하에 무위(武威)를 보였습니다. 이제 사해(四海)가 어지러운 이때에 전렵을 빌려 강무(講武)하심이 마땅하올까 합니다."

황제는 감히 싫다고 할 수 없어서, 즉시 소요마(逍遙馬)를 타고 보조궁(寶雕弓)·금비전(金鈚箭)을 가지고 난가(鑾駕)를 마련하여 성 밖으로 나갔다. 유현덕·관운장·장비도 활과 화살을 등에 메고 가슴에는 엄심갑(掩心甲)을 입고 수십 기를 이끌고 천자를 수행하여 허창(許昌)을 나왔다.

조조는 조황비전마(爪黃飛電馬)를 타고 10만여 기를 거느리고 천자와 함께 허전(許田)에 나와서 사냥을 했다.

군사들이 사냥할 터를 마련하니, 그 주위가 2백여 리. 조조는 천자와 말을 나란히 하고 나가는데 불과 말머리 하나쯤 되는 거리를 뒤로 떨어졌을 뿐이었다. 그 배후로는 모두가 조조의 심복인 장수들만이 따르고 문무백관들은 멀리서 따라갈 뿐 어떤 사람도 감히 접근하지 못했다.

그날, 헌제가 말을 타고 허전에 도착하자, 유현덕은 길가에 서서 맞이했다.

헌제가 말했다.

"나는 오늘 황숙의 사렵(射獵)하는 솜씨를 한 번 보고 싶소."

유현덕이 헌제의 명령대로 말 위에 올라탔을 때, 난데없이 숲속에서부터 한 마리의 토끼가 까불고 내달았다. 현덕은 재빨리 활을 겨누어 쐈더니 그대로 명중하여 헌제는 칭찬이 대단했다. 한편 언덕길을 돌아섰을 때, 이번에는 숲속에서 거창한 사슴 한 마리가 튀어나왔다. 헌제가 연방 화살을 세 자루나 쏘았건만 모두 빗나가 버렸다. 조조를 돌아다보며 말했다.

"경이 한번 쏴 보시오."

조조가 천자의 보조궁과 금비전을 빌려 가지고 힘껏 잡아당겨 쏘았더니 화살이 멋들어지게 사슴의 등에 꽂히며 당장에 숲속에 쓰러지고 말았다.

여러 대신·장수들은 금비전 화살을 맞고 쓰러진 사슴을 보자, 그것이 헌제가 쏜 것인 줄만 알고 요란스럽게 만세를 부르며 몰려들었다. 이 때 조조가 말을 달리더니 천자의 앞으로 나서면서 가로막고 그 만세 소리를 자기가 받아들이니, 모든 사람들은 그 당돌하기 짝이 없는 태도에 놀라움을 금치 못하고 어리둥절할 뿐이었다.

현덕의 등뒤에서 이 꼴을 보고 있던 관운장이 격분을 참지 못하여 눈썹을 무섭게 위로 치올리며 눈을 부릅뜨고 긴 칼을 선뜻 움켜잡고 말 위로 올라앉아 조조를 당장에 목베어 버리려고 서둘렀다. 현덕이 그것을 보자 당황하여 대뜸 손을 휘저으며 눈짓을 하자, 관운장은 간신히 흥분한 마음을 스스로 달랬다.

현덕이 몸을 굽히며,

"승상의 솜씨, 실로 신기라 할 만합니다!"

했더니, 조조가 웃으면서 말했다.

"이 또한 천자의 홍복(洪福)이실 뿐이오!"

말머리를 돌려서 헌제에게 축하 인사를 하면서도 활과 화살을 돌려주지 않고 그대로 자기의 허리에다 차고 있었다. 사냥도 끝나고 연석도 파하고 여러 사람들이 각각 돌아간 뒤에 관운장이 유현덕에게 말했다.

"조적(曹賊)은 천자를 업신여기기 이만저만이 아니오. 내 죽여 없애서 나라를 위하여 해로운 것을 제거하려는데 형님은 왜 나를 말리셨소?"

"쥐를 잡으려고 그릇을 던지고 싶어도 그릇이 깨질까 겁난다(投鼠忌器)는 말이 있네. 자네가 경솔한 짓을 하다가 만약에 실수라도 해서 천자께 피해가 미치기라도 한다면 도리어 우리들이 죄를 뒤집어쓸 게 아닌가?"

"오늘 이 적을 죽여 버리지 않는다면 반드시 이후에 화근이 될 것이오."

"마음속에만 간직해 두고 경솔히 입 밖에 내서는 안 되네!"

한편, 헌제가 회궁(回宮)하여 복황후(伏皇后)에게 눈물로 호소했다.

"조정이 오랫동안 어지럽다가 조조 같은 인물을 얻게 되어 대견하게 여겨 왔더니, 뜻밖에도 권세를 장악하고 그 행동거지가 해괴망측하니 실로 바늘방석에 앉아 있는 것과 같소. 오늘 사냥을 나가서도 자기가 나를 제쳐놓고 대신들의 축사를 받았으니 머지않은 앞날에 모반할 것이 뻔하오."

"만조(滿朝)의 공경들이 모두 한나라의 녹을 먹고 있으면서, 나라를 건질 인물이 하나도 없단 말씀이옵니까?"

이 말이 채 끝나기도 전에 어떤 사람 하나가 불쑥 나타났다.

"너무 상심치 마십시오. 한 사람을 천거하여 국해(國害)를 제거하오리다."

이 사람은 복황후의 부친 복완(伏完)이었다. 그리고 복완이 천거한다는 사람은 거기장군이요 국구(國舅)인 동승(董承)이었다. 또 동승과 통하는 방법으로는, 조정 안의 복잡한 사람들의 눈을 피하기 위해서, 헌제더러 의복을 한 벌 만들어 가지고 옥대까지 겸해서 동승에게 하사하되, 그 옥대 속에다 밀조(密詔)를 꿰매 넣어서 집에 가서 읽어볼 수 있도록 하면 감쪽같이 일을 꾸밀 수 있을 것이라는 계책을 제공했다.

헌제는 복완의 계책대로 즉시 한 통의 비밀조서를 작성하고자 손가락을 깨물어, 혈서를 쓴 다음 그것을 복황후를 시켜서 옥대 안의 자금친(紫金襯) 속에다 꿰매 넣도록 한 다음, 친히 금포(錦袍)를 입고 그 옥대를 자기가 두르고 나서 내사(內司)에게 명령하여 동승을 불러들이도록 했다.

"나는 어젯밤에도 황후와 더불어 패하(覇河)에서 겪은 고생을 생각하고 국구의 큰 공로에 감사한 마음이 들어 사례라도 하고 싶어서 들어오시게 한 거요."

헌제는 이렇게 말하며 동승과 더불어 궁전 밖으로 나와 태묘(太廟) 안으로 들어가 공신각(功臣閣)으로 올라갔다. 향불을 피우고 참례를 마친 다음,

"나는 그대가 서도에서 나를 구해 준 공적을 생각하고 무슨 선물이라도 한 가지 해주고 싶었지만 적당한 게 없어서……"

하더니, 금포와 옥대를 가리키면서 말했다.

"내 이 금포를 입고, 이 옥대를 두르고 언제나 나의 좌우에

함께 있는 것처럼 생각해 주시오."

동승이 꿇어 엎드려 사례하니, 헌제는 금포를 벗어서 동승에게 주면서 조용히 말했다.

"귀가하여 이 의복을 잘 살펴보시오, 나의 호의를 헛되이 하지 않도록……."

동승이 그것을 받아 입고 물러나니, 벌써 그 소문이 조조의 귀에 들어갔다. 조조는 심상치 않은 동정을 살피려고 경각을 지체치 않고 궁중으로 달려들었다. 동승이 공신각을 내려와서 궁전 문 밖으로 나오려 했을 때 공교롭게 조조와 맞닥뜨렸으니, 창졸간에 몸을 숨길 수도 없어 길 한옆으로 비켜서서 인사를 했다.

"국구께서는 무슨 일로 들어오셨소?"

"천자께서 부르시므로 들어가 뵈었더니 이 금포와 옥대를 하사하셨소."

"무슨 까닭으로 하사하신 거요?"

"예전에 내 서도에서 왕가(王駕)를 구출해 올린 공로를 생각하시고 하사하신 거요."

"그 옥대를 좀 보여 주시오."

동승은 금포와 옥대 속에 반드시 비밀조서가 들어 있으리라는 짐작을 했기 때문에 그것이 탄로날까 겁나서 망설이고 있었다. 조조는 측근자에게 명령하여 옥대를 풀어 놓으라고 하더니, 한참 동안 바라보고만 있다가 이윽고 간드러지게 웃었다.

"과연 훌륭한 옥대인걸! 그 금포마저 벗어서 구경시켜 주시오."

동승은 겁이 나서 견딜 수 없었으나 감히 그 명령에 복종하지 않을 수도 없었다. 금포를 벗어서 내주었다. 조조는 그것을 받아서 햇빛에 비춰 보고 샅샅이 조사해 보더니, 제몸에다 금포를 걸치고 옥대를 두르고는 측근자에게 물었다.

"어때? 내 몸에 잘 어울리는가?"

측근자들이 잘 어울린다고 대답했더니, 조조가 물었다.

"이 금포와 옥대를 내게 주실 순 없겠소?"

"천자께서 하사하신 물건이니 감히 타인에게 줄 수는 없소. 내 따로 한 벌을 지어서 올리리다."

"국구께서 이것을 하사받으신데는 무슨 비밀이 있을 것이오!"

"어찌 감히? 승상께서 필요하시다면 그대로 가져가셔도 좋소이다."

"천만에, 국구께서 하사받으신 물건을 내가 뺏을 리야 있으리까. 단지 농담을 해본 것뿐이오."

조조는 금포와 옥대를 동승에게 도로 돌려주었다. 동승은 집으로 돌아와서 밤이 될 때까지 서원에 혼자 앉아서 금포를 몇 번이나 자세히 살펴봤건만 아무것도 없었다. '천자께서 이것을 하사하실 때 잘 살펴보라 하셨으니 틀림없이 뭣이 있을 텐데 이상한 일이다!' 하면서 옥대를 살펴보았다. 그것은 백옥이 영롱하게 빛나며 조그마한 용이 꽃 속을 휘젓고 돌아다니는 무늬로 뒤덮여 있으며, 자금(紫金)으로 안을 받쳐서 꼼꼼하게 꿰맨 것인데 거기서도 역시 아무것도 찾아낼 수 없었다. 동승은 의아하게 생각하며 그것을 탁상에 놓고 안팎을 세밀히 조사하다가 피곤해져서 쭈그리고 앉은 채 잠이나 한잠 자볼까 했다. 이때 공교롭게도 등잔불이 옥대 위에 쓰러져서 안을 받친 자금 비단을 태웠다. 깜짝 놀라서 불에 탄 자리를 털고 있노라니 한 군데가 벌써 구멍이 뚫렸고, 그리고 흰 비단 끝이 살며시 들여다뵈는데 피의 흔적이 은은히 드러났다. 급히 칼을 가져다가 찢어 보았더니 그것이 바로 천자가 친수로 쓴 혈서의 비밀조서였다. 내용인즉, 조조가 권세로써 조정을 농락하고 도당을 만들어 정사를 제멋대로 어지럽게 하고 있으니 충의양전(忠義兩全)한 열사는 간당(奸黨)을 진멸하여 주기 바란다는 것이었다.

조서를 읽고 난 동승은 그날밤 눈물에 젖어 잠을 이루지 못했다.

이튿날 아침에 침실에서 나오는 길로 다시 서원으로 가서 재삼 되풀이해 읽어 봤지만 어떻게 했으면 좋을지 계책이 서지 않아 조서를 책상 위에 펼쳐 놓은 채 이 궁리 저 궁리 조조를 거꾸러뜨릴 생각을 하다가, 책상에 의지한 채 꾸벅꾸벅 잠이 들고 말았다.

이때, 아무런 사전 전갈도 없이 시랑 왕자복(王子服)이 찾아왔는데, 문지기는 그가 동승과 가까운 사이인 것을 알고는 그대로 안으로 들어가게 한 것이다. 그가 서원으로 들어서니 동승이 책상에 쭈그리고 앉아서 잠이 들었는데, 그 소맷자락 밑에 깔린 흰 비단에서 짐이라고 쓴 글자가 살짝 내다보였다. 이상하게 생각한 왕자복은 그것을 슬쩍 뽑아 보고 소맷자락 속에 감추고 나서 동승을 흔들어 깨웠다.

"동국구! 아주 고단하게 잠이 드셨군요?"

깜짝 놀라 눈을 뜬 동승, 조서가 없어진 것을 알고 간담이 서늘하여 허둥지둥 찾아보았다. 이때 왕자복이 말했다.

"국구께서는 조조를 죽여 없앨 궁리를 하고 계시군! 내가 출수(出首)해서 고해 바치겠소!"

동승이 눈물을 흘렸다.

"아아! 그렇게 하신다면 이 한나라 황실의 운명도 끝장이 나고 마는 것이오!"

그제서야 왕자복은 혼자서 빙그레 웃으며 또 입을 열었다.

"내가 농담을 했소이다! 나 역시 대대로 한나라 녹을 먹고 사는 자인데, 어찌 충의지심이 없대서야 말이 되겠소. 나도 형장을 도와 미약하나마 힘이 되고자 하니 우리 함께 국적을 주멸하십시다!"

"형에게 그런 마음이 있으시다면 그건 나라를 위하여 크게 다행한 일이오!"

"밀실에 가서 함께 의장(義狀)을 작성하고 각각 삼족(三族)을 버리고 한나라 군족의 은혜에 보답하도록 하십시다."

동승은 기뻐하며 흰 비단 한 폭을 꺼내서 서명하고 자(子)까지 써넣으니, 왕자복도 역시 똑같이 서명하고 자를 써넣었다. 다 쓰고 나서 왕자복이 말했다.

"장군, 오자란(吳子蘭)은 나와 절친한 사이니 같이 일을 도모해도 좋을 만하오."

그 말을 듣자, 동승이 말했다.

"만조대신 가운데서 장수교위(長水校尉) 충집(种輯), 의랑(議郞) 오석(吳碩)은 나의 심복이니 반드시 나와 일을 같이할 수 있을 것이오."

이렇게 상의하고 있을 때, 가동(家僮)이 들어와 충집과 오석이 찾아왔다고 알린다. 동승이 말했다.

"이야말로 하늘이 우리를 도와 주시는 것이오."

동승은 왕자복을 병풍 뒤에 숨게 하고 두 사람을 서원으로

맞아들였다. 자리잡고 앉아서 차를 권하고 난 다음에 충집이
말했다.

"허전에서 사냥하던 때 일을 군께서도 괘씸하게 생각하시오?"

동승이 대답했다.

"괘씸하다고 생각했지만 어찌할 도리가 없소."

이때 오석이 말하기를,

"나는 맹세코 국적을 죽여 버리겠소. 단지 나에게 힘이 돼
줄 사람이 없는 것이 원망스럽소."

하니 충집이 말했다.

"나라를 위하여 해로운 것을 제거하는 일이라면 죽더라도
원한이 없겠소!"

이때, 왕자복이 병풍 뒤에서 불쑥 뛰쳐나왔다.

"그대들 둘은 조승상을 죽이려는 것이니 내가 출수하여 고
해 바치겠소. 동국구께서 증인이시오."

충집이 격분했다.,

"충신은 죽음을 두려워하지 않소. 우리는 죽더라도 한나라
귀신이 될 것이오! 그대같이 국적에게 아부하는 자보다는 훨
씬 낫소!"

그제서야 동승이 웃으며 말했다.

"우리들은 바로 이 일 때문에 두 분을 만나 보고 싶어하던
차요. 왕시랑이 하신 말은 농담이었소."

소맷자락 속에서 비밀조서를 꺼내서 두 사람에게 보여 주었
다. 두 사람은 그 조서를 읽고 나더니 눈물이 비오듯. 동승은
그들에게도 서명하도록 했고, 왕자복은 이렇게 말했다.

"두 분께서는 잠시 여기 계시오. 내 오자란 장군을 모셔올

테니."

왕자복은 얼마 안 되어서 오자란을 데리고 왔다. 오자란도 여러 사람을 만나 보고 역시 서명했다. 동승은 일동을 깊숙한 방으로 청해 들이고 술잔을 나누었다. 이때, 돌연 서량 태수 마등이 찾아왔다는 통지가 있어, 동승이 말하기를,

"나는 몸이 불편해서 만나뵐 수 없다고 해라!"

문지기가 이런 의사를 전달했더니 마등은 화를 벌컥 냈다.

"난 어젯밤에 동화문 밖에서 동국구가 금포에 옥대를 두르고 나오시는 것을 봤다. 어째서 몸이 불편하다는 핑계를 대는가? 나는 아무 일도 없이 찾아온 사람이 아닌데 왜 면회를 거절한단 말이냐?"

문지기가 안으로 들어와서 마등이 노했다고 전하니, 동승은 자리에서 일어 서며 말했다.

"여러분, 잠시 기다려 주시오. 내 나가서 만나 보고 올 것이니……."

동승은 대청으로 나가서 마등을 만나 봤다. 인사가 끝나고 자리 잡아 앉은 다음, 마등이 말했다.

"나는 한 번 만나 뵙고 서량으로 돌아가려고 인사나 여쭈러 왔는데 어찌하여 면회를 거절하려 하셨습니까?"

"별안간 몸이 좀 불편해서 영접해 들이지 못했으니 심히 죄송하오!"

"얼굴에는 춘색(春色)을 띠신 듯, 편찮으신 모습은 정말 뵐 수 없는데요?"

동승이 대답이 막혀서 입을 꽉 다물고 묵묵히 있노라니, 마등이 소맷자락을 뿌리치며 벌떡 자리를 뜨더니, 섬돌 아래로

내려서며 한탄했다.

"모두 나라를 건질 만한 위인들은 못 되는군!"

동승은 그 말에 감격하여 그를 붙잡고 말했다.

"누가 나라를 건질 수 없는 위인이란 말씀이오?"

마등은 격분해서, 주색에만 도취해 있는 그대들이 어찌 나라를 건질 수 있겠느냐고 공격을 했지만, 결국은 그 비밀조서를 보게 되자, 거기 쾌히 서명하고,

"여러분께서 거사를 하실 때에는 나도 서량의 군사를 거느리고 곧바로 달려오리다!"

하면서, 자기의 핏방울을 떨어뜨린 술잔을 높이 들고 단숨에 죽 들이마셨다.

"우리들은 죽더라도 약속을 어기지 않을 것을 맹세한다!"

그리고 나란히 앉아 있는 다섯 사람을 가리키며 말했다.

"열 사람만 된다면 대사는 거침없이 이루어질 텐데!"

"충의지사란 그렇게 많이 얻을 수 있는 게 아니오. 섣불리 사람을 가담시키면 도리어 일을 그르치기 쉽소."

마등은 원행로서부(鴛行鷺序簿—명부)를 집어 들고 뒤적거리다가 유씨 종족(劉氏宗族)까지 더듬어 왔을 때, 손뼉을 치면서 말했다.

"어째서 이 사람과 상의하지 않을까?"

여러 사람들이 똑같이 그게 누구냐고 물었다. 마등은 조금도 황망한 기색이 없이 그 사람의 말을 꺼냈다.

옮긴이 약력

중국 남양대학에서 수업
경향신문 문화부장 및 편집부국장 역임

저   서
단 편 집 ≪결혼도박≫ ≪연애백장≫ ≪혼혈아≫
장편소설 ≪태양은 누구를 위하여≫ ≪석방인≫ ≪장미의 침실≫

삼국지 (1)　　　　　　　　　　〈서문문고 55〉

개정판 인쇄 / 1996년 6월 25일
개정판 발행 / 1996년 6월 30일
옮긴이 / 김 광 주
펴낸이 / 최 석 로
펴낸곳 / 서 문 당
주 소 / 서울시 마포구 성산1동 20-12호
전화 / 322—4916~8　팩스 / 322-9154
등록일자 / 1973. 10. 10
등록번호 / 제13-16

초판 발행 : 1972년 12월 15일　*　잘못된 책은 바꾸어 드립니다